조선후기 통신사 필담창화집 번역총서 39

韓館唱和續集 三 · 韓館唱和別集 · 韓館應酬錄

한관창화속집 삼 · 한관창화별집 · 한관응수록

조선후기 통신사 필담창화집 번역총서 39

韓館唱和續集 三 · 韓館唱和別集 · 韓館應酬錄

한관창화속집 삼 · 한관창화별집 · 한관응수록

강지희 역주

보고사
BOGOSA

이 역서는 2008년도 정부재원(교육과학기술부 학술연구조성사업비)으로 한국연구재단의 지원을 받아 연구되었음(KRF-2008-322-A00073)

차례

조선후기 통신사 필담창화집 번역총서를 간행하면서 / 511

일러두기

1. 통신사 필담창화집 번역총서는 제1차 사행(1607)부터 제12차 사행(1811) 까지, 시대순으로 편집하였다.

2. 각권은 번역문, 원문, 영인자료(우철)의 순서로 편집하였다.

3. 300페이지 내외의 분량을 한 권으로 편집하였으며, 분량이 적은 필담 창화집은 두 권을 합해서 편집하고, 방대한 분량의 필담창화집은 권을 나누어 편집하였다.

4. 번역문에서 일본 인명과 지명은 한국 한자음 그대로 표기하고, 처음 나오는 부분의 각주에 일본어 발음을 표기하였다. 그러나 번역자의 견 해에 따라 본문에서 일본어 발음대로 표기를 한 경우도 있다.

5. 번역문에서 책명은 『 』, 작품명은 「 」로 표기하였다.

6. 원문은 표점 입력하였는데, 번역자의 의견에 따라 표기하는 것을 원칙 으로 하였지만, 가능하면 한국고전번역원에서 정한 지침을 권장하였 다. 이 경우에는 인명, 지명, 국명 같은 고유명사에 밑줄을 그어 독자 들이 읽기 쉽게 하였다.

7. 각권은 1차 번역자의 이름으로 출판되었는데, 최종연구성과물에 책임 연구원과 공동연구원의 이름이 반드시 들어가야 한다는 한국연구재단 의 원칙에 따라 최종 교열책임자의 이름으로 출판되는 책도 있다.

8. 제1차 통신사부터 제12차 통신사에 이르기까지 필담 창화의 특성이 달라지므로, 각 시기 필담 창화의 특성을 밝힌 논문을 대표적인 필담 창화집 뒤에 편집하였다.

한관창화속집　권3

韓館唱和續集　卷之三

한관창화속집(韓館唱和續集)

1. 개요

『한관창화속집(韓館唱和續集)』은 1764년 갑신사행 당시 조선측 제술관 남옥(南玉) 및 세 명의 서기(書記) 성대중(成大中), 원중거(元重擧), 김인겸(金仁謙)이 일본측 문사들 29인과 창수한 시들을 모아 놓은 것이다. 전체 3권 3책 424면으로 구성되었으며, 일본국립공문서관에 소장되어 있다.

갑신사행은 이에하루(家治)의 습직을 축하하고 조일(朝日)간의 교린 관계를 확인하는 데에 그 목적이 있었다. 통신사 일행은 1763년 8월 3일 서울을 출발하여 1764년 2월 16일 에도(江戶)에 도착하였다. 숙소는 아사쿠사(淺草)의 히가시혼간지(東本願寺)였고 이들은 3월 7일 쇼군(將軍)의 답서와 별폭을 받아가지고 3월 11일 에도를 떠나 귀로에 올랐다.

창화는 조선인 객관에서 1764년 2월 23·24·25일 사흘간 이루어졌으며, 국자좨주 임신언(林信言)이 필담을 모아 3월 하순에 총 3권으로 편집 간행하였다. 서(序)와 후서(後序)는 각각 국자좨주(國子祭酒) 임신언(林信言)과 그의 아들인 비서감(秘書監) 임신애(林信愛)가 썼다.

2. 저자사항

『한관창화속집』은 국자좨주 임신언의 문인(門人)이면서 유관(儒官) 또는 창평국학(昌平國學)의 생원인 29명의 일본측 문사들이 조선의 제 술관, 세 명의 서기와 함께 창화(唱和)한 시들을 수록하고 있다. 이들 중 몇 사람은 제9차 통신사행(1719), 제10차 통신사행(1748) 당시에도 조선 사신들을 만나 시문을 수창한 경험이 있었다.

1권에는 임신유(林信有)·덕력양필(德力良弼)·송전구징(松田久徵)·후 등세균(後藤世鈞)·목부돈(木部敦)·삽정평(澁井平)·하구준언(河口俊彦)· 편강유용(片岡有庸)·송본위미(松本爲美)·정상후득(井上厚得)·청엽양호 (青葉養浩) 등 11명이 등장한다. 임신유는 창평국학의 교관(教官)이고 송본위미는 좨주 임신언의 서기이자 임신언의 문인이고, 나머지 9명 도 모두 임신언의 문인이다. 이 가운데 송전구징은 창평국학의 생원 장(生員長)으로 나이가 78세였으며, 기해년(己亥年, 1719) 제9차 통신사 행 때 조선측 사신들과 만난 적이 있었다. 덕력양필, 후등세균, 목부 돈, 삽정평 등 4명은 1748년 제10차 통신사행 때 조선 사신들과 만나 시문을 수창하였다.

2권에는 남태원(南太元)·소실당칙(小室當則)·관수령(關脩齡)·중촌홍 도(中村弘道)·구보태형(久保泰亨)·반전량(飯田良)·궁무방견(宮武方甄)· 입정재청(笠井載淸)·산안장(山岸藏) 등 9명이 등장한다. 이 중 임신애 의 서기인 구보태형의 경우『한관창화(韓館唱和)』에도 조선 사신들과 창수한 시가 실려 있다. 남태원, 소실당칙, 관수령 등은 1748년 제10차 통신사행에서도 조선 사신들을 만난 적이 있었다.

3권에는 토전정의(土田貞儀)·임신부(林信富)·반전념(飯田恬)·금정겸규(今井兼規)·원형(原馨)·목촌정관(木村貞貫)·강정내(岡井㣮)·조미혜적(糟尾惠廸)·강명륜(岡明倫) 등 9명이 등장한다. 이 중 토전정의와 금정겸규는 1748년 제10차 사행 때 조선 사신들을 만났으며, 반전념은 60세가 넘은 고령으로 제9차·제10차 통신사행 때에도 조선 사신들을 만났고 이번이 세 번째 조선 통신사 일행을 만나는 자리였다.

3. 구성 및 내용

『한관창화속집』에는 권1에 250수, 권2에 200수, 권3에 145수, 도합 595수의 시가 실려 있다. 권1에는 2월 23일, 권2에는 2월 24일, 권3에는 2월 25일에 이루어진 창수시가 수록되어 있어, 편집은 대체로 시간 순서를 따르고 있다. 편집의 형식도 각 권이 동일하다. 일본측 문사들이 자신을 소개하는 명함을 먼저 건네고 제술관인 남옥, 세 명의 서기인 성대중·원중거·김인겸에게 차례로 시를 써서 주면 조선측 사행원들이 그에 대한 화운시를 지어 일본측 문사에게 답하는 식이었다. 대체로 한 사람당 2~4수 정도를 주고받았다.

형식을 보면 칠언율시(七言律詩)가 압도적으로 많고, 다음으로 칠언절구(七言絶句)가 그 뒤를 이으며 오언시(五言詩)는 상대적으로 적은 편이다. 1권에는 칠언율시 145수, 칠언절구 76수, 오언율시(五言律詩) 26수, 오언배율(五言排律) 2수, 오언 장편고시(長篇古詩) 1수가 실려 있다. 2권에는 칠언율시 108수, 칠언절구 61수, 오언율시 29수, 오언절구 2수가 실려 있다. 3권에는 칠언율시 77수, 칠언절구 53수, 오언율시 10수, 오언배율(五言排律) 5수가 실려 있다.

일본측 문사 중에서 가장 많은 시를 쓴 사람은 17수를 지은 산안장이고, 14수를 지은 후등세균·소실당칙·원형 등이 그 뒤를 잇고 있다. 조선측 문사 중에는 남옥이 84수로 가장 많은 지를 지었지만, 일본측 29인의 시 창수 요구에 제술관과 세 명의 서기는 제각각 70~80수 남짓의 시를 3일 동안 지어야 했다.

시의 내용을 보면 조선 통신사행원들이 일본에 와서 느끼는 객수, 그에 대한 일본측 문사들의 위로, 장대한 유람에 대한 축하, 양국 문사들이 시 수창을 하며 풍류로 만난 것에 대한 기쁨, 상대방의 훌륭한 풍모와 민첩한 시재(詩才)에 대한 찬사, 일본의 이국적인 풍경에서 비롯되는 정취, 국경을 뛰어넘어 우의(友誼)를 맺은 것에 대한 기쁨, 백년간 이어져온 사신 빙례에 대한 자부심, 유학(儒學)의 도(道)를 함께 한다는 동질감, 짧은 만남과 긴 이별에 대한 아쉬움 등이 드러나 있다. 시의 주제들이 예측 가능할 만큼 평이한 이유는, 만남의 시간이 길지 않고 그 동안에 많은 시를 민첩하게 주고받는 것이 관건이었기 때문이다.

4. 의의와 가치

통신사행을 다녀와서 조선 사신들이 남긴 사행록(使行錄)을 보면, 일기 형식으로 되어 있는 경우 그날 있었던 일을 간략하게 서술했을 뿐 일본 문사들과 주고받은 필담을 세세하게 기록하지는 않았다. 예를 들면 "오후에 임(林)의 문인 아홉 명이 와서 역시 두세 번 화답을 하였다." 하는 식이다. 그들에게는 일본 문사들의 시 창수 요구가 번거로웠을 뿐 아니라 의미를 둘 만큼 훌륭한 작품이 나오는 것도 어려웠기 때문에, 주고받은 필담이나 수창한 시들을 모두 기록해야 한다는 의무감은 없었던 듯하다. 그래서 특별히 인상적인 시구(詩句)나 중요한 필담이 아니면 굳이 다 기록하지는 않았던 것이다.

그러나 조선통신사를 맞는 일본의 입장에서는 이 같은 문화 교류 자체에 대단한 자부심을 느꼈고, 그것을 전부 기록해 놓아야 할 필요성을 절감했던 것 같다. 『한관창화속집』에는 시 창수에 참여했던 일본 문사의 이름·직업·출신·관직 등 구체적인 사항들이 모두 기록되어 있고, 이들이 조선 문사들과 차례로 주고받은 시들이 빠짐없이 실려 있다. 그들이 조선 문사들과 시를 창수한 일을 중요하게 받아들이고, 이에 대해 높은 긍지를 가졌음은 『한관창화속집』의 서문만 보아도 분명히 드러난다.

> 대저 팔차(八叉)와 칠보(七步)란 본디 즉시 민첩하게 시를 짓는 재주를 지칭하는 것이니, 초에 눈금을 새기고 동발(銅鉢)을 치는데 어찌 후대의 격조에 관한 논의를 신경 쓰겠는가?

위의 글은 국자좨주 임신언이 쓴 서문의 일부이다. '팔차(八叉)'는 당(唐)의 온정균(溫庭筠)이 여덟 번 팔짱을 끼는 동안에 팔운(八韻)을 지었다는 데서 유래한 말로, 민첩하게 시를 짓는 재주를 뜻한다. '칠보(七步)'는 위(魏)의 조식(曹植)이 일곱 걸음을 걷는 동안에 시 한 수를 지었다는 데서 유래했는데, 역시 시를 빨리 짓는 재주를 이른다. 초에 눈금을 새겨서 눈금 한 마디가 타는 동안에 사운시(四韻詩)를 짓는다거나, 동발(銅鉢)을 치면서 운(韻)을 내고 동발의 울림이 멎으면 지은 시를 내놓는 주필(走筆)의 수법도 얼마나 신속하게 시를 지어내느냐에 승패가 달려 있다. 따라서 시의 격조(格調)보다는 민첩한 시재(詩才)를 자랑하는 데 시 창수의 의미가 있다고 본 것이다.

그러나 비서감 임신애가 쓴 후서(後序)를 보면, 임신언의 생각에서
한 걸음 더 나아가, 작시(作詩)의 질적인 측면에 있어서도 일본 문사들
의 우수한 실력을 자랑하기 위해 그 모든 시들을 모아 책자로 만들었
음을 알 수 있다.

> 『한관창화속집』은 관유(官儒) 및 국학생 이십 여 인과 학사·서기가
> 함께 창화한 것으로, 본조(本朝) 문학의 성대함을 먼 데서 온 사람들에
> 게 펼쳐 보여 준 것이다. 주고받은 시가 수십 수인데, 즉석에서 민첩하
> 게 짓는 오묘한 솜씨로 기이한 것을 골라 쓰고 마음에 딱 맞는 표현을
> 찾아내어, 그 글을 아로새기고 그 말을 고상하게 만들면서 호리(毫釐)라
> 도 비교하여 타고난 재주를 다투었다. 아! 한인(韓人)들이 여기에서 간
> 담이 서늘해졌는지는 또한 알 수 없는 일이다.

임신애가 쓴 후서의 일부이다. 일본이 문학적 기량에 있어서 조선
문인들에게 결코 뒤지지 않는다는 자부심이 읽히는 대목이다. '본조
문학의 성대함을 먼 데서 온 사람들에게 펼쳐 보여 준 것'이라는 말이
나 '한인들이 여기에서 간담이 서늘해졌는지는 또한 알 수 없는 일'이
라는 언급이 그것을 증명한다. '기이한 것을 골라 쓰고 마음에 딱 맞는
표현을 찾아내어, 그 글을 아로새기고 그 말을 고상하게 만들었다.'고
한 데서는 시를 형식에 맞추어 빨리 짓는 재주뿐 아니라 그 격조나
표현에 있어서도 자신감을 드러내고 있는 것이다.

한 자리에서 만나 시문을 창수한 양국의 문사들은 서로에 대한 칭
찬에도 아낌이 없다. "부상(扶桑)의 지역에 시의 영웅 있음에 문득 놀
라네."(김인겸이 덕력양필에게 준 시), "뭇 현자들 훌륭하니 성당(盛唐)의
재주일세."(송전구징이 성대중에게 준 시), "봉곡의 문인은 개개인이 다 훌

륭하구나."(김인겸이 목부돈에게 준 시), "(그대의) 시 짓는 재주 본래부터
종횡무진이었네."(송본위미가 남옥에게 준 시) 등등 서로에 대한 존경과
칭송은 창수시 곳곳에서 발견된다. 이런 표현들을 그저 의례적이고
형식적이라고만 치부할 수 없는 것은, 그 빈도가 적지 않고 내용에서
도 진심이 느껴지기 때문이다. 일본 문사들이 조선 문사들을 높이 평
가한 것 못지않게 조선 문사들도 일본 문사들의 실력을 훌륭하다고
보았다. 성대중 같은 경우, 일본의 문학과 문화 수준이 과거에 비해서
점점 발전하고 있음을 파악하고 앞으로 일본에 사신으로 가는 이들은
시와 글씨에 있어서 더욱 많은 수련을 쌓아야 할 것이라며 후학들에
게 경계를 남길 정도였다.[1]*

　조선인들이 남긴 사행록(使行錄)이 조선인의 시각으로 본 일본과 일
본인들의 모습을 담고 있다면, 『한관창화속집』과 같은 필담창수집은
외교의 현장에서 이루어진 문화 교류의 실상을 자세하고 구체적으로
보여주는 자료라고 할 수 있다. 예의를 갖추어 서로 시문을 주고받는
모습에서 우리는 양국의 문사들이 서로를 대하는 태도를 읽을 수 있
다. 그리고 서로 창수한 시문 속에서 문장(文章)과 도(道)를 함께한다
는 일체감과 자긍심을 발견한다. 그것은 존경과 기대, 존중과 신뢰를
바탕으로 한 양국 간의 교린(交隣)이 민간에서 일어나는 생생한 모습
이다. 조선의 사행원들이 그들의 사행록 안에 스케치한 조일(朝日)간
의 만남, 외교의 현장, 교린과 우호의 실상을 더욱 선명하게 보여주고
그 내용을 밀도 있게 채워준다는 사실에서 『한관창화속집』과 같은 필
담수집이 지닌 의의와 가치를 찾을 수 있을 것이다.

----

* 성대중 저, 홍학희 역, 『부사산 비파호를 날 듯이 건너(日本錄)』, 소명출판, 2006, 11쪽.

한관창화속집(韓舘唱和續集) 권3

2월 25일, 토전정의(土田貞儀), 임신부(林信富) 및 반전념(飯田恬), 금정겸규(今井兼規), 원형(原馨), 목촌정관(木村貞貫), 강정내(岡井㒰), 조미혜적(糟尾惠廸), 강명륜(岡明倫) 등 9인이 학사와 서기를 만났다. 원중거(元重擧)는 병이 있어 나오지 않았다.

저의 성은 토전(土田)이고 이름은 정의(貞儀)입니다. 자(字)는 자우(子羽)이고 호는 규학(虯壑)이며 임 좨주(林祭酒)의 문인이고 유관(儒官)의 대열에 끼어 있습니다. 연향(延享)의 빙례[1] 때 제가 빈관(賓舘)에서 기다리다가 귀방(貴邦)의 제자(諸子)들의 얼굴을 뵈었는데, 오늘 또 제군의 지미(芝眉)를 접하게 된 것은 생각지도 못한 일이었습니다. 이는 실로 천년의 기이한 만남이라 하겠습니다.

토전정의(土田貞儀)가 재배(再拜)합니다.

---

1 연향(延享)의 빙례 : 1748년에 있었던 제10차 통신사행을 말한다. 이때가 일본 연호로 연향 5년이었다.

제술관 추월 남군에게 받들어 드리다
奉呈製述官秋月南君

토전정의(土田貞儀)

신선 관리 벌써 영주에 올랐다고 들었는데 　　　　　傳聞仙吏已登瀛
문학관에 그 이름을 드리웠네 　　　　　　　　文學舘中垂姓名
그대는 남포의 옥에서 유래하였나 　　　　　　君自由來南浦玉
명월이 연성[2]을 비추는 것 놀라서 보네 　　　　驚看明月照連城

전규학에게 차운하다
次田虬壑

남옥(南玉)

산하의 바람과 기운 환영[3]을 막아주는데 　　　　山河風氣阻寰瀛
등불 아래서 만나 다시 이름을 묻네 　　　　　　燈下相逢更問名
꽃이 진 강남에 밝은 달 떠오르니 　　　　　　　花落江南明月出
몇 사람이나 함께 사선성[4]을 찾아 왔나 　　　　幾人同訪謝宣城

---

2 연성(連城) : 연성벽(連城璧)의 준말로, 전국시대 때 진(秦)나라 소왕(昭王)이 15성(城)과 바꾸자고 청했던 조(趙)나라 소장의 화씨벽(和氏璧)을 말한다.
3 환영(寰瀛) : 전설에서, 신선이 살고 있다는 곳.
4 사선성(謝宣城) : 남제(南齊) 때의 문인 사조(謝脁)를 말한다. 자는 현휘(玄暉). 선성태수(宣城太守)를 지냈기 때문에 '사선성(謝宣城)'이라고 불린다. 초서(草書)·예서(隸書)를 잘 쓰고 오언시에 능하였다. 저서에 후인이 엮은 『사선성집(謝宣城集)』이 있다.

용연 퇴석 두 분에게 받들어 드리다
奉呈龍淵、退石二君

토전정의(土田貞儀)

한 누대에 묘령의 두 봉황모[5]　　　　　一臺二妙鳳皇毛
막 알게 되었건만 우리를 부끄럽게 하네　漫使新知愧我曹
기이한 만남도 천상의 객 기약하긴 어려운데　奇遇難期天上客
빈연에서 높은 별들을 이렇게 많이 보다니　尤看賓席聚星高

토전규학에게 화답하다
和土田虬壑

성대중(成大中)

객중의 세월을 반백으로 지내며　　　　　客裏年華過二毛
봉래산에서 열선의 무리 공연히 생각하네　蓬山空想列仙曹
사신이 모인 잔치 자리에 풍류가 좋아　　皇華讌席風流好
봄 밤 선루의 이 모임 고상하기만 하다　春夜禪樓此會高

규학에게 다시 화답하다
再酬虬壑

김인겸(金仁謙)

곧장 서쪽으로 가고 싶지만 날개가 없으니　直欲西飛乏羽毛
어떡하면 바람 타고 신선의 무리 배울까　馭風安得學仙曹

---

5 봉황모(鳳皇毛) : 봉황의 깃털. 뛰어난 풍채와 문재의 비유.

거듭 아름다운 시 주심에 이별은 슬프지만   重投瓊韻悲分手
규옹의 의기 높아 대단히 감사하오   多謝虬翁氣意高

네 분께 다시 받들어 드리고 화답시를 구하다
再奉呈四君 求高和

토전정의(土田貞儀)

신선배 타고 내려오신 손님   仙槎來下客
멀리 사성의 신하[6] 짝하였네   遙伴使星臣
나라를 떠나 비록 해를 넘겼지만   去國雖徑歲
이향에서 또 봄을 만났구나   異鄉又遇春
풀은 금락마[7]를 맞이하고   艸迎金絡馬
꽃은 진신[8]의 손님을 이끈다   花引縉紳賓
붓을 휘두르니 운무가 흔들리고   揮筆搖雲霧
시를 지으니 귀신이 우는구나   賦詩泣鬼神
새로 사귄 벗과 경개[9]하여 이야기하니   新知傾盖語
예부터 온 사신이라 수레 멈추고 친해지네   舊聘駐車親
천년의 사귐 기쁘고 좋아   千載交歡好

---

6 사성의 신하 : 한(漢) 화제(和帝) 때 이합(李郃)이 천문(天文)을 보고, 평복 차림으로 파견되어 각지의 풍요(風謠)를 채집하는 두 사람의 사신을 알아냈다는 고사가 있다.

7 금락마(金絡馬) : 말굴레가 금으로 장식된 말. 양마(良馬)를 가리킨다.

8 진신(縉紳) : 홀(笏)을 신(紳)에 꽂음. 사대부를 이른다. '신(紳)'은 벼슬아치가 예복에 갖추어 맨 큰 띠.

9 경개(傾盖) : 수레의 일산을 마주 댄다는 뜻. 길에서 우연히 만나 수레를 가까이 대고 이야기를 나눔, 또는 처음 만나거나 우의를 맺음을 이른다.

자리 위의 보배[10]를 우러러 본다   仰看席上珍

전규학에게 차운하다
次田虬壑

남옥(南玉)

제나라에서 의상 거둬 잡고 모이니	齊拈衣裳會
주나라의 수레 탄 신하 많기도 하다	周厚鞹軾臣
말고삐 잡고서 산 위의 눈을 보다	唧綸看嶺雪
수레 세우고 강의 봄과 마주치네	弭節犯江春
산 꿩은 거마 탄 나그네를 맞이하고	山雉迎倌旅
들판의 매화는 막사의 빈객 향해 웃는다	郊梅笑幕賓
왕사의 노정이라 만 리를 가볍게 왔는데	王程輕萬里
신선의 약속 삼신산에 아득하다	仙約渺三神
시는 같은 글 써서 이해하고	詩以同文認
사귐에 풍속이 달라도 친하네	交仍異俗親
모름지기 성신에 힘써야 하리니	要須誠信勉
화려함은 진귀한 것 아니리라	綺麗未爲珍

---

10 자리 위의 보배 : 유자(儒者)의 학덕 혹은 학덕 있는 유자를 비유한다.

토전규학에게 화답하다

和土田虯壑

성대중(成大中)

물가의 산이 나그네를 슬퍼해주니	陵岵悲遊子
지난날 구름도 멀리 가는 신하 슬퍼했지	昨雲悵遠臣
강가의 달에 뗏목은 비껴 있고	槎橫河渚月
영남에 봄이 오니 매화꽃 흩어지누나	梅散嶺南春
바다의 날씨 개었다 흐렸다 어지러운데	海氣迷晴晦
세월이 손님을 떠나보내네	年光餞客賓
민요 듣고 다른 풍속 채집하니	風謠採殊俗
충성과 공경이 밝은 정신을 증명하리라	忠敬證明神
매양 같은 문자 쓰는 선비 만나니	每遇同文士
전부 다 오래 사귄 친구 같구나	渾如宿昔親
손님 맞는 잔치 귤사에서 펼쳐짐에	儐筵開橘社
가수[11]에는 형산의 보배[12] 넉넉하네	嘉樹足荊珍

규학에게 화답하다

和虯壑

원중거(元重擧)

동풍이 수국으로 돌아오니	東風歸水國

---

11 가수(嘉樹) : 『시경』 일시(逸詩)의 편명(篇名)인데, 빈객 접대의 시이다.

12 형산의 보배 : 형산(荊山)은 옥이 많이 나는 곳으로, '형산의 보배'는 비범한 인재를 비유한다.

창해의 고요한 물결 속 신하로다	滄海靜波臣
북두성은 남은 밤을 가로지르고	北斗橫殘夜
남기성[13]은 또 다른 봄으로 옮겨가네	南箕轉別春
어여쁜 꽃은 먼 데서 온 객을 맞이하고	芳花迎遠客
맑은 경쇠 소리 아름다운 손님을 이끄네	清磬引嘉賓
하늘 밖의 만남은 예에 합하고	天外契禮合
천하의 사귐에는 신교가 있어	寰中交有神
마음을 논하며 시를 써서 전하고	論心文藻托
뜻을 기울여 노성한 이와 친해지네	傾意老成親
반나절을 걸상에 앉아 읊조리니	半日呻吟榻
홀로 빛나는 조승주[14]로다	仍孤照乘珍

토전규학이 주신 운을 따라서 짓다
步土田虬壑贈投韻

김인겸(金仁謙)

월나라 그리워하며 노래하는 장석이요[15]	戀越歌莊潟
황하의 근원에 머문 한나라 신하일세[16]	窮河滯漢臣

---

13 남기성 : '남기(南箕)'는 별 이름이다. 네 개의 별로 되어 있는데, 여름과 가을 남쪽에
   보인다.

14 조승주(照乘珠) : 『사기』 「전경중완세가(田敬仲完世家)」에 보면, 위왕(魏王)이 제왕
   (齊王)과 들에서 만나 사양하면서 말하기를, "과인(寡人)의 나라는 소국이지만 그래도
   열두 채의 수레 앞뒤를 비추는 경촌(經寸)의 구슬이 열 개 있다."고 한 대목이 나온다.
   '수레 앞뒤를 비추는 구슬'은 뛰어난 인재를 비유한다.

15 월나라……장석이요 : 월(越)나라 사람 장석(莊舃)이 초(楚)나라에서 높은 벼슬을 하면
   서도 고국이 그리워 병이 나서는 월나라 소리를 하였다는 고사가 있다.

동해의 나라에 꽃이 환하게 피었고 花明東海國

봄을 맞은 무릉엔 하늘이 탁 트였다 天濶武陵春

초나라 집에서 근심하는 두공부¹⁷요 楚戶愁工部

파촉 누대에 기댄 여동빈¹⁸이라 巴樓倚洞賓

청주¹⁹에는 여섯 척 배가 머물고 蜻洲停六盤

자라의 등²⁰에서 삼신산을 묻는구나 鰲背問三神

선탑에서 같은 문자로 모이니 禪榻同文會

뜻이 같은 벗들과 이역에서 친해졌네 朋簪異域親

억새풀이 옥나무에 기댄 꼴이라²¹ 蒹葭倚玉樹

물고기 눈²²은 형산의 보배에 부끄럽소 魚目愧荊珍

---

16 황하의……신하일세 : 한(漢)나라 박망후(博望侯) 장건(張騫)이 한 무제의 명을 받고
대하(大夏)에 사신으로 나가서 황하의 근원을 찾았는데, 뗏목을 탄 지 달포가 지나 은하
수 위로 올라가서 견우와 직녀를 만나고 왔다는 전설이 전한다.

17 두공부 : '공부(工部)'는 당(唐)나라의 시인 두보(杜甫)를 가리킨다.

18 여동빈 : '동빈(洞賓)'은 전설에 나오는 여덟 신선 중의 한 명인 여동빈(呂洞賓)을 말한
다. 당(唐)나라 경조(京兆) 사람이라 전해지며, 이름은 암(巖), 호는 순양자(純陽子), 자
는 '동빈'이다. 후에 신선이 되어 많은 기적을 남겼다고 한다.

19 청주(蜻洲) : 일본을 지칭한다.

20 자라의 등 : 바다 가운데의 섬을 말한다. 옛날 발해(渤海) 동쪽의 다섯 산이 파도에
떠밀리자 상제(上帝)가 다섯 마리의 자라로 하여금 이를 떠받치게 했다는 전설이 전해
온다.

21 억새풀이……꼴이라 : 삼국시대 위(魏)나라 명제(明帝) 때 하후현(夏侯玄)과 황후의 동
생 모증(毛曾)이 함께 자리에 있는 것을 보고, 사람들이 "억새풀이 옥나무 옆에 기대어
있는 것과 같다.[蒹葭倚玉樹]"고 평했다는 고사가 있다.

22 물고기 눈 : 진짜 가짜를 식별 못하는 눈. 물고기의 눈은, 겉모양은 구슬 같지만 사실은
구슬이 아니기 때문에 형산의 옥과 비교하면 귀한 것이 못 된다는 겸사이다.

저의 성은 임(林)이고, 이름은 신부(信富)입니다. 자(字)는 자여(子與)이고 또 다른 자는 원례(元禮)이며, 호는 관정(觀亭)입니다. 신여(信如)의 손자이고 무(懋)의 아들이며, 임 좨주의 문인입니다.

임신부(林信富)가 재배(再拜)합니다.

제술관 남공에게 받들어 부치다
奉寄製述官南公

임신부(林信富)

왕명 받은 유신이 일동으로 들어오니	啣命儒臣入日東
때는 봄이라 사부가 흉중에 넘치네	時春詞賦溢胸中
교린에 천년의 약속 바꾸지 않아	隣交不易千年約
맑은 골격에서 기자의 풍모를 본다오	清骨今見箕子風

임관정에게 받들어 화답하다
奉和林觀亭

남옥(南玉)

사씨 왕씨[23]의 가문과 물을 사이에 두고	謝王門巷水西東
아우와 조카 모두 비서각 안에 들어갔구나	弟姪皆登秘閣中
옛 절에서 시를 논한 것이 오늘로 나흘	古寺論詩今四日
상방에서 대가의 풍모를 오랫동안 보았네	上頭長見大家風

---

23 사씨 왕씨 : '사왕(謝王)'은 진(晉)나라의 재상인 사안(謝安)과 왕도(王導)를 말하는데, 사씨와 왕씨는 모두 당대의 명문가였다.

찰방 성군에게 받들어 부치다
奉寄察訪成君

임신부(林信富)

뗏목 탄 손님 만경파도 헤치고 멀리 와 　　　槎客遙臻萬頃濤
동쪽에서 노닐며 약초 캐니 수고도 사양치 않네 　　東遊採藥不辭勞
그대 왕년에 영주에 올랐던 날을 알 만하니 　　知君徃昔登瀛日
누가 일세의 호방한 문장에 대적할 수 있으랴 　　誰敵文章一世豪

관정에게 받들어 화답하다
奉和觀亭

성대중(成大中)

춘풍에 계수나무 노 저어 구름 파도 건너니 　　春風桂檝涉雲濤
언덕 습지 다니는 왕정에 감히 노고를 말하랴 　　原隰王程敢告勞
사해에서 교제를 논하니 오늘밤이 좋구나 　　四海論交今夕好
서호의 청수한 문벌 또한 시의 호걸일세 　　西湖淸閥又詩豪

봉사 원군에게 받들어 부치다 홍(洪) 군관이 사이에서 전해주었다
奉寄奉事元君 介洪軍官

임신부(林信富)

새로 알게 돼 손잡으니 뭇 신선을 만난 듯 　　新知把手遇群仙
봄 가득한 부사산이 구름 곁에 있구나 　　春滿士峯白雲邊
성대한 잔치에서 그대 못 봐 한스러우니 　　可恨盛筵君不見
언젠가 영 땅의 노래[24]로 답해주길 바랍니다 　　他時願報郢中篇

임관정에게 화답하다
和林觀亭

원중거(元中擧)

빈관에서 다시 예전처럼 신선들 모이니	賓館還如舊集仙
붉은 놀이 채색 붓[25] 곁을 가볍게 스친다	紅霞輕拂彩毫邊
보석 숲[26]의 한 나무 멀리서도 빛을 발해	瓊林一樹遙生色
침상에서도 소아편[27]을 맞이하는 듯하다	床枕似迎霄雅篇

진사 김군에게 받들어 부치다
奉寄進士金君

임신부(林信富)

한나라 깃발 보니 빙례 하러 온 사신이라	修聘使臣觀漢旄
해 곁에서 명 받들고 곁말을 푸는구나	日邊奉命解驂騑
그대 멀리 동방의 객이 된 것 가련하니	憐君遠作東方客
만 리에 바람 차고 봄빛은 희미하네	萬里風寒春色稀

---

24 영 땅의 노래 : '영(郢)'은 초(楚)나라의 도읍. 춘추시대 초나라의 대중가요인 '하리(下里)'와 '파인(巴人)'은 수천 명이 따라 부르더니, 고상한 '백설(白雪)'과 '양춘(陽春)'의 노래는 너무 어려워서 겨우 수십 명밖에 따라 부르지 못했다는 이야기가 전한다. 여기서는 고상한 노래를 지칭한다.

25 채색 붓 : 채필(彩筆), 즉 수식이 풍부한 아름다운 문장. 강엄(江淹)이 꿈에서 오색 붓을 받은 후에 글이 크게 진보했는데, 만년의 꿈에서 붓을 돌려주자 그 후로는 좋은 글을 지을 수 없었다는 고사가 있다.

26 보석 숲 : 경수(瓊樹)의 숲. '경수'는 옥이 열린다는 전설의 나무인데, 인격이 고결한 사람 또는 미인을 비유한다.

27 소아편(霄雅篇) : 『시경』의 「소아(小雅)」를 지칭한 듯하다. '소아'에는 주로 주(周)의 조정 의식이나 연회에서 사용된 노래가 실려 있다.

임관정에게 받들어 화답하다
奉和林觀亭

김인겸(金仁謙)

해외에서 해를 넘겨 깃발이 닳았고	經年海外弊旌旗
실상사 앞에서 수레가 멈추었네	實相寺前駐四騑
봄 저무는 강도에 이별의 한 동하는데	春晩江都離恨動
매화는 다 지고 살구나무 꽃 드물구나	梅花落盡杏花稀

추월 남군에게 다시 받들어 부치다
再奉寄秋月南君

임신부(林信富)

사절이 바람을 타고 대한을 나오니	使節乘風出大韓
산하가 아득한 곳에 절로 평안하다	山河漠漠自平安
돌아갈 때는 농어회 올려도 괜찮겠지만	歸時可薦鱸魚鱠
이곳에서 해태관[28] 쓴 것이 가엾구나	此處堪憐獬豸冠
손님이 탄 그림배 돛 그림자 널찍했는데	畫舫客浮帆影濶
그대 떠난 객창에는 빗소리가 차갑겠지	旅窓君去雨聲寒
우연히 회맹에서 만나니 붙잡기는 어려워	偶逢盟會當難駐
이 좋은 유람의 자리 더욱 기쁨을 다하네	一席勝遊更罄歡

---

28 해태관(獬豸冠) : 법관이 쓰는 관의 이름. 해태가 옳고 그름을 잘 판단한다는 데서
온 이름.

관정이 다시 보여준 시에 받들어 화운하다
奉和觀亭再示韵

남옥(南玉)

멀리 삼한부터 거쳐 온 남해를 보자니	要觀南海逈追韓
사나운 악어 커다란 자라 기세가 편안하다	悍鰐穹鼇氣勢安
갈대와 귤꽃 아래로 계수나무 노를 젓고	蘆橘花低穿桂棹
종려나무 잎 내려온 곳 연잎 갓이 부딪치네	栟櫚葉重礙荷冠
복어가 오르려 하는데 고향 음식 멀리 있고	河豚欲上鄉烹遠
제비가 처음 돌아가는데 나그네 장막 썰렁하네	江燕初廻旅幕寒
시낭을 뒤져보니 천수는 될 듯한데	點檢奚囊千首足
시 중에 거지반은 이방에서의 즐거움일세	詩中强半異方懽

용연 성군에게 다시 부치다
再寄龍淵成君

임신부(林信富)

봉래산 신선 굴엔 옥으로 된 다리 있으니	蓬萊仙窟玉爲橋
사신 손님 어찌 계수나무 노를 저어야 하리오	使客何須蘯桂橈
신기루는 파란 바다에 이어졌고	蜃氣樓臺連碧海
신선의 피리 소리 푸른 하늘을 뚫고 오르네	羽人簫管徹青霄
하늘에 뭇 별이 적다고 누가 말할까	誰言天上衆星少
구름 곁 만 리에 떨어져 있음을 어찌 알리요	豈識雲邊萬里遙
서로 만나 풍속이 다르다 논하지 말라	相遇休論風俗異
호저[29]는 예전처럼 삼한 사신 수레에 속하였네	紵縞依舊屬韓軺

관정에게 다시 화답하다
再和觀亭

성대중(成大中)

안개 낀 버들 하늘하늘한데 삼백 개의 다리　　　　烟柳依依三百橋

밝은 달 아래서 노래하니 작은 배 안이라　　　　月明歌吹在蘭橈

봉래산 세계는 항상 바다에 젖어 있고　　　　蓬壺世界常涵海

왕사의 누대 반은 하늘로 들어가 있네　　　　王謝樓臺半入霄

만 리 외로운 구름에 매화나무 숲이 어둡고　　　　萬里孤雲梅樹暗

오경에 성긴 빗방울 초나라 하늘이 멀구나　　　　五更疎雨楚天遙

문형[30]의 옛 집에는 영재가 많아　　　　文衡舊宅多英玅

마음 나누어도 떠나는 수레 붙잡긴 어렵겠지　　　　論心難得駐征軺

퇴석 김군에게 다시 부치다
再寄退石金君

임신부(林信富)

거마가 힝힝 우니 바람에 먼지 이는데　　　　車騎喧喧風起塵

동관의 큰 길 아름다운 계절을 향해 있네　　　　東關天道向芳辰

이곳에서 사귄 정 그 얼마나 되나　　　　交情此處知多少

나그네 길에서 보니 옛 친구 새 친구일세　　　　客路相看任舊新

눈 가득한 부용산 시야에 들어오고　　　　雪滿芙蓉望裏見

---

29 호저(縞紵) : 생사(生絲)로 만든 띠와 모시옷. 우정이 매우 깊음의 비유. 오(吳)의 계찰
(季札)과 정(鄭)의 자산(子産)이 흰 비단 띠와 모시옷을 주고받은 고사가 있다.

30 문형(文衡) : 과거의 시험관 또는 홍문관 대제학의 딴 이름. 여기서는 나라의 문학을
담당하는 사람을 지칭한다.

환한 꽃 사이의 나비 꿈속의 봄 같구나 花明胡蝶夢中春
세월이 녹아 없어지는 선가의 흥취라 偏銷日月仙家興
강호 만 리의 사람인들 무슨 상관이랴 遮莫江湖萬里人

관정에게 다시 화답하다
再和觀亭

김인겸(金仁謙)

전날 밤 가랑비가 평소의 먼지 씻어내고 微雨前霄洗素塵
성읍에 가득한 도리화 좋은 날에 피었구나 滿城桃李屬良辰
나산[31]의 경학 집안에 전해진 지 오래인데 羅山経學傳家遠
일역의 문풍은 그대에 이르러 새로워졌네 日域文風到爾新
맑은 달밤에 꿈은 서호로 떨어지고 夢落西湖晴月夜
매화 핀 봄에 남국에서 시를 짓는다 詩成南國綻梅春
좌중의 여러 객들 모두 나이 어리니 座中諸客皆年少
청구의 백발노인을 응당 비웃으리 應笑青丘白髮人

---

31 나산(羅山) : 에도(江戶) 관학의 비조로 꼽히는 임나산(林羅山, 1583~1657)을 가리
킨다.

저의 성(姓)은 반전(飯田)이고 이름은 념(恬)입니다. 자는 자담(子淡)이고 호는 정려(靜廬)입니다. 향보(享保) 기해년(1719)과 연향(延享) 무진년(1748) 두 해의 회합에서, 이름을 환(煥)이라 하고 자가 문위(文緯), 호가 방산(芳山)인 사람이 바로 저였습니다. 무장(武藏) 사람이고 임쾌주의 문인이며, 언근후(彦根侯)의 유신(儒臣)입니다. 제 나이 벌써 이순(耳順)을 넘겼는데, 세 번이나 성대한 일을 만나 제군 여러분과 이곳 객관에서 주선을 할 수 있으니 실로 이보다 더한 행운이 어디 있겠습니까? 도외시하지 말아 주십시오.

반전념(飯田恬)이 재배(再拜)합니다.

학사 남공에게 받들어 드리다
奉呈學士南公

반전념(飯田恬)

대붕은 원래 스스로 뭇 닭들보다 뛰어나　　　　　大鵬元自出雞群
시단에서 한번 공격에 만군을 쓸어버리네　　　　一擊詞場掃萬軍
일찍이 경연에서 드날려 연거[32]의 총애 받으니　　夙擅経筵蓮炬寵
아름답고 높은 명성 해 옆의 구름까지 닿았네　　芳聲高響日邊雲

---

32 연거(蓮炬) : 금련거(金蓮炬)를 이른다. 당나라 영호도(令狐綯)가 대궐에서 야대(夜對)하다가 밤이 깊어 돌아갈 때, 천자가 '황금 장식을 한 연꽃 모양[金蓮]'의 등촉(燈燭)과 승여(乘輿)를 주어 보내자, 학사원(學士院)의 관리들이 멀리서 바라보고는 천자의 행차인 줄로 알았다는 고사가 전한다.

반전정려에게 화답하다
和飯田静廬

남옥(南玉)

봄이 지는 강산 기러기 떼를 전송하는데	春晚江山送雁群
변방에서 낙조 보며 근심하니 종군한 듯하다	邊愁落日似從軍
만남의 장에서 뜬 달 가장 다정하지만	多情最是逢筵月
한스러움 일으켜 다시 이별 길의 구름 보네	惹恨還看別路雲

찰방 성군에게 받들어 드리다
奉呈察訪成君

반전념(飯田恬)

사신의 별 높이 봉황대를 비추니	使星高照鳳皇臺
옥절이 가뿐하게 바다를 건너 왔네	玉節翩翩度海來
즐겁게 신선을 만나 낭원[33]에서 노니	歡遇神仙遊閬苑
세상에서 어찌 꼭 봉래산을 찾으랴	人間何必訪蓬萊

반전정려에게 화답하다
和飯田静廬

성대중(成大中)

금병풍 비단자리가 절집을 가렸는데	金屏綺席敝禪臺

---

33 낭원(閬苑) : 낭풍전(閬風巓)의 동산. 신선이 산다는 곳. 낭풍전은 곤륜산(崑崙山) 꼭대기에 있다는 산봉우리의 이름.

듬성듬성 흰 머리로 등불을 들고 오네　　　　霜髮蕭蕭引燭來
안기생[34]을 만난 듯 도를 논하는 마음 맞아　　似遇安期論道契
상방에 꽃과 달이라 여기가 영주 봉래일세　　上方花月是瀛萊

봉사 원군에게 받들어 드리다
奉呈奉事元君

반전념(飯田恬)

궁중의 재자 시림의 으뜸이구나　　　　　　　宮中才子冠詩林
독보적인 원화체[35]라 학문이 절로 깊네　　　獨步元和學自深
나그네 길 꽃이 피어 봄빛 두루 퍼졌으니　　客裡烟花春色徧
그대 이향에서 읊조린다고 애석해 마시기를　　請君莫惜異鄕吟

반전정려에게 화답하다
和飯田靜廬

원중거(元重擧)

봄비가 후둑후둑 숲속에서 울리는데　　　　春雨疎疎響半林
이경 창가에 촛불 밝히니 절집이 깊숙하다　　二更櫳燭梵宮深
차가운 침상에서 사마상여의 부를 안고　　寒牀獨抱相如賦

---

34 안기생(安期生) : 진(秦)나라 때의 방사. 도가(道家)에서는 해상의 신선이라고 일컫는
　데 봉래에 산다고 한다.
35 원화체(元和體) : 당(唐)나라 원화(元和) 연간에 성행했던 원진(元稹)·백거이(白居
　易)의 시풍.

어두운 누각에서 홀로 칠발[36]을 읊조린다 　　　　　 杳閣空孤七發吟

진사 김군에게 받들어 드리다
奉呈進士金君

　　　　　　　　　　　　　　　　　반전념(飯田恬)

만 리를 떠난 사자의 수레가 가련하니 　　　　　 萬里應憐使者車
계림은 꿈처럼 하늘 끝에 떨어져 있네 　　　　　 雞林如夢隔天涯
부용산 높은 곳에서 빛나는 천년설 　　　　　 芙容高照千秋雪
흩어지면 선랑 옷 위의 꽃이 되리라 　　　　　 散作仙郞衣上花

반전정려에게 화답하다
和飯田靜廬

　　　　　　　　　　　　　　　　　김인겸(金仁謙)

선옹이 웃으며 오색구름 수레를 스쳐 가니 　　　 仙翁笑拂五雲車
자해[37]의 가에서 세 번이나 사신을 접하네 　　　 三接皇華紫海涯
동서로 한번 헤어지면 다시 만나기 어려우니 　　 一別東西難再見
이별은 다 져버린 무주의 꽃과 같으리 　　　　 離依落盡武州花

---

36 칠발(七發) : 한(漢)나라 매승(枚乘)이 지은 사부(辭賦)의 이름. 칠간(七諫)의 형식을
　모방하여 일곱 가지 일로 태자(太子)를 깨우친 내용.
37 자해(紫海) : 전설에 나오는 바다의 이름.

추월 남군에게 다시 드리다
再呈秋月南君

반전념(飯田恬)

양국이 즐거움 나누니 빙례를 행하는 해라	兩國交歡修聘年
비단 돛 멀리 해동을 향해 걸려 있네	錦帆遙向海東懸
관문의 구름은 청우[38] 탄 객을 옹위하고	關門雲擁靑牛客
대각의 바람 금마[39]의 현사들을 높이네	臺閣風高金馬賢
조유[40]를 압도하는 재주 비단 자리에 임하였고	才壓曹劉臨綺席
학문은 추로[41]를 궁구하니 경연에서 으뜸이로다	學窮鄒魯冠経筵
조정에서 전대[42]하니 사람들 칭송하는데	朝廷專對人稱美
사신 별 우러러봄에 해 옆을 비추는구나	仰見星軺映日邊

반전정려에게 화답하다
和飯田靜廬

남옥(南玉)

사신을 세 번 맞으며 영주에서 보내는 세월	皇華三見渡瀛年
남극성의 빛이 바다 위에 높이 떠 있네	南極星輝海上懸

---

38 청우(靑牛) : 노자(老子)가 탔다는 소. 인신하여 노자·신선이 타는 탈것.

39 금마(金馬) : 한(漢)나라 때 국가에서 책을 갈무리하던 곳. 한림원(翰林院)의 별칭.

40 조유(曹劉) : 조조(曹操)와 유향(劉向). 조조와 그의 아들 조비(曹丕)·조식(曺植)은 모두 시문에 뛰어났다. 유향은 목록학의 비조로 일컬어졌으며, 그의 아들 유흠(劉歆)은 아버지의 일을 계승하여 육경(六經)을 정리하고 칠략(七略)을 엮었다.

41 추로(鄒魯) : 추나라와 노나라. 추나라는 맹자의 고향이고 노나라는 공자의 고향이므로, '추로'는 맹자와 공자를 가리킨다.

42 전대(專對) : 사신으로 가서 독자적인 판단으로 응답하는 것을 이른다.

사조로는 어제 어린 아준을 만났는데	詞藻昨逢阿濬玅
풍류로는 지금 태구⁴³의 어짊을 보는구나	風流今見太丘賢
못 가의 꽃 쓸지 않으니 선원에서 향기 나고	池花不掃薰禪院
포구의 비 개이지 않아 객의 자리 젖어 있네	浦雨難開濕客筵
앞서의 시인들 먼 곳을 많이 생각했으니	前度詩人多遠憶
저 멀리 나는 외기러기에게 은근히 묻는다오	殷勤問訊斷鴻邊

용연 성군에게 다시 드리다
再呈龍淵成君

반전념(飯田恬)

부평초처럼 우연히 만나 정이 더욱 친근해	萍水相逢情更親
화창한 날씨에 소요하며 꽃 같은 날을 보네	逍遙和氣對芳辰
비단 돛은 출렁이는 파도에 창해를 건너고	錦帆波湧凌滄海
옥절은 꽃 피는 시절에 귀한 이웃 방문했네	玉莭花開訪寶隣
시부로 사람 놀라게 하니 규벽⁴⁴이 아름답고	詩賦驚人圭壁美
임금 은혜에 보답하는 관리들 묘당의 보배일세	衣冠報主廟堂珍
달빛 받으며 영광스럽게 돌아갈 날 생각하나니	爲思玄冤榮旋日
만 리에 세운 공명에 은총이 새로워지리라	萬里功名恩寵新

---

43 태구(太丘) : 진기(陳綺)의 아버지로서 태구 현장(太丘縣長)을 지낸 진식(陳寔)을 가리킨다. 진기의 아우인 진심(陳諶)까지 합하여 이들 세 부자(父子)는 당시에 학덕(學德)이 높기로 모두 유명하였다.

44 규벽(圭璧) : 제후가 천자를 알현하거나 제사를 지낼 때 지니던 옥. 인품이 아주 뛰어남을 비유하기도 한다.

반전정려에게 화답하다
和飯田靜廬

성대중(成大中)

호수 바다에서 처음 환대하니 옛 친구인 듯	湖海初歡似舊親
이 누대에서 세 번이나 사신의 별 보았겠지	此樓三閱問槎辰
계단 가득한 난옥[45]에서 전해진 학문 알겠으니	盈階蘭玉知傳學
나라 울리는 생황으로 일찍부터 선린하였네	鳴國笙簧早善隣
좨주의 학관에는 강학하는 벗들이 많아	祭酒館中饒講侶
사신 맞는 석상에서 훌륭한 선비 되었구나	皇華席上作儒珍
상봉한 곳에서 곧 헤어져야 하다니	相逢之處旋相別
등나무 사립에서 슬퍼하는데 어둠이 내려오네	惆悵藤扉暝色新

현천 원군에게 다시 드리다
再呈玄川元君

반전념(飯田恬)

꽃이 핀 높은 누대 대모[46]로 만든 자리	花映高堂玳瑁筵
옛 친구처럼 정을 나누니 너무나 사랑스럽다	交情如故不堪憐
가고픈 마음 멀리 계림의 달을 향하는데	歸心遙指雞林月
나그네 꿈속에 아직도 썰렁한 청성[47]의 하늘	旅夢猶寒蜻城天

---

45 난옥(蘭玉) : 지란(芝蘭)과 옥수(玉樹). 훌륭한 자제를 비유한다.

46 대모(玳瑁) : 바다거북과에 속하는 거북의 일종. 열대지방에 사는데 황갈색의 등껍데기에 검은 반점이 있으며, 대모 또는 대모갑(玳瑁甲)이라 하여 공예 재료로 쓰인다.

47 청성(蜻城) : 일본을 가리킴. 땅의 모양이 잠자리처럼 생겼으므로 '청령국(蜻蛉國)'이라고 한다.

쏟아지는 새 시는 수놓은 비단을 펼친 듯　　　　　郁郁新詩開錦繡

나는 듯한 채필에 구름과 연기 일어나네　　　　　翩翩彩筆起雲烟

다만 옷과 패옥이 바람 타고 갈 일 걱정이라　　　只愁衣佩乘風去

흰 머리로 부질없이 별학조[48]를 연주한다　　　　白首空彈別鶴絃

반전정려에게 화답하다
和飯田靜盧

　　　　　　　　　　　　　　　　　　　　　원중거(元重擧)

종려나무 계수나무 골짝에 대나무로 만든 자리　棕桂谷裡竹作筵

화려한 전당 조용하고 맑아서 사랑스럽구나　　　華堂淡澹淨堪憐

외론 구름 가랑비 내리는 텅 빈 봄 밤　　　　　孤雲細雨虛春夜

한 나무 남은 꽃들이 저녁 하늘을 에워쌌네　　　獨樹殘花擁晚天

맑은 등불 전해오니 연잎이 물 위로 나오고　　　清燭人傳荷出水

짧은 시로 마주하니 종이에서 연기가 나네　　　　短篇詩對紙生烟

깊은 대숲의 띠 집을 사랑스레 바라보며　　　　　愛看茆屋幽篁裡

빙그레 웃는다 처사의 노래 갖고 갈 생각에　　　莞爾歸將處士絃

---

48 별학조(別鶴操) : 악부(樂府) 가운데 금곡(琴曲)의 이름. 상릉(商陵)의 목자(牧子)가 장가든 지 5년이 되도록 자식이 없자 그의 부형(父兄)이 그를 다시 장가들이려 하였다. 그의 아내가 그 사실을 알고 밤중에 일어나 문에 기대어 휘파람을 슬피 불었는데, 목자가 그 소리를 듣고 슬픈 마음에 거문고를 가져다가 노래한 것을 후인이 취하여 악장(樂章)으로 만든 것이라 한다.

퇴석 김군에게 다시 드리다
再呈退石金君

반전념(飯田恬)

사절이 멀리 하늘 밖에서 오니	使節遙從天外來
성은 받들고 만 리 봉래산을 찾아왔네	承恩萬里訪蓬萊
한밤에 배는 창명의 물결에 정박하고	舟船夜泊滄溟浪
관과 패옥 갖추어 아침에 백설의 누대 오른다	冠佩朝登白雪臺
수빙하는 몸으로 전대의 예 엄숙히 하고	修聘身嚴專對禮
교제하는 마음으로 불군의 재주를 본다	交歡情見不群才
글 짓는 신하로 사신 수레 오기 기다려	詞臣待得星軺到
문원에서 만나 시 지으니 유쾌하구나	相遇文園賦快哉

반전정려에게 화답하다
和飯田靜廬

김인겸(金仁謙)

진나라 아이 그날 영주로 피난 왔고	秦童當日避瀛來
서복[49]은 누선을 방장 봉래에 정박했네	徐福樓船艤丈萊
약초는 웅야[50]의 산에 길고도 푸르며	藥艸長靑熊野岫

---

49 서복(徐福) : 서불(徐市). 진(秦) 때의 방사(方士). 진시황(秦始皇)에게 바다 속에 삼신산(三神山)과 신선이 있다고 상서하여, 진시황의 명령으로 어린 남녀 수천 명을 데리고 불사약을 구하러 바다로 떠난 뒤 돌아오지 않았다.

50 웅야(熊野) : 구마노. 일본 와카야마 현(和歌山縣)의 니시무로 군(西牟婁郡)부터 미에 현(三重縣)의 기타무로 군(北牟婁郡)에 걸친 지역의 총칭. 산림 자원이 풍부하고, 구마노산잔(熊野三山)·나찌노타키(那智瀧) 등 경관이 뛰어난 곳이 많다.

칠서[51]는 열전[52]의 누대에 아직도 있다네　　　漆書猶在熱田臺

희씨 집[53]의 옛 법은 관제를 따르고　　　姬家舊法遵官制

전국의 유풍은 무재를 숭상한다　　　戰國遺風尚武才

상방[54]의 문기가 약함을 능히 떨쳐내니　　　能振桑邦文氣弱

임씨 문하의 사제들 모두 아름답도다　　　林門師弟總佳哉

이날 원 서기가 아파서 자리에 나오지 않아,
절구 한 수를 지어 방문했다
此日元書記病不出席 賦一絶訪

반전념(飯田恬)

봄날 쓸쓸히 옥루에 누워 계시니　　　春日蕭然臥玉樓

그대 생각하며 이곳에서 아득히 바라보았네　　　思君此處望悠悠

남아는 원래 사방을 향한 뜻[55] 지니고 있으니　　　男兒元自四方志

객중에 장석[56]의 수심 짓지 마시기를　　　客裡休成莊潟愁

---

51 칠서(漆書) : 옻으로 글씨를 쓴 죽간(竹簡).

52 열전(熱田) : 아쓰타. 일본 아이치 현(愛知縣) 나고야 시(名古屋市)의 구. 일찍부터 항구이자 종교 중심지였으며 도쿠가와시대(德川時代, 1603~1867)에는 도쿄(東京)와 교토(京都) 사이를 연결하는 도카이도(東海道) 상의 역참으로 번영했다.

53 희씨 집 : '희(姬)'는 주(周)나라의 성씨이므로, '희가(姬家)'는 곧 주나라를 지칭한다.

54 상방(桑邦) : 상역(桑域), 즉 일본을 가리킴. 전설에 해가 뜨는 곳을 '부상(扶桑)'이라 하였으므로, 동쪽에 있는 일본을 '상역' 또는 '상방'이라 한 것이다.

55 사방을 향한 뜻 : 고대에 세자(世子)가 태어나면 뽕나무 활에 쑥대 화살을 메워 천지 사방에 쏘아 원대한 뜻을 품기를 기원하였다.

56 장석(莊舃) : 전국시대 월(越)나라 사람 장석이 초(楚)나라에서 벼슬하다가 병이 들자 자기도 모르는 사이에 무의식적으로 월나라 노랫가락을 읊조렸다는 고사가 있다.

반전정려에게 화답하다
和飯田靜廬

원중거(元重擧)

나는 선방에 있고 객은 누대에 있어	人在禪房客在樓
병중에 외로이 등불 앞의 아득함 품고 있었네	病中孤抱燭前悠
은근히 시 한 축 남겨 안부를 물으니	殷勤一軸留相問
비바람 치는 삼경에 나의 근심 위로해주네	風雨三更慰我愁

저의 성은 금정(今井)이고 이름은 겸규(兼規)입니다. 자는 자범(子範)
이고 호는 곤산(崑山)입니다. 무장(武藏) 사람이고 임 좨주의 문인이며
좌창후(佐倉侯)의 유신(儒臣)입니다. 무진년의 빙례 때 이미 귀국(貴國)
의 제현들과 이 집에서 주선하였는데, 오늘 좋은 인연을 빌려 또 다시
제군들과 이곳에서 만나게 되니 실로 뜻밖의 기쁨이라 하겠습니다.
금정겸규(今井兼規)가 재배(再拜)합니다.

학사 남공에게 받들어 드리다
奉呈學士南公

금정겸규(今井兼規)

바다 위 봉래산에서 봄날 해가 더딘데	海上蓬萊白日遲
신선과 손잡으니 아름다운 기약이로다	神仙携手卽佳期
누대 앞 지척에는 봄 구름이 퍼져 있고	樓前咫尺春雲遍
문장을 지으니 오색이 기이하구나	裁作文章五色奇

금정곤산에게 화답하다
和今井崑山

남옥(南玉)

봄날 선루에서 차 마시니 객은 천천히 머물며	春茗禪樓留客遲
바다 하늘 아래 고요한 성에서 아기[57]를 찾네	海天寥廓覓牙期

---

57 아기(牙期) : 백아(伯牙)와 종자기(鍾子期). 춘추시대에 금(琴)을 잘 탔던 백아(伯牙)
가 지음(知音)의 벗 종자기(鍾子期)가 죽자 금 소리를 들을 사람이 없다 하여, 금의 현

곤산의 조각 옥에서 연기가 가늘게 이니　　　崑山片玉生烟細
좋은 장인 못 만나면 끝내 기이한 것 못 되리　不遇良工竟不奇

앞의 시에 첩운하여 남공에게 드리다
疊前韻 呈南公

금정겸규(今井兼規)

풀로 지은 정자에 봄비가 절로 부슬부슬　　　草亭春雨自遲遲
이별 후엔 천지 사이에서 기약할 수 없으리　別後乾坤未有期
시권을 오래도록 남겨 적막함을 즐기리니　　詩卷長留耽寂寞
그대 천년에 홀로 기이함을 엿보기 때문이지　因君千載獨窺奇

금정곤산에게 화답하다
和今井崑山

남옥(南玉)

어린 제비 우는 비둘기 맑은 풍경 느릿한데　乳燕鳴鳩淑景遲
남금[58]의 대마[59] 돌아갈 기약을 기뻐하네　南金代馬喜歸期
듣자니 그대는 강다리에서 송별하길 원한다는데　聞君欲作河橋送
역참의 나무 시등 아래서 더욱 특별해지리라　驛樹詩燈更一奇

(絃)을 모두 끊고 금을 부순 후 다시는 타지 않았다는 고사가 있다.

58 남금(南金) : 남쪽에서 생산되는 구리로, 진귀한 물건을 말한다. 또는 남방의 우수한 인재를 가리키기도 한다.

59 대마(代馬) : 북쪽 지역에서 생산되는 양마(良馬). 대(代)는 고대의 군지(郡地)인데 훗날 북방의 변새 지역을 가리키는 말로 통용된다.

찰방 성군에게 받들어 드리다
奉呈察訪成君

금정겸규(今井兼規)

봄날 전각에 비단 장니[60]를 멈추니 　　　　臺殿春停錦障泥

무릉의 시냇물 날마다 시제로 쓸 만하다 　　武陵溪水日堪題

우리들 자주 오는 것 싫어하지 마시길 　　　休嫌我輩頻來往

온 나무에 꽃 만발하고 길에는 도리화 있으니　萬樹花深桃李蹊

금정곤산에게 화답하다
和今井崑山

성대중(成大中)

매화 떨어진 절의 뜰 밟는 곳마다 진흙이라 　梅落祗庭踏作泥

객수에 오로지 비를 보며 시 짓는다 　　　　客愁偏向雨中題

발자국 소리 한번 떠난 후 소식이 없는데 　　跫音一去無消息

대숲 너머 오솔길에 안개 나무가 희미하다 　　烟樹依依竹外蹊

앞의 시에 첩운하여 성군에게 드리다
疊前韻 呈成君

금정겸규(今井兼規)

깊은 봄에 가벼운 제비 몇 번을 진흙 머금어　　春深輕燕數啣泥

---

60 비단 장니 : 호화스러운 사람들은 말의 발굽에 비단으로 장니(障泥 말을 탄 사람에게
흙이 튀지 않도록 하기 위해 안장 양쪽에 달아 늘어뜨려 놓은 기구)를 만들어 타고 다닌
다. 여기서는 사신이 타고 온 말을 가리킨다.

고상한 흥취 누구와 함께 시 지으면 좋을까   遠興誰人好共題

멀리 길가에 핀 도리화를 향하니   遙指行程桃李色

안개와 노을 속 몇 군데나 절로 길이 생겼는지   烟霞幾處自成蹊

금정곤산에게 화답하다
和今井崑山

성대중(成大中)

청총마 금 채찍 수놓은 장니   驄馬金鞭繡障泥

품천[61]의 꽃과 버들 모두 정감 있는 시제라   品川花柳盡情題

곤산에 일찍이 삼정[62]의 약속 있었으니   崑山早有三亭約

멀리서 사람을 좇는 달빛 오솔길에 가득하다   遙夜隨人月滿蹊

봉사 원군에게 받들어 드리다
奉呈奉事元君

금정겸규(今井兼規)

부용산의 눈 파란 하늘에 가까우니   芙蓉嶽雪黨青天

시객은 새로 영 땅의 시편을 지었네   詞客新裁郢里篇

강동에서 헤어지고 나면   豫懷江東分手後

남겨진 고상한 노래 붉은 줄로 연주하겠지   猶留高調寫朱絃

---

61 품천(品川) : 시나가와. 도쿄도(東京都) 23구(區)의 하나. 원래 도카이도(東海道) 53
차(次)의 첫 번째 역참으로 에도(江戶) 남쪽의 문호였다.

62 삼정(三亭) : 당(唐)나라 유종원(柳宗元)의 글에 『영릉삼정기(零陵三亭記)』가 있다.

금정곤산에게 화답하다
和今井崑山

원중거(元重擧)

뚝뚝 흐를 듯한 붓과 먹 저녁 하늘에 기대니	毫墨淋漓倚夕天
모여 있는 새 시에 풍류가 빛나네	風流映發簇新篇
병풍 깊숙한 곳 아픈 객은 수심에 말 못하고	深屏病客愁無語
혼자 일어나 등불 돋우며 거문고를 탄다오	自起挑燈手撫絃

앞의 시에 첩운하여 원군에게 드리다
疊前韻 呈元君

금정겸규(今井兼規)

사신 행차 아침이면 만 리 하늘과 헤어지리니	使節朝辭萬里天
가련한 그대 뒤돌아보며 웅장한 시를 짓겠지	憐君回首賦雄篇
봄 꽃 그윽한 강관의 길에서	春花窈窕江關路
음악 같은 꾀꼬리 노래 응당 들으리라	應聽鶯歌似管絃

금정곤산에게 화답하다
和今井崑山

원중거(元重擧)

춘삼월 무주의 하늘에 높이 누우니	三春高臥武州天
꽃비 날리는 선루에 아름다운 시 뒤섞였네	花雨禪樓錯繡篇
그 속에 곤산의 옥 조각 남아 있으니	箇裡崑山留片玉
고산유수곡을 내 손수 연주하리	高山流水手將絃

진사 김군에게 받들어 드리다
奉呈進士金君

금정겸규(今井兼規)

시냇가의 안개와 노을 만 리를 덮었는데	溪上烟霞萬里陰
무릉 깊은 곳에 잠시 배를 매었네	舟船暫繫武陵深
그대 지금 도리화 빛깔을 정성껏 읊조리나	君今誠詠桃花色
이별 후엔 봄바람을 어디서 찾을 건가	別後春風何處尋

금정곤산에게 화답하다
和今井崑山

김인겸(金仁謙)

붉은 매화 지고 대나무 그림자 옮겨가니	紅梅花落竹移陰
법계의 봄 구름이 온 절에 깊구나	法界春雲一院深
고상한 등불 화려한 자리 밤중의 고요한 절에	高燭華筵蕭寺夜
향산의 아홉 노인[63]이 함께 찾아왔네	香山九老共來尋

---

63 향산의 아홉 노인 : 당나라 백거이(白居易)가 회창(會昌) 연간에 태자소부(太子少傅) 벼슬을 그만두고 형부상서(刑部尙書)로 치사하여 향산(香山)의 승려 여만(如滿)과 더불어 향화사(香火社)를 결성, 수행하며 자호를 향산거사(香山居士)라 하였다. 그는 나이가 많고 벼슬에서 물러난 여덟 사람과 낙양(洛陽)에 모여서 놀았는데 이 모임을 '향산구로회(香山九老會)'라고 명명하였다.

앞의 시에 첩운하여 김군에게 드리다
疊前韻 呈金君

금정겸규(今井兼規)

매화는 봄에 늦어 그늘진 뜰에 떨어지고	梅花春老落庭陰
사신이 돌아갈 이별의 길 깊숙하다	使者廻車別路深
시 짓던 자리에서 한번 헤어지고 나면	一自調場分袂後
남은 향기 날마다 더욱 찾게 되리라	餘香日日更相尋

금정곤산의 이별시에 화답하다
和今井崑山別章

김인겸(金仁謙)

봄날은 더디 가고 대나무는 그늘 옮기는데	春日遲遲竹移陰
한양으로 돌아갈 객은 이별의 수심 깊구나	漢陽歸客別愁深
물가의 피리 소리 아득한데 훗날의 기약 없어	涯角茫茫無後約
천리 헤매는 꿈속의 혼은 또 누굴 찾을까	夢鬼千里亦誰尋

석상에서 네 군자에게 받들어 드리다
席上奉呈四君子

금정겸규(今井兼規)

대국의 뛰어난 재주 붓을 물들인 명성	大國雄才染翰名
이 밤 우정으로 맺어질 줄 어찌 알았으랴	寧知此夕結交情
시 속의 파도 가을바람 감싸며 일어나고	賦中濤擁秋風起
붓 아래 꽃은 봄 나무 따라서 피어나네	筆底花隨春樹生

백옥 같은 신선 모두 으뜸의 자리요　　　　　白玉仙人皆尤席

황금 같은 준마들은 제각기 먼저 운다　　　　黃金神駿各先鳴

하물며 손 위의 빛나는 구슬이　　　　　　　況兼掌上明珠色

동방의 십오 성을 함께 비추고 있음에랴　　　並照東方十五城

금정곤산에게 차운하다
次今井崑山

남옥(南玉)

붉은 종이 명함으로 성명을 말하니　　　　　紅紙刺中道姓名

검푸른 붓 아래 가슴속 정이 흩어지네　　　　靑虆筆下散襟情

우정을 맺는데 취향이 같을 필요 없고　　　　論交未必先同調

이별을 말하지만 이 생에만 그러할 뿐　　　　言別還將限此生

어둠 속 기러기는 아득히 포구를 가로지르고　暝雁微茫橫浦去

봄의 새는 간절히 숲 저편에서 운다　　　　　春禽款曲隔林鳴

달 밝은 밤 꽃 지는 것 추억이 되리니　　　　月明花落成追憶

뽕나무 아래서 자며[64] 머물던 여기가 무성일세　桑宿依依是武城

위와 같음
同

성대중(成大中)

무진년 사신 행차에 벌써 이름 전해 들어　　　戊辰槎上已傳名

---

64 뽕나무 아래서 자며 : 불자(佛者)는 은애(恩愛)의 정이 생길까 두려워하여 뽕나무 밑에
서 사흘 밤을 계속 자지 않는다는 고사가 있다.

잠깐 만났는데도 정이 생기는구나	半面相看亦有情
밤 고요해 누대 종소리 맑은 울림과 합해지고	夜靜樓鐘清籟合
비가 뜰의 나무 스치니 온갖 꽃이 피어나네	雨過庭木雜花生
산하가 천 겹으로 막혀도 상관치 않고	河山不省千重隔
생황 비파보다 사람들 노래가 먼저 들리네	笙瑟先聞數子鳴
큰 집 한가한 사람에게 문후하는 이 없지만	大室閑人無致意
알기는 쉽고 잊기는 어려운 여기가 강성일세	易知難忘是江城

위와 같음
同

원중거(元重擧)

직접 뵙지도 못했는데 이름을 먼저 알아	未接芝眉先識名
담담하게 얕고도 깊은 정을 적어서 두네	澹然留記淺深清
원가[65]의 일월이 진나라 나무[66]에 걸렸는데	源家日月撗秦樹
좨주의 문하에는 노나라 생도들 모였네	祭酒門屏集魯生
희미한 등불 화려한 자리에서 붓을 놀리고	稀燭華筵毫正落
성긴 비 내리는 숲에 경쇠 소리 길게 울린다	半林疎雨磬永鳴

---

65 원가(源家) : 원씨(源氏 겐지)를 이른다. 일본에서 황족이 신하의 신분으로 강등될 때 하사하던 성씨 중 하나이다. 헤이시(平氏)·후지와라 우지(藤原氏)·다치바나 우지(橘氏) 등과 함께 사성(四姓)으로 불리며, 일본의 대표적인 성(姓)이다. 일반적으로 가장 유명한 세이와 겐지(淸和源氏)를 비롯해 다수의 유파가 존재한다.

66 진나라 나무 : 진수(秦樹)는 진(秦) 지방에 있는 나무라는 뜻으로, 붕우 간에 오랫동안 멀리 떨어져 있으면서 서로 그리워하는 정을 표현할 때 쓰는 말이다. 이상은(李商隱)의 시 「기영호낭중(寄令狐郎中)」에 "숭산 구름 진나라 나무로 오래도록 떨어져 사네.[嵩雲 秦樹久離居]"라는 구절이 있다. 여기서는 조선이 서쪽에 있으므로, '진나라 나무'라는 시어로써 고향에 대한 그리움을 표현한 것이다.

시 읊는 소리 높아지자 매화 바람 멈추고　　　　呻吟正揭梅風澁
맑은 물시계 소리 아득하게 푸른 성을 감싼다　　　清漏迢迢繞碧城

위와 같음
同

김인겸(金仁謙)

붉은 종이의 명함으로 객과 통성명 하니　　　　紅牋書刺客通名
경개함에 도리어 옛 친구처럼 정을 나누네　　　傾蓋還如故舊情
한묵장에선 당 사걸[67]에게 너무나 부끄럽고　　墙壘多慚唐四傑
청아[68]에서 이제 노나라 제생을 보는구나　　　菁莪今見魯諸生
백발 거듭 추스르고 글 모임에 참여했는데　　　重扶華髮參文會
첫 자리에서 녹명[69]을 읊는 것 다시 접하네　　再接初筵賦鹿鳴
기나긴 밤 등불 아래 그 얼굴 잊기 어려워　　　永夜難忘燈下面
이별의 수심 낭화성 하늘에 넓게 퍼지리　　　　別愁天闊浪華城

석상에서 남공에게 다시 드리다
席上再呈南公

금정겸규(今井兼規)

대해의 동쪽에서 호저를 서로 지니고　　　　縞紵相携大海東

---

67 당사걸(唐四傑) : 초당사걸(初唐四傑), 즉 당의 초기 시인인 왕발(王勃), 양형(楊炯),
　 노조린(盧照隣), 낙빈왕(駱賓王)을 가리킨다.
68 청아(菁莪) : 『시경』 「소아(小雅)」 '청청자아(菁菁者莪)'의 준말로, 인재를 기르는 것
　 을 읊은 시이다.
69 녹명(鹿鳴) : 『시경』 「소아(小雅)」의 편명. 군신과 빈객을 연향하는 시이다.

은혜 입어 이 누대 안으로 들어왔네

초나라 인재인 우리들 도리어 부끄러운데

영 땅 노래는 그대 집안이 본래부터 잘했네

강 위의 돌아가는 소리는 천리 가는 기러기요

길가에 나는 듯한 그림자는 오화마[70]일세

일시에 경개하니 기쁨이 끝없는데

연릉계자[71]의 일을 배워 국풍을 논하노라

唧恩便入此樓中

楚才吾黨還堪愧

郢調君家本易工

江上歸聲千里雁

路傍飛影五花驄

一時傾蓋歡無極

擬學筵陵論國風

금정곤산에게 차운하다
次今井崑山

남옥(南玉)

하늘 길 서쪽에 많고 동쪽에는 땅이 없어

봉래산 소식은 있는지 없는지

신선의 근처라 머리가 온통 하얗고

산수는 아름다운데 시구는 잘 짓지 못하네

포구의 안개 낀 꽃 그 곁에 배를 대니

상근[72]의 잔도는 돌아가는 말이 두려워하리

종이 연은 우리 고향에서 본 것과 같아

天路多西地缺東

蓬壺消息有無中

神仙近處頭全皓

山水佳時句未工

淀口煙花停玄鷁

箱根雲棧惻歸驄

紙鳶恰似吾鄉見

---

70 오화마(五花馬) : 푸르고 흰 점이 있는 말. 준마의 일종.

71 연릉계자(延陵季子) : 춘추시대 오(吳)나라 공자(公子) 계찰(季札)의 호. 예악(禮樂)에 밝아 노(魯)나라로 사신을 가서 주(周)나라 음악을 듣고 열국(列國)의 치란흥쇠(治亂興衰)를 알았다고 한다.

72 상근(箱根) : 하코네. 일본 혼슈(本州) 가나가와 현(神奈川縣) 아시가라시모 군(足柄下郡)의 마을. 에도시대의 역참 마을로 관소(關所)가 있었다.

누대에서 북풍에 기대어 멀리 바라보네   放眼樓頭倚北風

석상에서 성군에게 다시 드리다
席上再呈成君

금정겸규(今井兼規)

법당의 고상한 모임 밤은 깊어 가는데   法堂高會夜將闌
촛불 그림자 짙은 곳에 봄빛이 차구나   燭影深添春色寒
네 벽의 금병풍 화려한 곳에서   四壁金屏相綺麗
그대와 시 지으며 교제의 정 쏟으니 기쁘오   喜君詞賦罄交歡

금정곤산에게 차운하다
次今井崑山

성대중(成大中)

강관의 봄빛 칠분은 이지러졌는데   江關春色七分闌
가랑비 맞은 꽃가지가 아직도 차갑네   細雨花枝尙作寒
물에서 만난 부평초는 모였다 흩어지는 법   一水浮萍輕聚散
절집 누대의 좋은 밤도 즐겁지가 않구나   寺樓良夜不成歡

석상에서 김군에게 다시 드리다
席上再呈金君

금정겸규(今井兼規)

부절이 동쪽에 오니 사신으로 온 해라   符節東來奉使年

홍려[73]의 높은 관사에서 주선에 보답하네 　　鴻臚高館報周旋
수심에 찬 달은 서쪽 봉우리에서 빛나고 　　愁心夜月西峰色
객의 꿈은 고향 땅 북두성 곁으로 가네 　　客夢鄉關北斗邊
오색의 봄 구름 한묵에서 일어나고 　　　　五彩春雲生翰墨
삼신산의 아름다운 기운 누선을 호위한다 　三山佳氣護樓船
바다 너머에 동조[74]가 없다고 말하지 말라 　莫言海表無同調
나를 맞이한 곡조가 바로 백설가[75]였으니 　邀我還操白雪篇

금정곤산에게 차운하다
次今井崑山

김인겸(金仁謙)

임궁[76]은 적적하여 하루가 일 년 같은데 　琳宮寂寂日如年
북두성 향해 천천히 옥절이 돌아가네 　　斗北遲遲玉節旋
빗소리 들으며 성긴 대밭에서 홀로 읊조리고 聽雨孤吟踈竹內
구름 보며 작은 못 가에 맑게 앉아 있다 　看雲清坐小池邊
천 가닥의 짧은 머리 모두 백발 되었고 　千莖短髮皆成雪
갈 길이 만 리인데 아직도 배가 묶여 있네 　萬里歸程尚繫船
방초에 꽃 지는 동쪽 무성의 절에서 　　芳草落花東武寺
그대 거듭 전별시 부쳐 줌에 감사하오 　感君重寄贐行篇

---

73 홍려(鴻臚) : 관서의 이름. 빈객을 접대하는 일을 맡았다.
74 동조(同調) : 취향이 서로 같은 사람을 말한다.
75 백설가 : 춘추시대 초(楚)나라의 가곡 이름으로, 양춘(陽春)과 함께 남이 따라 부르기 어려운 고상한 시를 가리킬 때 쓰는 말이다.
76 임궁(琳宮) : 본래는 도교의 사원을 가리키나, 여기서는 절을 지칭한다.

　저의 성은 원(原)이고 이름은 형(馨)입니다. 자는 군유(君惟)이고, 호
는 난주(蘭洲)이며 무장(武藏) 사람입니다. 임 좨주의 문인이고 창평국
학(昌平國學)의 생원입니다.

　원형(原馨)이 재배(再拜)합니다.

학사 남공에게 받들어 드리다
奉呈學士南公

원형(原馨)

사신별이 맑은 하늘에서 내려왔다고 들었는데	星槎曾聽下晴空
하늘 끝의 자줏빛 기운 해동에 가득 찼다	紫氣天涯滿海東
세상의 칭찬에서 양백기임을 미리 알았고	世譽預知楊白起
조의에서 숙손통[77]을 아울러 보네	朝儀兼見叔孫通
만 리의 구름 돛은 봄날에 무탈하고	雲帆萬里春無恙
천 년의 사부는 흥이 끝나질 않는구나	詞賦千年興不窮
봉황지[78]의 상객을 만나니	相遇鳳皇池上客
정을 나눔에 더욱 고인의 풍모가 있네	交情況有故人風

77　숙손통(叔孫通) : 한(漢) 때 설(薛) 사람. 고조(高祖) 때 조의(朝儀)를 제정하였으며,
　전례(典禮)를 마련하였다. 만년에 태자태부(太子太傅)가 되었다.
78　봉황지(鳳皇池) : 대궐 안의 못. 곁에 중서성(中書省)이 있었던 데서, 인신하여 중서성
　또는 한림(翰林) 벼슬을 가리키기도 한다.

원난주에게 화답하다
和原蘭洲

남옥(南玉)

난과 같은 그대 향기에 온갖 꽃 사라지니	蘭德馨香百卉空
초나라 남쪽 아름다운 못이 동쪽에 있네	楚南芳澤在天東
골짝에서 나물 캐는 유인 하얀 띠가 정결하고	幽人采谷紉纕潔
섬에서 꽃 따는 하녀 패옥을 풀고 다니네	下女搴洲解佩通
쑥과 띠는 봄이 자주 변할까 두려워하고	直恐蕭茅春數化
두견새는 해가 먼저 끝날까 근심하는데	還愁鶗鴂歲先窮
연잎 옷 입고 난초 띠 맨 나는 갈 길이 멀어	衣荷帶蕙吾行遠
세 번 향기 맡고 아득하게 저녁바람에 기댄다	三嗅悠悠倚晚風

앞의 운을 써서 추월 남공이 화답해주신 것에 사례하다
用前韻 謝秋月南公見和

원형(原馨)

사객이 붓 휘두르니 재주가 없지 않아	詞客揮毫才不空
백설이 강동에 가득함을 보노라	見來白雪滿江東
봄이 검과 패옥 맞이하니 채색 노을 일어나고	春迎劍佩彩霞起
말이 관산을 지나니 자줏빛 기운이 통하네	馬過關山紫氣通
세상에서 삼년이면 얼굴이 늙기 쉽고	人世三秋顏易老
누대에서 한번 헤어지면 길은 끝나기 어려우리	樓臺一別路難窮
다만 이제 문원에서 서로 만나	只今相遇文園裡
영 땅 곡조로 화답하니 대풍가[79]를 능가하네	郢調和成凌大風

찰방 성군에게 받들어 드리다
奉呈察訪成君

원형(原馨)

통신사가 멀리 일동으로 향하니	信使迢遙向日東
바닷길 만 리라 바라보아도 끝이 없구나	滄溟萬里望不窮
신선의 뗏목 멀리 석양 밖에 닿았고	仙槎遠接斜陽外
신기루는 맑은 날 상서로운 노을과 합했네	蜃氣晴通瑞靄中
높은 누각 새로 열리니 연시[80]의 준걸들이요	高閣新開燕市駿
긴 옷자락에서 한나라 신하의 풍모 알겠네	長裾舊識漢臣風
남쪽으로 날아감에[81] 다투어 큰 날개 드리우고	圖南爭矯垂天翼
한번 날갯짓에 천 길 하늘에서 내려왔도다	一搏千尋下碧空

---

79 대풍가(大風歌) : 한 고조(漢高祖) 유방(劉邦)이 천자(天子)가 된 뒤에 고향인 풍패(豐沛)를 지나다가 부로(父老)들과 술을 마시면서 부른 노래. "큰바람이 일어남이여 구름이 흩날리도다. 위엄이 사해(四海)를 덮음이여 고향에 돌아왔도다. 어떡하면 맹사(猛士)를 얻어 사방(四方)을 지킬꼬."라는 내용으로, 천하를 얻고 고향에 돌아온 영웅의 기개가 담겨 있다.

80 연시(燕市) : 전국시대 연(燕)나라의 수도인 연경을 가리킨다. 『사기(史記)』「자객열전(刺客列傳)」에, 진시황(秦始皇)을 죽이러 가는 형가(荊軻)가 친구 고점리(高漸離)와 연시(燕市)에서 매일 술을 마셨다는 기록이 있고, 진(晉)나라 좌사(左思)의 영사(咏史)에 "형가가 연시에서 술을 마시니, 주기가 오르면서 그 기운 더욱 떨쳤어라.[荊軻飮燕市, 酒酣氣益震.]"라는 표현이 있다.

81 남쪽으로 날아감에 : 대붕(大鵬)이 북해에서 남해로 멀리 날아가는 것을 말하는데, 보통 포부가 원대하여 앞길이 창창한 것을 비유한다.

원난주에게 화답하다
和原蘭洲

성대중(成大中)

한묵의 기이한 인연 해동에 있으니	翰墨奇緣在海東
오나라 산 월나라 물에 흥이 다하지 않네	吳山越水興難窮
학은 저 멀리 안개 낀 들보 위에 깃들고	鶴栖縹緲烟樑上
꽃은 비 내리는 객관에 뿌옇게 아롱졌는데	花架朦朧雨館中
수놓은 부절은 불계에서 한참 동안 머물고	繡節久停諸佛界
연잎 치마엔 아직도 열선의 바람이 스친다	荷裳猶拂列仙風
그윽한 난초에 절로 마음과 취향 같이 하니	幽蘭自有同心臭
삼일의 남은 향기[82] 자리에서 사라지질 않네	三日餘香席未空

앞의 운을 써서 용연 성군이 주신 화답시에 사례하다
用前韻 謝龍淵成君見和

원형(原馨)

사자가 봉궐[83] 동쪽에 수레를 멈추니	使者停車鳳闕東
외람되이 모시고 멋진 흥에 기쁨이 무궁하다	叨陪佳興喜無窮
비단 도포 봄을 비추니 금성의 아래요	錦袍春暎金城下
백설이 차갑게 생겨나니 화관의 안이라	白雪寒生華館中
하늘 끝에서 붓 휘두르니 우로가 개이고	搖筆天邊開雨露

---

82 삼일의 남은 향기 : 순욱(荀彧)은 후한(後漢) 말기의 명사로 향을 좋아하여 항상 몸에 향을 지니고 다녔기 때문에, 그가 머물렀던 자리에는 사흘 동안 향내가 남아 있었다고 한다.
83 봉궐(鳳闕) : 원래 한(漢)나라의 궁궐 이름이었는데, 후대에는 궁궐의 대명사로 쓰임.

자리에서 시 지으며 풍류로 마주하네 　　　　題詩坐上對流風
높은 데 올라 일찍이 용문[84]의 일 말했는데 　　登高曾說龍門事
서기 되어 나는 듯하니 어찌 이름 없다 하랴 　書記翩翩名豈空

봉사 원군에게 받들어 드리다
奉呈奉事元君

원형(原馨)

사신별이 멀리 무창의 성으로 향하니 　　　　使星遙指武昌城
중원의 오마[85]가 맞이한다 알려왔네 　　　　報道中原五馬迎
의장대의 피리 소리 꾀꼬리 울음에 뒤섞이고 　鳳管聲翻黃鳥囀
용 깃발의 그림자 맑은 물결에 흔들린다 　　龍旗影動碧流淸
새 시가 자리에 가득하니 봄에 눈이 날리는 듯 　新詩坐滿春前雪
채색 붓 오래도록 해외에서 명성을 남기리 　綵筆長留海外名
만 리의 넓은 바다 운무에 막혔는데 　　　　萬里滄溟雲霧隔
만난 건 오늘이지만 옛 친구의 정이로다 　　相逢今日故人情

원난주에게 화답하다
和原蘭洲

원중거(元重擧)

난간 가득 아침노을 적성을 마주하고 　　　　滿檻朝霞對赤城

---

84 용문(龍門) : '용문객(龍門客)'은 명망이 높은 집의 귀한 손님을 말한다. 후한(後漢)의
　이응(李膺)은 탁월한 식견이 있어 아무나 만나 주지 않았고, 그를 만나는 사람은 명예를
　얻음과 동시에 입신출세하였으므로 사람들이 이것을 일러 '용문에 올랐다'고 하였다.
85 오마(五馬) : 다섯 필의 말이 끄는 수레로 군수와 같은 지방 수령의 행차를 뜻한다.

무주의 안개 낀 나무 봄을 맞이하네 　　武州烟樹見春迎

어룡이 바다 건너니 구름 얼굴 젖었는데 　　魚龍海渡雲容渥

아름답게 꾸민 누대 개인 날씨가 맑구나 　　珠貝樓臺霽色清

물에 비친 달 따라가니 그 끝은 별천지요 　　水月行窮天外界

보배 구슬 가득 가져오니 남두의 명성이로다 　　瓊琚携滿斗南名

양국의 태평성대를 만난 듯하여 　　似逢兩國昇平日

귀한 나무에 호저의 정까지 기쁘기만 하구나 　　嘉樹懽兼縞紵情

앞의 운을 써서 현천 원군이 주신 화답시에 사례하다
用前韻 謝玄川元君見和

원형(原馨)

관문의 자줏빛 기운 강성으로 넘어오니 　　關門紫氣度江城

봄에 익조의 머리[86]에서 사신을 맞이했네 　　鷁首乘春使者迎

그림 속의 검은 별 그림자에 움직이고 　　畫裏劍于星影動

가슴 속에 품은 옥은 달빛처럼 맑구나 　　懷中璧與月明清

높은 누대의 시 쓰는 붓이 흥을 재촉하는데 　　高臺詞翰偏催興

먼 데서 온 손님의 풍류 예전부터 알았다네 　　遠客風流舊識名

문물이 있는 세상에서 함께 기뻐하니 　　共喜乾坤文物在

천년의 한 번 만남으로 고금의 정 쌓는구나 　　千年一遇古今情

---

86 익조의 머리 : '익조(鷁鳥)'는 물새의 일종으로 바람을 잘 견딘다 하여 배에 많이 그려
　지므로, '익수(鷁首)'는 사신이 타고 온 배를 지칭한다.

진사 김군에게 받들어 드리다
奉呈進士金君

원형(原馨)

유신이 부절 들고 동방으로 들어오는데	儒臣擁節入東方
만 리의 관산 길이 더욱 멀구나	萬里關山路轉長
붓 휘두르니 못가에서 용의 그림자 달리고	揮筆池頭龍影走
생황 부니 하늘 밖에서 봉황의 소리 울린다	吹笙天外鳳聲揚
부용의 산색 아래 백설의 곡조 높아지고	調高白雪芙蓉色
창해의 바닷가에 청운의 명성 일어난다	名起靑雲滄海傍
날마다 석거각[87]에서 경전을 이야기하니	日日談經石渠閣
풍류로 한나라 현량에게 어찌 뒤지랴	風流何減漢賢良

원난주에게 화답하다
和原蘭洲

김인겸(金仁謙)

객이 아득히 먼 곳에서 왔는데	有客迢迢自遠方
봄 깊어가는 동국에 해가 처음 길어졌네	春深東國日初長
그윽한 새는 아름다운 장막에서 삑삑 울어대고	玄禽畵幕喃喃語
꽃비는 이름난 정원에서 하늘하늘 흩날리네	紅雨名園細細揚
외로운 탑 아래 늙은 돌에 수심 겨워 기대고	老石愁依孤塔下
저물녘 물가의 난초를 기쁘게 대한다	芳蘭喜對晩洲傍
그대 세 바다 밖에서 태어난 것 어여쁘니	憐君生在三洋外

---

87 석거각(石渠閣) : 한(漢)나라의 장서각(藏書閣)으로 문예를 담당하는 기관을 뜻한다.

끝내 그 해 진량의 북학[88]을 본받았구려　　　　　末效當年北學良

앞의 운을 써서 퇴석 김군이 화답해 주신 데 사례하다
用前韻 謝退石金君見和

원형(原馨)

시부로 예전부터 사방에서 날리시니	詩賦由來擅四方
이날 만나봄에 흥이 참으로 유장하다	相逢此日興偏長
진인의 기운 관문을 향해 뻗어가고	眞人氣向關門發
가객의 명성 산악에 기대어 드날리네	佳客名依山嶽揚
수호[89]의 재주 토원[90]에서 번쩍이고	繡虎才翻兎園裡
청총마의 발걸음 봉지 곁에서 조용하다	靑驄步靜鳳池傍
교린의 일은 천년이 흘러도 끝이 없어	鄰親千載尙無限
각각의 하늘에서 좋은 지기 점칠 수 있다네	卜得各天知己良

---

88 진량의 북학 : 『맹자(孟子)』 「등문공 상(滕文公上)」에 "진량(陳良)은 초(楚)나라에서 태어났지만, 주공(周公)과 중니(仲尼)의 도를 좋아한 나머지, 북쪽으로 중국에 와서 학문을 배웠다.[北學於中國]"는 내용이 있다.

89 수호(繡虎) : 문장이 화려하고 재주가 뛰어난 사람의 비유. '수'는 시문의 문채가 화려함을, '호'는 풍격이 웅건함을 이른다.

90 토원(兎園) : 양원(梁苑)이라고도 하며 서한(西漢)의 양효왕(梁孝王)이 조성한 매우 크고 호사스런 원림(園林). 양효왕이 이곳에서 당대의 문사들인 사마상여(司馬相如), 매승(枚乘), 추양(鄒陽) 등과 함께 주연(酒筵)을 베풀고 놀다가 눈이 오자 흥에 겨워 시를 주고받았던 고사가 있다.

추월 남공·용연 성군·현천 원군·퇴석 김군에게 다시 드리다
再呈秋月南公、龍淵成君、玄川元君、退石金君

원형(原馨)

봄바람이 불어오는 이월의 하늘	吹度東風二月天
신선 배 홀연 봄의 안개 가르고 내려왔네	仙帆忽下破春烟
오래 전부터 명성 들어온 연대[91]의 객이요	名聲舊聽燕臺客
경개가 빈번하니 어진 한나라 사신일세	冠蓋頻傾漢使賢
자리 위의 푸른 구름 한묵에 전해지고	座上靑雲傳翰墨
바닷가 아름다운 기운이 누선을 호위하네	海邊佳氣護樓船
고금에 문장의 빛은 변하지 않았으니	古今不改文章色
우리는 백설가에 화답하기 어렵다오	吾輩難酬白雪篇

원난주에게 화답하다
和原蘭洲

남옥(南玉)

황새와 학 낮게 나니 비올 듯한 하늘	鸛鶴低飛欲雨天
초운[92]에 귀향 생각하는데 섬 안개 자욱하다	楚雲歸思極洲烟

---

91 연대(燕臺) : 전국시대 연(燕)나라 소왕(昭王)이 지은 황금대(黃金臺)를 말한다. 연나라 소왕이 제(齊)나라에게 패망한 데 대한 복수를 하기 위해 황금대라는 누대를 지어 천금을 쌓아 놓고 천하의 현자(賢者)를 초빙하였는데, 이에 조(趙)나라의 명장 악의(樂毅)를 비롯하여 추연(鄒衍), 극신(劇辛)과 같은 인재들이 앞 다투어 몰려와 이들의 보필을 받은 소왕은 마침내 제국(諸國)의 군사와 함께 제나라를 쳐부수고 숙원을 풀었다.

92 초운(楚雲) : 당나라 시인 허혼(許渾)이 지은 「추사(秋思)」라는 칠언절구를 보면 "초운 상수에서 함께 놀던 일 생각하네.[楚雲湘水憶同遊]"라는 구절이 있는데, 여기서 '초운 상수'는 초나라 구름이 비치는 상수라는 말로, 남쪽 지방을 뜻하는 시어이다.

무창의 산수는 나의 땅 아니거니 　武昌山水非吾土
거적집의 원헌[93]처럼 그대 홀로 어질구나 　原憲蓬蒿獨汝賢
사람과 그윽한 난초 외진 골짜기에 숨어 있어 　人與幽蘭藏別谷
명월을 따르는 시편 돌아가는 배에 가득하겠지 　詩隨明月滿征船
꽃 앞에서 연북[94]하니 아득한 밤이라 　花前硯北迢迢夜
만 리로 헤어지면 상자 속 시들을 꺼내 보리 　萬里分開匧裏篇

앞과 같음
同前

성대중(成大中)

수양버들 하늘거리는 이월의 하늘 　楊柳依依二月天
도관은 산 너머 안개 속에 떠 있네 　道觀山外漲浮烟
얕은 글 솜씨로 다만 장안의 협객 되었는데 　淺毫只作長安俠
가난한 원헌은 오히려 궐리[95]의 현량이라네 　憲窶猶爲闕里賢
해내에 이미 재자의 자리 텅 비고 나면 　海內已空才子席
강가에서 효렴선[96] 찾기 어려우리라 　江頭難覓孝廉船

---

93 원헌(原憲) : 춘추시대 노나라 사람으로 자는 자사(子思) 또는 원사(原思)이며 공자의 제자이다. 너무 가난하여 토담집에 거적을 치고 깨진 독으로 구멍을 내서 바라지창으로 삼았는데, 지붕이 새어 축축한 방에서 바르게 앉아 금슬(琴瑟)을 연주했다고 한다.
94 연북(硯北) : 벼루 북쪽에 앉아 있다는 말로, 시문을 저작하는 것을 뜻한다.
95 궐리(闕里) : 산동성(山東省) 곡부현(曲阜縣)에 있는 마을로 공자의 고향이다. 공자가 이곳에서 제자들을 가르쳤다.
96 효렴선(孝廉船) : 진(晉)나라 때 단양 윤(丹陽尹) 유담(劉惔)이 효렴(孝廉)으로 천거된 장빙(張憑)과 함께 배를 타고 무군(撫軍)을 찾아가 그를 천거하자, 무군이 그의 재주를 인정하여 태상박사(太常博士)로 삼았다. 인하여 재주 있는 선비가 탄 배를 '효렴선'이라

각궁과 가수[97]에 천년의 뜻 있으니　　　　角弓嘉樹千年意
양관곡[98] 두 번째 시에 다시 화답하네　　更和陽關第二篇

앞과 같음
同前

원중거(元重擧)

호수에 통하는 물빛 맑게 하늘에 떠 있고　　　通湖水色澹浮天
언덕 두른 꽃빛은 가늘게 안개를 짓는다　　　遶岸花光細織烟
균계[99] 숲 속 난초가 패옥으로 들어오고　　菌桂林中蘭入珮
쑥대로 만든 집 창가에 현량이 있네　　　　蓬蒿宅裏窓有賢
화려한 옥은 홀로 진나라 하늘의 나무를 돕고　瓊華獨助秦天樹
고운 지초는 공연히 초나라 배에서 외롭구나　芝彩空孤楚海船
종남산 아래 집으로 돌아가는 날　　　　　歸日終南山下宅
사람 만나면 그저 육유[100]의 시편을 말하리라　逢人只說陸游篇

한다.

97 각궁과 가수 : '각궁'은 『시경(詩經)』「소아(小雅)」의 편명인데, 형제간에 사이좋게 살
아야 한다는 것을 일깨운 노래이다. '가수'는 좋은 나무란 뜻으로, 춘추시대 진(晉)나라
한선자(韓宣子)가 노(魯)나라에 사신으로 갔을 때 노 소공(魯昭公)이 베푼 잔치에서 각
궁편의 시를 노래하고, 또 계무자(季武子)가 베푼 잔치에 참여해서는 좋은 나무가 있자
그 나무를 보고 좋다고 칭찬했던 고사에서 온 말이다.

98 양관곡 : 위성곡(渭城曲)의 다른 이름. 왕유(王維)가 원이(元二)를 전송하는 시에, "위
성의 아침 비는 가벼운 먼지 적시고, 객사의 버들은 푸르러 정취를 더하는구나. 권하노니
그대여 한 잔 더 드시게나, 서쪽으로 양관을 나서면 아는 친구 없으리.〔渭城朝雨浥輕塵,
客舍青青柳色新. 勸君更盡一杯酒, 西出陽關無故人.〕"라고 하였는데, 이 시를 악부(樂
府)에 넣어 송별곡으로 삼았다.

99 균계(菌桂) : 향나무의 일종.

앞과 같음
同前

김인겸(金仁謙)

동풍에 꽃비가 하늘에 가득하고	東風花雨滿諸天
봄이 지는 장주엔 풀이 안개 같네	春晩長洲草似烟
상령의 바둑 두는 노인[101] 모두 늙고 졸렬한데	商嶺碁翁皆老拙
설루[102]의 사객은 다 어진 인재들이네	雪樓詞客盡才賢
시는 남국의 꽃 앞 의자에서 완성되고	詩成南國花前榻
꿈은 서호의 달 아래 누선으로 떨어진다	夢落西湖月下船
총총히 모였다 흩어져 훗날의 기약 없으니	聚散悤悤無後約
이별 수심에 모두 세 번째 시를 쓰네	離愁都寫第三篇

---

100 육유(陸游) : 1125~1210. 남송(南宋) 전기의 시인. 많은 산문과 1만여 편의 시를 남겼
다. 간단하고 솔직한 표현, 사실주의적인 묘사로 당시 유행하던 강서시파의 고상하고
암시적인 시풍과는 다른 시를 써서 명성을 얻었다. 시에서 뜨거운 애국심을 표현하여
지금까지 애국시인으로 불린다.

101 상령의 바둑 두는 노인 : 상산사호(商山四皓), 즉 진말(秦末)에 세상의 어지러움을
피하여 상산에 숨은 동원공(東園公)·하황공(夏黃公)·녹리선생(甪里先生)·기리계(綺
里季) 등 네 사람을 가리킨다. 여기서는 조선 사신이 자기를 낮추는 겸사로 쓴 것이다.

102 설루(雪樓) : 명나라 때의 시인 이반룡(李攀龍)의 서실(書室) 이름인 '백설루(白雪
樓)'의 준말.

저희들이 다만 위엄 있는 풍모를 다시 접할 수 없음을 한스럽게
여겨, 이에 율시 한 편을 다시 지어 제군들에게 드리며 이별의
절절한 마음을 표현하려고 합니다

僕輩顧不得再接嚴然之風範 以之爲恨 因復賦一律 呈諸君 聊述別離之
切情而已

원형(原馨)

아득히 돌아가는 배 머물게 할 수 없어	縹緲歸帆不可留
하늘가에서 공연히 무성의 머리 가리킨다	天涯空指武城頭
강호는 구름 너머로 삼천리	江湖雲隔三千里
꽃 핀 육십 주에서 시를 짓는다	詩賦花開六十州
창해의 놀란 파도에 눈발이 날리고	蒼海驚濤飛雪起
청산의 밝은 달 곁에 조수가 흐르네	靑山明月傍潮流
향관에 도착하는 날 가을 기러기 떠날 텐데	鄕關到日秋鴻動
버리고 싶은 이별의 수심 어찌 한이 있으랴	何限別愁難欲投

원난주에게 화답하다
和原蘭洲

남옥(南玉)

동쪽 골짜기 산과 내에 비와 달 머무는데	東墅山川雨月留
가는 사람 무슨 일로 다시 고개 돌리는가	歸人何事更回頭
불가의 인연이라 뽕나무 속에서 자고	佛家緣業桑中宿
선계에서 유람하니 우역[103] 밖의 고을일세	仙界游觀禹外州

---

103 우역(禹域) : 중국을 가리킨다. 우 임금이 치수(治水) 사업을 하면서 전 국토를 구주

봄날의 난야는 기미가 향기로워　　　　　蘭枒三春薰氣味

한 줄기 차 연기에서 풍류를 찾는다　　　茶烟一縷覓風流

그리움은 구름과 파도로 막을 수 없으니　相思不以雲濤隔

교칠[104]의 마음 원래 말 없는 곳에서 준다오　膠漆元從默處投

앞과 같음
同前

성대중(成大中)

숲의 새 물가의 구름 떠나고 머무는데　　林鳥汀雲判去留

큰 바닷가에서 하늘 아래 이별을 생각하네　一天離思大溟頭

떠나는 말은 다시 상근의 고개 두려워하고　征驂更畏箱根嶺

가는 배는 멀리 유랑의 고을 향해 서두르겠지　歸船遙催柳浪州

난실의 맑은 향기 안개 밖으로 퍼지고　蘭室清香烟外送

귤 섬의 외로운 달빛 비온 뒤에 흐르네　橘洲孤月雨餘流

들쑥날쑥한 이별의 자리 다시 만나긴 힘드니　參差別席違重會

다만 시통을 보내 답답한 마음 던져본다　但追郵筒滯意投

앞과 같음
同前

원중거(元重擧)

서쪽으로 가려면 아직 한 봄이나 남았는데　西歸猶得一春留

(九州)로 나누고 산·강 등으로 지역 간의 경계를 정한 데서 유래하였다.

104 교칠(膠漆) : 아교와 옻칠. 사귀는 사이가 아주 친밀하여 떨어질 수 없음의 비유.

수양버들 한들한들 자해[105]의 물가로다　　　　楊柳依依紫海頭
방초 속에서 나그네는 상령의 객점을 찾고　　　芳艸客尋箱嶺店
지는 꽃에 사람은 무장주에 누울 테지　　　　落花人臥武藏州
하늘로 이어진 장대비 외론 구름이 가늘고　　連天竹雨孤雲細
해가 비낀 난초 섬에 콸콸 물이 흐른다　　　斜日蘭洲活水流
역력한 맑은 시편 그치지 않고 오니　　　　歷歷淸篇來不已
수레 빗장 우물에 던지는[106] 만큼 훌륭하다　勝如車轄井中投

앞과 같음
同前

김인겸(金仁謙)

금룡산 밖에서 오랫동안 머무니　　　　　金龍山外久淹留
밤새도록 고향 생각에 백발이 되려 하네　一夜思鄕欲白頭
소나무 대나무 길 너머에 봉래산 서쪽 나라　松篁路隔萊西國
꽃 피고 새 울어 봄이 한창인 해 아래 고을　花鳥春深日下州
하늘 밖 이별 수심에 발해를 슬퍼하나　　天外離愁悲渤澥
매화 앞 시 모임의 풍류를 기억하네　　　梅前詩會憶風流
서쪽으로 가면 누가 아양곡[107]에 화답할까　西歸誰和峨洋曲

---

105 자해(紫海) : 전설상의 바다로, 바닷물이 잘 익은 오디 빛이라 옷을 염색할 수 있고 그곳에 있는 어류(魚類)와 초목, 돌, 모래들도 모두 자줏빛이라 한다.
106 수레 빗장 우물에 던지는 : 손님을 정성스럽게 대접함의 비유. 한(漢)의 진준(陳遵)이 평소에 술을 좋아하여, 손님을 초대해 술대접을 할 때 문을 잠그고 수레의 굴대비녀장을 뽑아서 우물에 던져 급한 일이 있어도 가지 못하게 했다는 고사가 있다.
107 아양곡(峨洋曲) : 춘추시대 백아(伯牙)가 타고 그의 벗 종자기(鍾子期)가 들었다는

옥 같은 시 몇 번이나 주니 너무나 감사하오　　　　多謝瓊章數數投

추월 남공을 송별하다
送別秋月南公

원형(原馨)

높은 당에서 소매 잡고 돌아가는 날 물으니	高堂把袂問歸期
세월은 흐르는 법 오래 머문다 말하지 마시게	莫道淹留日月移
종횡으로 내달리는 채필 해외에서 멈추고	綵筆縱橫停海外
구름 돛 아득하게 하늘 끝에 있으리	雲帆縹緲隔天涯
인간 백세에 손잡기 어려운데	人間百載難握手
의기 있는 자 예로부터 능히 시를 지었지	意氣由來堪賦詩
가을바람으로 이별의 한 불어 없앨 수 있다면	若使秋風吹別恨
만 리 가는 외론 기러기에 상사의 정 부치리	孤鴻萬里寄相思

원난주의 송별시에 화운하다
和原蘭洲送別韻

남옥(南玉)

홀연히 만났다가 이제 헤어져야 할 시간　　　　忽漫相逢是別期

거문고 곡조로, 고산유수곡(高山流水曲)이라고도 한다. 백아가 거문고를 잘 탔는데 종자
기는 이것을 잘 알아들었다. 백아가 마음속에 '높은 산[高山]'을 두고 거문고를 타면 종자
기는 이를 알아듣고 "아, 훌륭하다. 험준하기가 태산과 같다.[善哉, 峨峨兮若泰山.]" 하
였으며, 백아가 마음속에 '흐르는 물[流水]'을 두고 거문고를 타면 종자기는 이를 알아듣
고 "아, 훌륭하다. 광대히 흐름이 강하와 같다.[善哉, 洋洋兮若江河.]"고 하였다.

작은 등불 옮겨 가며 얼굴을 기억한다 記將顔面小燈移
백운의 이합은 원래 정함이 없고 白雲離合元無定
창해의 동서에 물가란 있지 않았지 滄海東西未有涯
왔던 기러기 이제 다시 돌아가는데 來雁初隨歸雁聽
매화 재촉하며 낙매시 짓기를 겨우 마쳤네 催梅纔了落梅詩
꽃다운 자리에서 한번 나뉘면 소식 막히리니 芳筵一判音塵隔
밝은 달 뜬 하늘 아래 양쪽에서 그리워하리 明月同天兩地思

용연 성군을 송별하다
送別龍淵成君

원형(原馨)

장대한 유람 하며 잠시 손을 잡았는데 握手暫時成壯游
백년의 이별 하고 다시 누대에 오르네 百年分袂更登樓
천지 사이에 사귐의 정 다하지 않으니 交情不盡乾坤裡
밝은 달 향해 이별의 수심 보내련다 試向月明投別愁

원난주의 송별시에 화운하다
和原蘭洲送別韵

성대중(成大中)

화려한 등불 청명한 밤 유람은 끝나지 않았는데 華燭淸宵不盡游
바다 가운데 구름과 나무 빗속의 누대라 海中雲樹雨中樓
석별의 시 지어 상자에 담아 가니 行箱裁得離情去
난주의 아득한 수심 알 수 있으리라 省識蘭洲渺渺愁

현천 원군을 송별하다
送別玄川元君

원형(原馨)

아득히 돌아가는 배 푸른 물결 탔는데	縹緲歸帆乘碧流
고향으로 향하는 만릿길은 멀기만 하구나	鄉園萬里路悠悠
삼천 세계[108]에 있는 이 모두가 형제이니	三千世界皆兄弟
이별 후엔 시 지어 주지 않은 걸 한하리라	別後恨無詩賦投

원난주의 송별시에 화운하다
和原蘭洲送別韵

원중거(元重擧)

봄물은 망망하게 고인 채 흐르지 않는데	春水茫茫潴不流
바다 건너 돌아갈 생각에 길까지 아득해지네	海天歸思路兼悠
빈연에서 잠깐 만난 짧은 인연 탄식하며	賓筵半面嗟緣短
아름다운 시편 은근히 병든 침상에 보내왔네	華什殷勤病枕投

퇴석 김군을 송별하다
送別退石金君

원형(原馨)

| 그대 고향으로 향하니 이별하는 길이 멀어 | 君向鄉關別路遙 |

---

108 삼천 세계 : 불교 용어로, 소천, 중천, 대천의 세 종류 천세계가 이루어진 세계를
말한다.

물가에서 헤어지면 더 쓸쓸해지겠지　　　　　　河梁分手更蕭條
하늘 끝 만 리는 바람과 안개에 막혔으나　　　　天涯萬里風烟隔
동해는 항상 아침 저녁 조수가 통한다오　　　　東海常通朝暮潮

원난주의 송별시에 화운하다
和原蘭洲送別韵

김인겸(金仁謙)

수심의 구름 막막하게 바다 하늘 멀리에 있고　　愁雲漠漠海天遙
갯버들은 미풍에 만 가지를 날리네　　　　　　浦柳微風拂萬條
슬프게 그대를 생각하니 끝없는 마음　　　　　怊悵思君無限意
강주의 성 밖 상춘의 물결이로다　　　　　　　江州城外上春潮

저의 성은 목촌(木村)이고 이름은 정관(貞貫)이며, 자는 군서(君恕), 호는 봉래(蓬萊)입니다. 미장(尾張) 사람이고 임 좨주의 문인이며, 승산 후(勝山侯)의 유신입니다.

목촌정관(木村貞貫)이 재배(再拜)합니다.

학사 남공에게 받들어 드리다
奉呈學士南公

목촌정관(木村貞貫)

춘삼월 부평초처럼 고상한 자리 함께하니	萍水三春共雅筵
녹명편 잘 짓기를 종용하네	徒容好賦鹿鳴篇
약화[109]가 아득히 핀 곳엔 붉은 노을빛	若華漂渺紅霞色
부사산 우뚝한 곳엔 백설의 하늘	富嶽崢嶸白雪天
붓 휘둘러 그나마 뜻을 말하지 않았다면	非是揮毫聊述志
그 누가 잠깐의 경개로 이런 이웃 되겠는가	誰將傾蓋此相憐
씩씩한 그대 채익선이 풍랑을 헤쳐가리니	壯君彩鷁凌風浪
진시황이 돌을 몰았던[110] 그 해의 일 우습구나	堪笑秦皇驅石年

---

109 약화(若華) : 약목(若木)의 꽃. 전설상의 꽃인데, 『초사(楚辭)』「천문(天問)」에 "해가 뜨기도 전에 약화는 어찌 그리 빛나는고.[羲和之未揚, 若華何光.]"라고 한 데서 온 말.

110 진시황이 돌을 몰았던 : 만리장성을 쌓을 때에 진시황이 신편(神鞭)으로 돌을 몰아들였다고 한다.

목촌봉래에게 화답하다
和木村蓬莱

남옥(南玉)

등불 앞에서 이것이 첫 만남인지 모르겠으니	燈前未覺是初筵
현허에서 해편을 지으리라 일찍이 말했었네	曾道玄虛賦海篇
선루에 꽃비 내리는 밤 얼굴을 알았고	識面禪樓花雨夜
우포[111]에 달 밝을 때 이름을 들었지	聞名牛浦月明天
처마 그물[112]엔 새들이 즐겁게 지저귀는데	罘簹樂意禽相語
물가에선 이별 수심에 기러기가 가련하다	蘋渚離愁雁可憐
다시 노당과 함께 헤어짐을 아쉬워하니	更與魯堂同惜解
구름 돛 한번 가면 어느 해에 돌아올지	雲帆一去不知年

찰방 성군에게 받들어 드리다
奉呈察訪成君

목촌정관(木村貞貫)

용 그린 배의 음악소리 우레처럼 울리니	龍舟鼓吟殷如雷
완전무결한[113] 왕사가 실로 장대하구나	王事靡鹽實壯哉
층층의 신기루에 은빛 파도 멀리 있고	蜃氣層樓銀浪遠

---

111 우포(牛浦) : 우창(牛窓)을 말함.

112 처마 그물 : '부첨(罘簹)'은 처마나 창에 새가 드나들지 못하게 설치한 그물을 이른다.

113 완전무결한 : '미고(靡鹽)'는 나랏일을 완전무결하게 수행하려는 각오를 말한다. 『시경(詩經)』「소아(小雅)」'사모(四牡)'에 "어찌 돌아가고 싶은 생각이 없겠는가마는, 나랏일을 완전하게 처리하지 않을 수 없는지라, 내 마음이 서글퍼지기만 한다.[豈不懷歸, 王事靡鹽, 我心傷悲.]"는 구절이 있다.

자라 머리 위의 삼신산 채색 구름 개었네	鼇頭三島彩雲開
우의 맺으며 같은 문자로 뜻 전하니 기쁘고	交歡偏喜同文意
진퇴하는 것도 전대하는 재주에 걸맞구나	進退兼稱傳對才
사절들 별을 끌고 와 며칠인지 알겠으니	使節曳星知幾日
은하수에서 뗏목 타고 돌아감을 어찌 물으리요	天河何問泛槎回

목촌봉래에게 화답하다
和木村蓬萊

성대중(成大中)

성모필[114] 아래 말이 우레처럼 일어나니	猩毛筆下起譚雷
양초의 명성이 진실로 아름답도다	梁楚聲名信美哉
아취 있는 만남은 농자[115]를 만난 듯하고	雅契似從瀧子接
웅장한 시는 정군[116] 향해 펼친 것 같구나	雄詞如向井君開
주나라 시편에서 손님의 뜻을 능가하고	周詩篇裏敖賓意
주역에서 도와 재주를 분별하네	羲易經中辨道才
한밤중에 노을 진 가슴 홀로 추스르기 어려워	半夜霞襟難獨挽
봉래산에서 돌아가는 흰 구름 슬프게 바라본다	蓬山悵望白雲回

---

114 성모필(猩毛筆) : 성성이[猩]는 원숭이 비슷한 짐승인데 그 털로 만든 붓을 이른다.
115 농자(瀧子) : 장문주(長門州)에서 만난 일본 문사인 농장개(瀧長愷)를 뜻한다.
116 정군(井君) : 우창(牛窓 우시마도)에서 만난 사명(四明) 정잠(井潛)을 말한다.

봉사 원군에게 받들어 드리다
奉呈奉事元君

목촌정관(木村貞貫)

행색은 나는 듯하고 바다의 날씨 맑은데 　　　　行色翩翩海氣晴

채색구름 가까이 무양성을 가리키네 　　　　　彩雲近指武陽城

관모와 의상 봄날에 따뜻하니 천리마가 뛰고 　冠裳春暖驊騮躍

관현의 음악 바람에 날리니 난봉이 우는구나 　絃管風飄鸞鳳鳴

일성의 안개와 꽃에 함께 웃고 즐기는데 　　　日城烟花同笑樂

계림의 문물은 그 명성 우레와 같도다 　　　　鷄林文物轟聲名

미천한 몸이 태평성대 만나니 참으로 기뻐 　　微軀偏喜逢昭代

아름다운 시로 두 마음이 잘도 통하는구려 　　容易瓊琚通兩情

목촌봉래에게 화답하다
和木村蓬萊

원중거(元重擧)

매화 바람에 흔들리는 빗줄기 그치질 않아 　　梅風撓雨苦難晴

구름과 물 아득한데 벽성에 누웠다 　　　　　雲水搖搖枕碧城

동해에서 서쪽 보아도 물고기는 오지 않고 　　東海西看魚不至

북쪽 사람 남으로 오니 기러기가 처음 우네 　北人南到雁初鳴

진공의 자리에는 서생의 의자 있고[117] 　　　陳公席上徐生榻

117　진공의 자리에는 서생의 의자 있고 : 후한(後漢) 때에 예장 태수(豫章太守) 진번(陳
蕃)이 다른 손은 접대하지 않았으나 의자 하나를 마련하여 오직 서치(徐穉)만을 앉게
하고, 그가 가면 도로 의자를 치웠다는 고사가 있다.

문거[118]의 책 중에는 예자[119]의 이름 있네	文擧篇中禰子名
한번 병이 나 공교롭게 평수상봉[120] 어긋나니	一病巧違萍水合
맑은 시에 백년의 정 기록해 두었네	清詩留記百年情

진사 김군에게 받들어 드리다
奉呈進士金君

목촌정관(木村貞貫)

동쪽 하늘에 휘날리는 노을만 보이니	唯見東天霞色揚
비단 돛은 벌써 십주의 곁을 지났네	錦帆已過十洲傍
두우성 사이의 기운 청평검[121] 좇아 움직이고	斗間氣逐青萍動
붕새 옆의 구름 금 부절을 따라 길구나	鵬際雲隨金節長
우습구나 네 가지 근심한 평자의 한스러움[122]	堪笑四愁平子恨
삼일 동안 영공의 향기 친히 맡았네	親聞三日令公香
바다 밖 신선의 땅 좋음을 알아야 하리니	須知海外神州好

---

118 문거(文擧) : 후한(後漢)의 학자였던 공융(孔融)의 자. 공자의 후손. 헌제(獻帝) 때 북해(北海)의 재상이 되어 학교를 세우고 유학을 가르쳤다.

119 예자(禰子) : 예형(禰衡). 후한 때의 평원(平原) 사람으로 자는 정평(正平). 공융과 친하게 지내어 그의 추천을 받아 조조(曹操)를 만났으나 상궤(常軌)를 벗어난 행동을 하였고, 후에 황조(黃祖)에게 피살되었다. 그가 지은 「앵무부(鸚鵡賦)」가 『문선(文選)』에 실려 전한다.

120 평수상봉(萍水相逢) : 물 위를 떠다니는 부평초가 서로 만나는 것처럼 우연한 만남을 이른다.

121 청평검(青萍劍) : 옛날의 보검 이름.

122 네 가지…… 한스러움 : 후한(後漢) 때의 문인 장형(張衡)은 천하가 점차 혼란해지는 것을 보고는 자신의 뜻에 차지 않아 즉시 굴원(屈原)의 시를 모방해 사수시(四愁詩)를 지어 자신의 답답한 마음을 토로하였다. 평자(平子)는 장형의 자(字)이다.

화조가 한 집에 모인들 무엇이 나쁘랴　　　　　　花鳥何妨會一堂

목촌봉래에게 화답하다
和木村蓬萊

　　　　　　　　　　　　　　　　　　　　　김인겸(金仁謙)

만 리 동쪽바다에 여섯 돛이 드날리니　　　　萬里東洋六帆揚
신선 배 와서 석목진 옆에 매였네　　　　　　仙舟來繫析津傍
사명[123]이 일찍이 봉래가 좋다고 하였는데　　四明曾說蓬萊好
한 상탑에서 함께 긴 벽루 열게 되었네　　　　一榻同開壁壘長
청구에서 온 사절단의 괴로움 자세히 묻는데　細問靑丘槎節苦
높이 달린 주조[124] 아래 성명이 향기롭다　　高懸朱鳥姓名香
이 생애 이 세상에서 다시 만나기 어려우니　此生此世難重見
훗날 달빛 가득한 이 집을 어찌 견디랴　　　他夜那堪月滿堂

---

123 사명(四明) : 우창(牛窓)에서 만났던 정잠(井潜)을 가리킴. '사명'은 그의 호.
124 주조(朱鳥) : 이십팔 수(二十八宿) 가운데 정(井)·괴(鬼)·유(柳)·성(星)·장(張)·익
　(翼)·진(軫)의 총칭으로 남방을 지키는 신(神).

저의 성은 강정(岡井)이고 이름은 내(鼐)입니다. 자는 백화(伯和)이고
호는 적성(赤城)이며 무장(武藏) 사람입니다. 임 좨주의 문인이며 찬기
후(讚岐侯)의 유신입니다.

강정내(岡井鼐)가 재배(再拜)합니다.

남추월에게 주다
贈南秋月

강정내(岡井鼐)

해 곁에 우로 내리니 만방의 봄이요	日邊雨露萬方春
해외에서 온 배와 수레 이역의 손님일세	海外舟車異域賓
압록강 가에서 단풍잎이 늙었었는데	鴨綠江頭楓葉老
홍려관에 배꽃이 새로 피었구나	鴻臚舘裏李花新
우의를 맺으니 금고에 천리가 없어	論交今古無千里
천지에 한 몸을 나라에 허락했네	許國乾坤有一身
듣자니 설도형[125]만큼이나 이름 있다는데	聞說道衡名下士
시구 지으니 기러기 내려앉아 더 놀랐다오	句成落雁更驚人

또 짓다
又

강정내(岡井鼐)

만 리 삼한의 땅 이별한 후	萬里辭韓土

---

125 설도형 : 수(隋)나라 시인 설도형(薛道衡)이 남조(南朝)에 사신으로 가서 지은 시에
'생각하기도 전에 꽃이 피었다.[花發在思前]'는 유명한 글귀가 있다.

외론 배 타고 온 손님 해 옆에 있네	孤帆客日邊
풍속은 기자로 인해 교화되었고	俗仍箕子化
의상은 한가로부터 전해졌네	衣自漢家傳
이역은 창해에 막혀 있는데	異域阻蒼海
높은 누대에서 아름다운 자리 함께하누나	高樓共綺筵
오늘 밤 헤어지고 나면	別離方此夕
다시 어느 해에 서로 만나랴	相遇更何年

강정적성에게 화답하다
和岡井赤城

남옥(南玉)

매화꽃 떨기 속의 황금 절이요	金利叢梅裏
겹겹의 물가에 구리로 된[126]	銅□積水邊
손님 오시니 성긴 비 후두둑 떨어지고	客來踈雨滴
시 짓기 끝나자 몇 번의 종소리 전해온다	詩罷數鐘傳
조나라 중하게 만든 낭중지추에 부끄러운데[127]	重趙慚錐穎
반형[128] 자랑하며 대모 자리[129]에서 웃으니	誇荊笑玳筵

---

126 원문에 두 번째 글자가 빠져 있다.
127 조나라……부끄러운데 : 『사기』「평원군전(平原君傳)」에 나오는 '낭중지추(囊中之錐)'의 고사를 말한 것이다. 조(趙)나라 평원군이 초(楚)나라에 구원병을 요청하러 가기에 앞서 함께 갈 사람을 모집하고 있었다. 이때 모수(毛遂)가 평원군에게 자신을 추천하면서 "송곳이 주머니 속에 있으면서 영탈(穎脫)하여 뚫고 나오는 것이, 그 끝만 내보이는 것이 아니라 전체를 드러내는 것과 같을 것입니다."라고 하였다. 영(穎)은 송곳 끝을 가리킨다. 평원군이 모수를 데리고 초나라에 갔다 와서 말하기를, "모 선생이 한 번 초(楚)에 이르매 조나라를 구정(九鼎)보다 무겁게 만들었습니다." 하였다.

춘추시대 오월의 기록은	春秋吳越記
규구에서 회맹한[130] 해에 새로 쓰였지	新錄會葵年

칠언율시 중 시어의 뜻을 고르지 못해 화답하지 못한 것이 있었다. 이에 원운(原韻)으로 다시 드린다.

성용연에게 주다
贈成龍淵

강정내(岡井鼂)

긴 칼 높은 관모 비단실로 수놓은 도포	長劍危冠錦繡袍
단심을 임금께 바치고 노고를 사양치 않네	丹心許主不辭勞
비 오는 삼신산으로 조각배 아침에 들어왔는데	片帆朝入三山雨
한밤 구국의 파도에 자다가 홀로 놀라네	孤枕夜驚九國濤
물에 뜬 부평초 훗날 어디서 만나랴	萍水他年何處遇
풍진세상을 이곳에서 잠시 피했을 뿐	風塵此地暫相逃
흥이 오르자 다시 영 땅의 노래 부르니	興來更唱郢中曲
그 곡조 부용산의 백설처럼 높구나	調與芙蓉白雪高

---

128 반형(班荊) : 옛 친구를 만난 기쁨을 표현할 때 쓰는 말. 춘추시대 초(楚)나라 오거(伍擧)가 채(蔡)나라 성자(聲子)와 세교(世交)를 맺고 있었는데, 두 사람이 우연히 정(鄭)나라 교외에서 만나 형초(荊草)를 자리에 깔고 앉아서[班荊] 옛날이야기를 주고받았다는 고사에서 유래하였다.

129 대모 자리 : '대연(玳筵)'은 대모(玳瑁)로 꾸민 자리로 편 연회석으로, 호화스럽고 성대한 연회를 말한다. '대모'는 바다거북과에 속하는 거북의 일종으로, 등껍데기는 황갈색에 검은 반점이 있으며 공예 재료로 쓰인다.

130 규구에서 회맹한 : 춘추시대 제 환공(齊桓公)이 규구(葵丘)에서 제후들과 회맹(會盟)한 일이 있었다.

강정적성에게 화답하다
和岡井赤城

성대중(成大中)

부상의 아침 해 노을빛 도포를 비추는데	扶桑朝日照霞袍
눈을 가린 운연 속에 수고로이 응접한다	遮眼烟雲應接勞
왕령에 복종한 후 절역 끝까지 와서	已伏王靈窮絶域
고향 꿈은 부질없이 신기루 파도를 넘나드네	謾敎鄕夢殘蜃濤
허공에 기대 매양 장생의 허탄함[131]을 비웃고	憑虛每哂莊生誕
달 보며 공연히 노중련의 도피[132] 생각하는데	對月空懷魯仲逃
어젯밤 소나무 창에 신비한 기운 솟아올라	昨夜松窓神氣聳
적성산[133] 색이 주렴 안으로 높이 들어왔네	赤城山色入簾高

---

131 장생의 허탄함 : '장생(莊生)'은 장주(莊周)를 이른다. 그가 그의 저서인 『장자』에서 우언(寓言)과 황당무계한 말들을 많이 하였기 때문에 한 말이다.

132 노중련의 도피 : 노중련(魯仲連)은 전국시대 제(齊)나라의 고사(高士)인데, 성품이 고매하여 벼슬하지 않고 각국을 주유(周遊)하며 분규를 해결하였다. 제후들이 진(秦)을 황제국으로 받들려 하자 "포악한 진나라가 방자하게 황제를 칭한다면 나는 차라리 동해에 뛰어들어 죽겠다."라고 하니, 여러 제후들이 이 말을 듣고 연합하여 진나라 군대를 패퇴시켰다. 제나라 장군 전단(田單)이 제왕(齊王)에게 천거하여 벼슬을 내리려 했는데, 노중련은 "내가 부귀하고서 남에게 굽히며 살기보다는 차라리 빈천하면서 세상을 가볍게 여기고 마음대로 살겠다."라고 하며 바닷가로 몸을 피하였다.

133 적성산(赤城山) : 신선이 사는 곳, 또는 은거지를 뜻한다. 진(晉)나라 손작(孫綽)이 천태산(天台山) 자락인 적성산에 표지를 세우고 은거 생활을 즐기면서 「수초부(遂初賦)」를 지었다. 또 손작의 「유천태산부(遊天台山賦)」에 "적성산에 연하(煙霞)가 일어나 절로 표지를 세운다.[赤城霞起而建標]"는 구절이 있다.

성용연에게 주다
贈成龍淵

강정내(岡井嵒)

두 마음 하루 동안 다 주고받지 못했는데	兩情一日未相酬
다시 만날 기약 없으니 이별 수심 어찌할까	再會無期奈別愁
비록 강가엔 봄풀이 푸르다 해도	縱有江頭春草綠
왕손의 귀향 생각에 만류하기 어렵구나	王孫歸思更難留

강정적성에게 화답하다
和岡井赤城

성대중(成大中)

여구편[134] 불러 송별하고 녹명편으로 화답하니	驪駒唱送鹿鳴酬
만나고 헤어짐에 미련 남아 오늘밤 근심하네	逢別依依此夜愁
매화나무 그늘에 사람의 그림자 흩어져도	梅樹陰邊人影散
멀리 가는 이의 마음 이곳에 있으리라	遠人於此最情留

원현천에게 주다
贈元玄川

강정내(岡井嵒)

| 바닷길 아득하게 만 리가 넘는데 | 海路迢迢萬里賒 |

---

134 여구편 : '여구(驪駒)'는 일시(逸詩)의 편명으로, 손님이 떠나려 하면서 이별의 정을 표시하는 노래이다.

긴 바람에 계수나무 돛대 하늘 끝에서 왔네   長風桂席自天涯
구름은 갈석산까지 닿아 고향 나무 가려지고   雲連碣石迷鄉樹
해 뜨는 부상에는 저녁노을이 모였구나   日出扶桑簇暮霞
필마가 새벽에 우니 산관에 달이 떴고   匹馬曉嘶山館月
길손의 옷 봄날 따뜻하고 들 정자엔 꽃피었네   征衣春暖野亭花
붓을 든 그대 멋진 흥이 많음을 알겠으니   知君載筆多佳興
완적[135]의 문사 펼쳐도 자랑할 것 못 되리라   陳阮文辭未足誇

강정적성에게 화답하다
和岡井赤城

원중거(元重擧)

오는 길엔 십주가 먼 것을 알지 못하고   行來未覺十州賒
그저 하늘과 물이 닿아 찰랑거렸지   祇是盈盈天水涯
나루터에서 먼 섬의 나무에 길 잃지 않았고   渡口不迷遙島樹
자리 앞에서 이미 적성의 노을 마주하였네   筵前已對赤城霞
만가의 안개 낀 나무 동풍에 비 내리고   萬家烟樹東風雨
한 자리의 화려한 시 이월의 꽃이로다   一席詞華二月花
복령과 백출 바구니 안에 부족하지 않지만   苓朮籠中資不乏
큰 공이라 어찌 적공[136]에게 자랑하겠는가   鴻功堪向狄公誇

---

135 완적(阮籍) : 210~263. 삼국시대 위(魏)나라의 시인. 죽림칠현(竹林七賢)의 한 사람. 자는 사종(嗣宗). 노장(老莊)의 학을 좋아하고 술을 좋아하였으며, 거문고를 잘 탔다. 시와 문장에 뛰어났다.

136 적공(狄公) : 당(唐)나라 인인기(藺仁基)가 적인걸(狄仁傑)을 두고 "적공(狄公)의 어짊은 두북(斗北) 이남에서 한 사람일 뿐이다."라고 하였는데, 여기서는 상대방을 적인걸

원현천에게 주다
贈元玄川

강정내(岡井鼐)

새 친구 만났다가 홀연 헤어지게 되니　　　　新知相逢忽分携
벗을 찾는 꾀꼬리 소리 차마 들을 수 없네　　堪聽黃鶯求友啼
이별 후엔 그대 얼굴 볼 길이 없으니　　　　別後無由見顏色
달이 지는 지붕 서쪽을 꿈속에서 헤매겠지[137]　夢迷落月屋梁西

강정적성에게 화답하다
和岡井赤城

원중거(元重擧)

해 지는 누대에서 손잡은 일 추억하며　　　斜日樓臺憶共携
병중에 새 우는 소리 서글프게 듣는다　　　病中悄然聽禽啼
병풍 구석 적적한데 나무에 어둠 내리니　　深屏寂寂瞑生樹
돌아가는 등불 대숲 서편으로 가는구나　　唯見歸燈度竹西

에 빗대어서 말한 것이다.
137 달이 지는……헤매겠지 : 두보(杜甫)가 이백(李白)을 그리워하며 지은 시 「몽이백(夢
李白)」에, "지는 달이 지붕을 가득히 비추니, 그대의 밝은 안색 행여 보는 듯.[落月滿屋
梁, 猶疑見顏色.]"이라는 구절이 있다. 이 시의 3·4구는 이 구절을 변용한 것이다.

김퇴석에게 주다
贈金退石

강정내(岡井𩇉)

만 리에 산과 바다 얼마나 오르고 건넜나	萬里梯杭幾海山
객중에 안개 낀 풍경 다시 봄을 만났네	客中烟景値春還
꽃 보며 기러기 소리 들으니 가는 길 걱정되지만	看花聞雁傷征路
달 지고 닭이 울면 새벽 관문을 지나겠지	月落雞鳴度曙關
마음이 합하니 말이 달라도 나쁠 것 없고	心契不妨言語異
즐거움 나누는데 어찌 꼭 술이어야만 하랴	交歡何必酒杯間
서로 만난 이날을 모름지기 아껴야 하리	相逢今日應須惜
이별 후엔 이 풍류 다시 붙잡기 어려우니	別後風流難更攀

강정적성에게 화답하다
和岡井赤城

김인겸(金仁謙)

아침 해 빛나는 산에서 뱃길이 처음 끝났는데	槎路初窮旭曜山
동쪽 고을의 옥 부절 서쪽으로 돌아가려 하네	東州玉節欲西還
나그네 수심 달을 얻어 고향 땅 그리워하고	羈愁得月偏懷土
병든 몸 바람이 싫어 오랫동안 문을 닫았다	病骨嫌風久掩關
청안[138]으로 외로운 등불 아래 마주보며	青眼相看孤燭下

---

138 청안(青眼) : 따뜻하고 친밀한 마음으로 상대를 본다는 말. 진(晉)나라 때 죽림칠현 (竹林七賢)의 한 사람이었던 완적(阮籍)이 친한 사람은 청안(青眼)으로, 싫은 사람은 백 안(白眼)으로 대했다는 고사가 있다.

한 마디 말로 서로의 마음을 비추는데　　　　　片心同照一言間
고향 동산 어디에 있나 봄은 저물려 하고　　　鄕園何在春將晚
북으로 가는 뜬 구름 잡지 못해 한스럽다　　　北去浮雲恨莫攀

김퇴석에게 주다
贈金退石

강정내(岡井亷)

해 지는 고루에서 여전히 돌아가지 못하고　　　日暮高樓猶未還
무심히 양관곡 부르는 걸 다시 듣노라　　　　無端更聽唱陽關
그대와 오늘 저녁 헤어지고 나면　　　　　　與君此夕分手後
밤마다 청풍명월에 한가롭겠지　　　　　　　夜夜淸風明月閑

강정적성에게 화답하다
和岡井赤城

김인겸(金仁謙)

방초 속 장정[139]에서 객이 돌아가려 하니　　　芳草長亭客欲還
여구 노래 한 곡이 절집에 울리네　　　　　　驪駒一曲動禪關
적성의 채색 노을 끝내 잊기 어렵겠지만　　　赤城霞彩終難忘
영주의 달 봉래의 안개 모두 등한시하리라　　瀛月蓬烟捻等閑

---

139 장정(長亭) : 길 떠나는 사람의 휴식이나 전별을 위하여 10리마다 설치했던 역정(驛
亭).

저의 성은 조미(糟尾)이고, 이름은 혜적(惠廸)입니다. 자는 자경(子慶)이며 호는 행원(杏園)입니다. 무장(武藏) 사람이고 임 좨주의 문인이며 창평국학의 생원입니다.

조미혜적(糟尾惠廸)이 재배(再拜)합니다.

제술관 남군에게 주다
贈製述官南君

조미혜적(糟尾惠廸)

만 리의 넓은 바다 물과 이어진 하늘	滄溟萬里水連天
깃발과 부절 펄럭이며 해 옆으로 왔네	旌節翩翩向日邊
기러기는 춘삼월 나그네 침상을 놀래키고	鴻雁三春驚客枕
강산의 몇 곳에서 채찍을 멈추었던가	江山幾處駐征鞭
뗏목 타는 유람은 시인의 흥을 돕고	乘槎遊助騷人興
초야에서 꾀하는 말 사자의 어짊을 높이네[140]	謀野辭推使者賢
존양하는 의상의 모임[141]에 함께 기뻐하니	共喜衣裳尊讓會
문물이 성명한 시대를 함께 만났도다	同逢文物盛明年

---

140 초야에서……높이네 : 춘추시대 정(鄭)나라의 대부(大夫) 비심(裨諶)은 문안을 창안해 내는 슬기가 있었다. 『논어(論語)』「헌문(憲問)」에 "외교 문서를 만듦에 비심이 초안을 작성하고……"라는 구절이 있다. 그런데 그는 반드시 초야로 내려가야만 좋은 꾀가 나왔으므로, 외교 관계의 중대사가 있을 때마다 그를 꼭 초야로 가게 해서 일에 대한 가부를 꾀하도록 하였다고 한다.
141 존양하는 의상의 모임 : '의상지회(衣裳之會)'는 나라와 나라 사이에 예로써 친교를 맺는 모임을 말한다.

조미행원에게 차운하다
次糟尾杏園

남옥(南玉)

창포와 살구나무 때때로 곡우를 재촉하는데	菖杏時催穀雨天
사신들 아직도 해운 곁에 머물러 있네	皇華猶滯海雲邊
물가에 오래 배를 매어두니 황모[142]가 근심하고	汀舟久繫愁黃帽
뜰의 잎사귀 새로 나니 붉은 채찍[143] 따듯하다	庭葉新敷暖赭鞭
먼 유람에 까마귀 효도가 유난히 어여쁘고	遊遠獨憐烏鳥孝
슬픈 마음에 흰 갈매기 현명함을 진정 깨닫네	含悽眞覺白鷗賢
뭉클한 마음 이별시 짓는 곳에 있구나	關情祇有詩筵別
하룻밤 사귀고 백 년 동안 헤어져야 하니	一夜論交判百年

서기 성군에게 주다
贈書記成君

조미혜적(糟尾惠廸)

묵하의 물가에 홍려관을 만드니	鴻臚爲設墨河濱
옥백 들고 조회 옴에 빈연이 새롭구나	玉帛朝回賓宴新
경개하며 이 시대의 호걸 기쁘게 만나니	傾蓋忻逢一時傑
책상 나란히 하고 양국의 인사 함께 앉았네	連牀同坐兩邦人
서산에 달이 뜨면 향수는 꿈에 맺히고	鄉愁夢結西峰月

---

142 황모(黃帽) : 뱃사람을 뜻하는 표현. 토(土)가 수(水)를 이긴다는 뜻에서, 토의 색깔
인 황색(黃色) 모자를 썼으므로, 황모랑(黃帽郎) 혹은 황두랑(黃頭郎)이라고 하였다.

143 붉은 채찍 : 신농씨가 백초(百草)의 성질과 맛을 검증할 때 이 채찍을 가지고 백초를
후려쳤다고 한다.

동해에 봄이 오니 깊은 흥취 시가 된다　　　　遠興詩成東海春
교분 맺는 데 언어 다른 것 나쁘지 않아　　　　托契不妨言語異
채색 붓으로 교제하니 더욱 더 친해지네　　　　採毫交態轉相親

서기 원군에게 주다
贈書記元君

　　　　　　　　　　　　　　　　조미혜적(糟尾惠廸)

사명 받들고 온 신선 배 일동으로 향하니　　　　奉使仙槎向日東
아득한 바닷길은 허공을 탄 듯하다　　　　　　蒼茫海路似乘空
국경이 나뉘고 산하로 가로막혀 있어도　　　　封疆縱有山河隔
깃발과 부절 때때로 옥백 가지고 왕래하네　　　旌節時將玉帛通
자고로 구주에는 성인의 교훈 남아 있고　　　　自古九疇存聖訓
지금도 팔도에선 순박한 풍속을 본다　　　　　至今八道見淳風
빈연에서 경옥과 같은 시 얻고자 하는데　　　　賓筵欲得瓊瑤報
못난 재주라 시구 잘 짓지 못함이 부끄럽구나　　才拙偏慚句不工

조미행원에게 차운하다
次糟尾杏園

　　　　　　　　　　　　　　　　원중거(元重擧)

하늘에 맑은 기운 퍼지니 석목진 동쪽이라　　　天開灝氣析津東
세상에서 구하는 영화가 대대로 없지 않았네　　需世英華代不空
강좌의 사장은 육씨[144]에게 귀의하였고　　　江左詞章歸陸氏
하간의 강설은 왕통[145]에게 속하였지　　　　河間講說屬王通

자욱한 빗속에 산호의 그림자 모이고　　　　珊瑚影集空濛雨

광막한 바람에 주패의 빛이 번쩍이는데　　　珠貝光翻廣漠風

해를 가리는 울창한 살구나무 뜰에서　　　　翳日蒼蒼文杏苑

뛰어난 재목이 도리어 좋은 솜씨를 묻는구나　奇材還欲問良工

서기 김군에게 주다
贈書記金君

조미혜적(糟尾惠廸)

상서로운 구름 옛 봉래산에 넓게 퍼지니　　　祥雲長滿古蓬萊

옥백으로 교린 하고자 사절이 왔네　　　　　玉帛隣交使節來

산길에는 봄이 깊어 천 그루 나무 모여 있고　山路春深千樹合

역로에는 안개가 따뜻해 백화가 피어났네　　驛程烟暖百華開

원유에 장건의 흥취 있음을 원래 알았지만　　遠遊元識張騫興

전대함에 오직 자우[146]의 재주를 보는구나　專對偏看子羽才

---

144 육씨(陸氏) : 육기(陸機)를 말한다. 진(晉)의 오군(吳郡) 사람. 자는 사형(士衡). 오(吳)가 망하자 10년 동안 은거하며 독서에 전념한 후, 낙양에 들어가 문명을 떨쳤다. 저작에 「문부(文賦)」, 문집에 『육사형집(陸士衡集)』이 있다.

145 왕통(王通) : 자는 중엄(仲淹), 사시(私諡)는 문중자(文中子)이며, 강주(絳州) 용문(龍門) 사람. 수(隋)나라 때 경학가로, 촉군 사호서좌(蜀郡司戶書佐), 촉왕 시독(蜀王侍讀) 등을 역임하였다. 육경(六經)의 효용을 중시하였으며, 그 체제를 본떠 여러 저술을 남겼으나 모두 전해지지 않고 『논어』를 모방하여 지은 『중설(中說)』만 남아 있다.

146 자우(子羽) : 춘추시대 정(鄭)나라에서 사명(辭命)을 만들 때 관여했던 4인 중의 한 사람. 비심(裨諶)은 초안(草案)을 하고, 세숙(世叔)은 그것을 토론(討論)하며, 행인(行人)인 자우(子羽)가 수정을 더하고, 동리 자산(東里子產)이 문채를 가하였다. 정나라에서는 반드시 어진 이 네 사람의 손을 거쳐서 사명을 만들었기 때문에 상세하고 치밀하여 제후(諸侯)들과 응대(應對)하는 데 있어 실패하는 일이 없었다고 한다.

이날 용문에서 외람되이 어리[147]하니　　　　此日龍門叨御李
담소하느라 석양이 재촉하는 줄도 몰랐네　　笑談不覺夕陽催

조미행원에게 차운하다
次槽尾杏園

김인겸(金仁謙)

옛 절의 뜰 황폐하여 긴 풀이 무성한데　　　古寺庭荒長草萊
조용한 바람 성근 대나무에 빗소리 들린다　　澹風疎竹雨聲來
살구나무 정원엔 봄빛이 사람 따라 오고　　　杏園春色隨人至
묵루에선 군대의 위용 바닷가에 펼쳐졌네　　墨壘軍容傍海開
매화 아래서 두 번 읍하며 예로 화답했는데　梅下午酬雙揖禮
일동에서 처음으로 팔두재[148]를 보는구나　　日東初見八斗才
매달린 등불 아래 붓으로 하는 말 가장 좋아　懸燈最好毫端語
험운으로 굳이 재촉할 필요는 없다오　　　　不必相將險韻催

---

147 어리(御李) : 현자(賢者)를 경모(敬慕)하는 일. 후한(後漢)의 순상(荀爽)이 이응(李
　膺)의 어자(御者)가 된 것을 기뻐하였다는 고사가 있다.

148 팔두재(八斗才) : 뛰어난 재주. 『남사(南史)』「사영운전(謝靈運傳)」에 "영운이 말하
　기를 '온 천하의 재주가 모두 한 섬인데 조자건(曹子建 자건은 조조(曹操)의 아들인 식
　(植)의 자)이 8두(斗)를 얻었고, 내가 1두(斗)를 얻었고, 나머지는 고금(古今) 사람들이
　차지했다.' 하였다."는 말이 있다.

저의 성은 강(岡)이고 이름은 명륜(明倫)입니다. 자는 자심(子尋)이며
호는 귀봉(龜峰)입니다. 찬기(讚岐) 사람이고 임 좨주의 문인이며, 창평
국학의 생원입니다.

강명륜(岡明倫)이 재배(再拜)합니다.

제술관 남추월에게 주다
贈製述官南秋月

강명륜(岡明倫)

천지가 오늘 태평성대에 속하니	乾坤今日屬昇平
사절이 멀리서 무성으로 들어왔네	使節迢迢入武城
임금께 보답하고자 기꺼이 산 넘고 물 건너	報主但應甘跋涉
풍속을 살피는 도처에 맞이하는 사람 있네	觀風到處有逢迎
바다를 읊으려 생각하니 현허의 흥취라	更思賦海玄虛興
뗏목 탔던 박망후에게 어찌 이름 양보하랴	豈讓乘槎博望名
서로 만나 제포[149] 주니 사귐에 간격 없어	相遇綈袍交不隔
새 벗이라도 어찌 옛 친구의 정만 못하겠는가	新知何減故人情

강귀봉에게 화답하다
和岡龜峯

남옥(南玉)

만 개의 기와 가지런한데 평온한 봄을 보니	萬瓦鱗鱗春望平

149　제포(綈袍) : 두꺼운 명주로 만든 솜옷. 전국시대 위(魏)나라의 수가(須賈)가, 그의
옛 친구 범수(范雎)가 추위에 떠는 것을 보고 제포를 주었다고 한다.

맑고도 넓은 물이 겹겹의 성 안고 있네	綠澄濠水抱重城
누각에 둥지 튼 들의 학 자주 왕래하고	巢樓野鶴頻來往
변방을 넘는 구름 속 기러기 교대로 영송한다	度塞雲鴻遞送迎
뱉은 말은 일찍 구슬 되니 어린 나이에 놀라고	唾早成珠驚弱歲
오륜은 해처럼 밝으니 어여쁜 이름 사랑스럽네	倫明如日愛嘉名
야연에서 본 얼굴 자세히 기억나진 않지만	夜筵眉眼難詳記
외로운 등불 켠 절집에 정이 다하질 않는구나	孤燭禪簷未了情

남추월에게 다시 주며 인하여 이별의 뜻을 서슬하다
再贈南秋月 因敍別意

강명륜(岡明倫)

그대 하늘 끝을 향해 떠나니	君指天涯去
먼 훗날 그 모습 희미해지겠지	長知形影踈
푸른 옷깃 강해에 막혀 있는데	青衿阻江海
아로새긴 시로 내게 경거[150] 주셨네	雕藻贈瓊琚
산 노을은 떠나는 깃발을 따르고	山靄隨征旆
고향 구름은 사신의 수레 맞이하리	鄉雲迎使車
기러기가 날면서 왕래하니	飛鴻有來往
몇 줄의 서신 아까워 마시기를	莫惜幾行書

---

150 경거(瓊琚) : 보배로운 구슬로 훌륭한 시문을 뜻한다. 『시경』「위풍(衛風)」'목과(木
瓜)'에 "나에게 목과를 주거늘 경거로써 갚는다.[投我以木瓜, 報之以瓊琚.]"는 구절이
있다.

귀봉에게 다시 화답하다
再和龜峯

남옥(南玉)

봄밤은 어찌 이리도 짧은가	春霄何太短
헤어지려 하는데 빗소리가 후두둑	欲別雨聲踈
값으로는 청평검보다 귀하니	價長靑萍劍
말로 패옥을 전하는구나	辭傳玉佩琚
풀이 나면 연이어 모시옷을 주고	草生連贈紵
지는 꽃이 떠나는 수레를 감싸네	花落擁征車
재주가 뛰어나 기대가 도리어 크니	才妙期還太
광산[151]에서 더욱 독서하시기를	匡山更讀書

서기 성용연에게 주다
贈書記成龍淵

강명륜(岡明倫)

떠나는 수레 무성의 봄에 잠시 머무니	征軺暫駐武城春
방초에 무성한 꽃 여기서 손님을 기다렸네	芳艸深花此待賓
가는 곳마다 풍토가 다름을 처음 알았을 테고	風土初知隨處異
강산이 새롭게 보이는 걸 점점 깨달았겠지	江山漸覺入看新
시낭 속엔 며칠이나 여흥 지니고 다녔나	奚囊幾日携餘興

---

151 광산(匡山) : 중국 성도부(成都府) 창명현(彰明縣) 북쪽에 있는 대광산(大匡山)으로, 당나라 이백(李白)이 젊었을 때 글을 읽었던 곳. 두보(杜甫)가 성도에 가서 이백을 그리며 지은 「불견(不見)」 시에, "글 읽었던 이곳 광산에, 이제 늙은 그대여 돌아오구려.[匡山讀書處, 頭白好歸來.]"라는 구절이 있다.

옥절로 이제 선린을 맺었네　　　　　　　　玉節于今修善隣

서로 만나 석양이 지는 것 말하지 맙시다　　相值休言夕陽落

동서로 한번 헤어지면 삼상[152]처럼 멀어지리니　東西一別隔參辰

강귀봉에게 화답하다
和岡龜峯

성대중(成大中)

선루의 안개와 비 매화꽃 지는 봄에　　　　禪樓烟雨落梅春

패옥 두르고 나란히 이국의 손님 맞이하네　環佩齊迎異國賓

눈 닿는 곳마다 청평검 광채가 특별하고　　到眼青萍光彩別

품에서 꺼낸 붉은 종이 성명이 새롭구나　　出懷紅紙姓名新

비단 던지는 영묘함 일찍 세상을 놀래켰으리니　投繻英妙曾驚世

시 짓는 붓이 이웃을 더욱 환히 비추네　　　作賦詞筆更照隣

이별의 마음 서글퍼 시제가 다하지 않고　　惆悵離懷題不盡

한 등불 아래 글 모임 좋은 날이 아깝구나　一燈文會惜良辰

성용연에게 다시 주고 인하여 이별의 뜻을 서술하다
再贈成龍淵 因敍別意

강명륜(岡明倫)

강해에는 기약 없는 이별　　　　　　　　江海無期別

---

152 삼상(參商) : 서쪽의 삼성(參星)과 동쪽의 상성(商星). 친구가 서로 멀리 떨어져 있어
만나지 못함을 비유한다.

봄바람에 수심으로 그대를 보내니 　　春風愁送君

몸은 다른 지역으로 가지만 　　身應殊域去

이름은 여전히 이웃처럼 들리리라 　　名尙比隣聞

부상의 해 아래 물결이 솟는데 　　潮湧扶桑日

집은 석목진 구름 속에 숨어 있네 　　家迷析木雲

천만 리 아득하게 헤어지고 나면 　　分携千萬里

은근한 이 마음 어떻게 부칠까 　　何以寄殷勤

귀봉에게 다시 화답하다
再和龜峰

성대중(成大中)

축도의 귀씨 집 아들 　　筑島龜家子

기이한 재주 뛰어난 것이 그대 같다오 　　奇材絶似君

매화 창엔 맑은 기운이 빛나고 　　梅窓淸氣映

난초 골짜기에선 특이한 향기 나네 　　蘭谷異香聞

둑 가의 버들은 비 내려 어둑하고 　　雨暗隄邊柳

바다 밖의 구름에 봄이 깊구나 　　春深海外雲

홀홀히 이별에 상심하는 곳 　　忽忽傷別處

시상은 은근한 마음 지극하다오 　　詩思致殷勤

서기 원현천에게 주다
贈書記元玄川

강명륜(岡明倫)

멀리 계림을 나와 하늘 한쪽 끝에 오니	遙出雞林天一涯
나그네 길에서 세월 지났음에 놀랐으리라	應驚歲月客中移
봉래산 아름다운 기운 금 부절을 맞이하고	蓬萊佳氣迎金節
함곡관의 봄 구름이 채색 깃발 비추네	函谷春雲映綵旗
빙례는 한나라 의례로 옛 전범을 닦고	聘是漢儀修舊典
예법은 은나라 풍속이라 당시를 생각게 한다	禮猶殷俗想當時
좋은 인연 하늘이 빌려주지 않아 한스러우니	良緣尤恨無天借
아름다운 자리에서 그대 모습[153] 뵐 수가 없네	不得瓊筵對紫芝

강귀봉에게 화답하다
和岡龜峯

원중거(元重擧)

북두성 사람이 남두성 끝에 오니	北斗人臨南斗涯
돛 앞의 손님 기러기 말 앞에서 날아가네	飄前賓雁馬前移
옥 봉우리에 길이 끝나니 삼천리 바다요	瑤岑路盡三千海
신선 산에 봄이 오니 오량[154]의 깃발 날린다	仙嶠春歸五兩旗
성긴 비 지난 후 난초 같은 시 향기롭고	蘭蕙芳聯踈雨後

---

153 그대 모습 : '자지(紫芝)'는 자줏빛 영지(靈芝)를 말하며, '자지객(紫芝客)'은 진(秦) 말기의 상산사호(商山四皓)를 가리킨다. 여기서는 상대방을 높여서 지칭한 것이다.
154 오량(五兩) : 닭털을 장대 끝에 매어 풍향을 알아보는 제구로, 본래는 초(楚) 지방의 방언이었다.

꽃 지자 부용산은 슬프고 고요하다 　　芙蓉悵闃落花時

사람 통해 집안에 계신 손님 물으니 　　憑人却問堂中客

귀봉에 붉은 영지 빼어나다 함께 말하네 　　共說龜峯秀紫芝

원현천에게 다시 주고 인하여 이별의 정을 서술하다
再贈元玄川 因敍離情

강명륜(岡明倫)

사절들 돌아가는 날이 촉박해지니 　　使節催歸日

가는 배 떠나가면 머물게 하지 못하리 　　征帆去不停

집 생각에 꿈은 얼마나 수고로웠을까 　　思家幾勞夢

고국 향해 별 보며 점만 치셨겠지 　　向國但占星

구름은 조수와 바람 따라 어두워지고 　　雲逐潮風黑

하늘은 고향 나무 주위로 푸르다 　　天圍鄉樹青

즐거움 나누는 일 아직 끝나지 않았는데 　　交歡猶未結

넓은 바다가 가로막아 어쩔 수 없네 　　無那隔滄溟

귀봉에게 다시 화답하다
再和龜峰

원중거(元重擧)

눈 들어 보니 봄은 반이나 지나가고 　　眼看春半老

마음은 물 따라 정처 없이 흐르네 　　心逐水無停

고각 소리 아래서 매우[155]에 놀라고 　　角下驚梅雨

어둠 속에서 조성[156]을 묻는다 　　昏中問鳥星

동쪽 고을에 꽃이 막 지니 東州花正落

맑은 한강에는 풀이 응당 푸르겠지 淸漢草應靑

병 때문에 아름다운 손님 보지 못하고 一病違佳客

부질없이 홀로 큰 바다 건너리라 空孤涉大溟

서기 김퇴석에게 주다
贈書記金退石

강명륜(岡明倫)

사자가 멀리서 와 일동으로 들어오니 使者遙來入日東

배가 망망한 바다에서 무탈하길 바랐네 希帆無恙渺茫中

지역엔 아직도 단군의 자취 남아 있고 地方猶是檀君跡

문교는 의구하게 기자의 풍속 따른다 文教依然箕聖風

산하가 천리나 멀다고 말하지 말라 不道山河千里遠

옥백으로 열 조정 왕래한 것 함께 기뻐하네 共忻玉帛十朝通

해외에 재자 많다고 일찍이 들었는데 曾聞海外多才子

시를 보고 인어의 비단인가[157] 깜짝 놀랐다오 詩就驚看鮫錦工

---

155 매우(梅雨) : 매실이 노랗게 익는 늦은 봄이나 초여름에 내리는 비.

156 조성(鳥星) : 남방에 있는 별이름 중 하나.

157 인어의 비단인가 : '교인(鮫人)'은 바다 밑에 산다는 인어(人魚)인데, 흘리는 눈물이 구슬이 되고 늘 길쌈을 한다고 전해진다.

강귀봉에게 화답하다
和岡龜峯

김인겸(金仁謙)

죽원 동쪽에서 네 벗과 함께 지내니	四友聯床竹院東
일 년 중의 봄기운 빗소리에 느껴지네	一年春意雨聲中
제비가 화각을 엿보니 겹겹 휘장에 가려지고	燕窺畵閣重重幕
꽃 지는 방원에는 맑은 바람 불어오누나	花落芳園澹澹風
노쇠한 이내 몸 일찍이 세 바다를 건넜는데	衰骨我曾三海渡
약관의 그대는 이미 육경에 통달했네	弱冠君已六経通
진량의 북학 배울 길 없음을 탄식하노니	陳良北學嗟無路
정금이 장인을 못 만나 애석하구려	可惜精金不遇工

김퇴석에게 다시 주고 인하여 이별의 정을 서술하다
再贈金退石 因敍離情

강명륜(岡明倫)

새 친구와 잠시 좋은 인연 맺었는데	暫結新知好
헤어져야 하는 걸 어쩌겠는가	其如分手何
오랫동안 소식 끊어지겠지만	長應絶音信
어찌 차마 이별의 노래 부르랴	豈忍唱離歌
객 때문에 농익은 꽃 늙어 가는데	爲客濃花老
집으로 돌아가면 푸른 나무 많으리라	歸家綠樹多
동서로 몇 천 리나 되나	東西幾千里
그대는 아득한 연파 속으로 떠나가리	君去渺烟波

귀봉에게 다시 화답하다
再和龜峰

김인겸(金仁謙)

그대를 보아도 보지 못한 듯	見君如不見
슬픔에 찬 이 마음 어찌하리오	怊悵奈情何
마음으로 청평검을 비추고	膽照青萍劍
시로는 백설가에 화답하네	詩酬白雪歌
멀리 구름 곁 나무에서 수심이 생겨나고	愁生雲樹遠
이슬 맞은 무성한 갈대 꿈으로 들어오네	夢入露葭多
이 세상에선 다시 만나기 어렵겠지	此世難重會
동서로 흐르는 만 리의 물결	東西萬里波

韓舘唱和續集 卷之三

二月廿五日, 土田貞儀, 林信富, 及飯田恬, 今井兼規, 原馨, 木村貞貫, 岡井鼎, 糟尾惠廸, 岡明倫等九人, 會學士書記。元重舉, 有病不出。

僕姓土田, 名貞儀, 字子羽, 號虬壑, 林祭酒門人, 列儒官。延享之聘, 僕候賓舘, 被貴邦諸子之容接, 不圖, 今日又接諸君之芝眉, 是誠千歲奇遇。
土田貞儀再拜。

《奉呈製述官秋月南君》　　　　　　　　　　　　土田貞儀
傳聞仙吏已登瀛, 文學舘中垂姓名。君自由來南浦玉, 驚看明月照連城。

《次田虬壑》　　　　　　　　　　　　　　　　　　南玉
山河風氣阻寰瀛, 燈下相逢更問名。花落江南明月出, 幾人同訪謝宣[158]城。

----

158 원문에는 '宜'로 되어 있으나 '宣'의 오기(誤記)임.

《奉呈龍淵、退石二君》　　　　　　　　　　土田貞儀

一臺二妙鳳皇毛，漫使新知愧我曺。奇遇難期天上客，尤看賓席聚星高。

《和土田虯壑》　　　　　　　　　　　　　成大[159]中

客裏年華過二毛，蓬山空想列仙曺。皇華讌席風流好，春夜禪樓此會高。

《再酬虯壑》　　　　　　　　　　　　　　金仁謙

直欲西飛乏羽毛，馭風安得學仙曺。重投瓊韻悲分手，多謝虯翁氣意高。

《再奉呈四君　求高和》　　　　　　　　　土田貞儀

仙槎來下客，遙伴使星臣。去國雖徑歲，異鄕又遇春。艸迎金絡馬，花引縉紳賓。揮筆搖雲霧，賦詩泣鬼神。新知傾盖語，舊聘駐車親。千載交歡好，仰看席上珍。

《次田虯壑》　　　　　　　　　　　　　　南玉

齊拈衣裳會，周厚靰軾臣。唧繪看嶺雪，弭節犯江春。山雉迎倌旅，郊梅笑幕賓。王程輕萬里，仙約渺三神。詩以同文愜，交仍異俗親。要須誠信勉，綺麗未爲珍。

《和土田虯壑》　　　　　　　　　　　　　成大中

隊岵悲遊子，昨雲悵遠臣。槎[160]橫河渚月，梅散嶺南春。海氣迷晴

159　원문에는 '太'로 되어 있으나 '大'의 오기(誤記)임.

晦, 年光餞客賓。風謠採殊俗, 忠敬證明神。每遇同文士, 渾如宿昔
親。儐筵開橘社, 嘉樹足荊珍。

《和虯墅》 元重擧

東風歸水國, 滄海靜波臣。北斗橫殘夜, 南箕轉別春。芳花迎遠客,
清磬引嘉賓。天外契禮合, 寰中交有神。論心文藻托, 傾意老成親。
半日呻吟榻, 仍孤照乘珍。

《步土田虯墅贈投韻》 金仁謙

戀越歌莊舃, 窮河滯漢臣。花明東海國, 天濶武陵春。苓戶愁工部,
巴樓倚洞賓。蜻洲停六艦, 鰲背問三神。禪榻同文會, 朋簪異域親。
蒹葭倚玉樹, 魚目愧荊珍。

僕姓林, 名信富, 字子與, 一字元禮, 號觀亭。信如之孫, 懋之子, 林
祭酒門人。
林信富再拜。

《奉寄製述官南公》 林信富

唧命儒臣入日東, 時春詞賦溢胸中。隣交不易千年約, 清骨今見箕
子風。

《奉和林觀亭》 南玉

謝王門巷水西東, 弟姪皆登秘閣中。古寺論詩今四日, 上頭長見大

家風。

《奉寄察訪成君》　　　　　　　　　　　　　　　　林信富

槎[161]客遙臻萬頃濤，東遊採藥不辭勞。知君徃昔登瀛日，誰敵文章
一世豪。

《奉和觀亭》　　　　　　　　　　　　　　　　　　成大中

春風桂檝涉雲濤，原隰王程敢告勞。四海論交今夕好，西湖淸閟又
詩豪。

《奉寄奉事元君》 介洪軍官 《》　　　　　　　　　　　林信富

新知把手遇群仙，春滿士峯白雲邊。可恨盛筵君不見，他時願報郢
中篇。

《和林觀亭》　　　　　　　　　　　　　　　　　　元重擧

賓舘還如舊集仙，紅霞輕拂彩毫邊。瓊林一樹遙生色，床枕似迎霄
雅篇。

《奉寄進士金君》　　　　　　　　　　　　　　　　林信富

修聘使臣觀漢斾，日邊奉命鮮驂騑。憐君遠作東方客，萬里風寒春
色稀。

《奉和林觀亭》　　　　　　　　　　　　　　　　　金仁謙

經年海外弊旌旗，實相寺前駐四騑。春晚江都離恨動，梅花落盡杏

---

161 원문에는 '木+羞'로 되어 있으나 '槎'의 오기인 듯함.

花稀。

《再奉寄秋月南君》 　　　　　　　　　　　　　林信富

使節乘風出大韓，山河漠漠自平安。歸時可薦鱸魚膾，此處堪憐獬豸冠。畫舫客浮帆影闊，旅窓君去雨聲寒。偶逢盟會當難駐，一席勝遊更罄歡。

《奉和觀亭再示韻》 　　　　　　　　　　　　　南玉

要觀南海迴追韓，悍鰐穹龜氣勢安。蘆橘花低穿桂棹，栟櫚葉重礙荷冠。河豚欲上鄉烹遠，江燕初廻旅幕寒。點檢奚囊千首足，詩中强半異方懽。

《再寄龍淵成君》 　　　　　　　　　　　　　林信富

蓬萊仙窟玉爲橋，使客何須瀩桂橈。蜃氣樓臺連碧海，羽人簫管徹青霄。誰言天上衆星少，豈識雲邊萬里遙。相遇休論風俗異，紵縞依舊屬韓軺。

《再和觀亭》 　　　　　　　　　　　　　成大中

烟柳依依三百橋，月明歌吹在蘭橈。蓬壺世界常涵海，王謝樓臺半入霄。萬里孤雲梅樹暗，五更踈雨楚天遙。文衡舊宅多英妙，論心難得駐征軺。

《再寄退石金君》 　　　　　　　　　　　　　林信富

車騎喧喧風起塵，東關大道向芳辰。交情此處知多少，客路相看任舊新。雪滿芙蓉望裏見，花明胡蝶夢中春。偏銷日月仙家興，遮莫江湖萬里人。

≪再和觀亭≫　　　　　　　　　　　　　　　　金仁謙

微雨前霄洗素塵，滿城桃李屬良辰。羅山経學傳家遠，日域文風到
爾新。夢落西湖晴月夜，詩成南國綻[162]梅春。座中諸客皆年少，應笑
青丘白髮人。

僕姓飯田，名恬，字子淡，號靜廬。享保己亥及延享戊辰之兩會，名
煥，字文緯，號芳山者，卽僕也。武藏人，林祭酒門人，彦根侯儒臣。犬
馬之齡已踰耳順，三遇盛事，得與諸君周旋此舘，實是爲幸何加? 請勿
外。

飯田恬再拜。

≪奉呈學士南公≫　　　　　　　　　　　　　　飯田恬

大鵬元自出雞群，一擊詞場掃萬軍。夙擅経筵蓮炬寵，芳聲高響日
邊雲。

≪和飯田靜廬≫　　　　　　　　　　　　　　　南玉

春晚江山送雁群，邊愁落日似從軍。多情最是逢筵月，惹恨還看別
路雲。

≪奉呈察訪成君≫　　　　　　　　　　　　　　飯田恬

使星高照鳳皇臺，玉節翩翩度海來。歡遇神仙遊閬苑，人間何必訪
蓬萊。

---

162 원문의 글자는 '縫'과 비슷해 보이나 '綻'의 오기인 듯함.

《和飯田靜廬》　　　　　　　　　　　　　　　　成大中
金屏綺席敝禪臺，霜髮蕭蕭引燭來。似遇安期論道契，上方花月是
瀛萊。

《奉呈奉事元君》　　　　　　　　　　　　　　　飯田恬
宮中才子冠詩林，獨步元和學自深。客裡烟花春色徧，請君莫惜異
鄉吟。

《和飯田靜廬》　　　　　　　　　　　　　　　　元重擧
春雨疎疎響半林，二更檣燭梵宮深。寒牀獨抱相如賦，杳閣空孤七
發吟。

《奉呈進士金君》　　　　　　　　　　　　　　　飯田恬
萬里應憐使者車，雞林如夢隔天涯。芙蓉高照千秋雪，散作仙郎衣
上花。

《和飯田靜廬》　　　　　　　　　　　　　　　　金仁謙
仙翁笑拂五雲車，三接皇華紫海涯。一別東西難再見，離依落盡武
州花。

《再呈秋月南君》　　　　　　　　　　　　　　　飯田恬
兩國交歡修聘年，錦帆遙向海東懸。關門雲擁青牛客，臺閣風高金
馬賢。才壓曹劉臨綺席，學窮鄒魯冠經筵。朝廷專對人稱美，仰見星
軺映日邊。

≪和飯田靜廬≫　　　　　　　　　　　　　　　　　南玉

皇華三見渡瀛年，南極星輝海上懸。詞藻昨逢阿瀋紗，風流今見太
丘賢。池花不掃薰禪院，浦雨難開濕客筵。前度詩人多遠憶，殷勤問
訊斷鴻邊。

≪再呈龍淵成君≫　　　　　　　　　　　　　　　　飯田恬

萍水相逢情更親，逍遙和氣對芳辰。錦帆波湧凌滄海，玉節花開訪
寶隣。詩賦驚人圭璧美，衣冠報主廟堂珍。爲思玄兔榮旋日，萬里功
名恩寵新。

≪和飯田靜廬≫　　　　　　　　　　　　　　　　　成大中

湖海初歡似舊親，此樓三閱問槎辰。盈階蘭[163]玉知傳學，鳴國笙簧
早善隣。祭酒館中饒講侶，皇華席上作儒珍。相逢之處旋相別，惆悵
藤扉暝色新。

≪再呈玄川元君≫　　　　　　　　　　　　　　　　飯田恬

花映高堂玳瑁筵，交情如故不堪憐。歸心遙指雞林月，旅夢猶寒蜻
城天。郁郁新詩開錦繡，翩翩彩筆起雲烟。只愁衣佩乘風去，白首空
彈別鶴絃。

≪和飯田靜廬≫　　　　　　　　　　　　　　　　　元重擧

樓[164]桂谷裡竹作筵，華堂淡澹淨堪憐。孤雲細雨虛春夜，獨樹殘花
擁晚天。清燭人傳荷出水，短篇詩對紙生烟。愛看茆屋幽篁裡，莞爾

---

163 원문에는 ‘蘭’으로 되어 있으나 ‘蘭’의 오기(誤記)인 듯함.
164 원문에는 ‘梭’로 되어 있으나 ‘樓’의 오기(誤記)인 듯함.

歸將處士絃。

《再呈退石金君》　　　　　　　　　　　　　　　飯田恬

使節遙從天外來，承恩萬里訪蓬萊。舟船夜泊滄溟浪，冠佩朝登白雪臺。修聘身嚴專對禮，交歡情見不群才。詞臣待得星軺到，相遇文園賦快哉。

《和飯田靜廬》　　　　　　　　　　　　　　　　金仁謙

秦童當日避瀛來，徐福樓船艤丈萊。藥艸長靑熊野岫，漆書猶在熱田臺。姬家舊法遵官制，戰國遺風尚武才。能振桑邦文氣弱，林門師弟總佳哉。

《此日元書記病不出席 賦一絕訪》　　　　　　　飯田恬

春日蕭然臥玉樓，思君此處望悠悠。男兒元自四方志，客裡休成莊舄愁。

《和飯田靜廬》　　　　　　　　　　　　　　　　元重擧

人在禪房客在樓，病中孤抱燭前悠。殷勤一軸留相問，風雨三更慰我愁。

僕姓今井，名兼規，字子範，號崑山，武藏人，林祭酒門人，佐倉侯儒臣。戊辰之聘，旣得與貴國諸賢周旋此堂，今天假良緣，又與諸君會于此，實望外之喜也。

今井兼規再拜。

《奉呈學士南公》　　　　　　　　　　　　　　今井兼規

海上蓬萊白日遲, 神仙携手卽佳期。樓前咫尺春雲遍, 裁作文章五色奇。

《和今井崑山》　　　　　　　　　　　　　　　　南玉

春茗禪樓留客遲, 海天寥廓覓牙期。崑山片玉生烟細, 不遇良工竟不奇。

《疊前韻 呈南公》　　　　　　　　　　　　　　今井兼規

草亭春雨自遲遲, 別後乾坤未有期。詩卷長留耽寂寞, 因君千載獨窺奇。

《和今井崑山》　　　　　　　　　　　　　　　　南玉

乳燕鳴鳩淑景遲, 南金代馬喜歸期。聞君欲作河橋送, 驛樹詩燈更一奇。

《奉呈察訪成君》　　　　　　　　　　　　　　今井兼規

臺殿春停錦障泥, 武陵溪水日堪題。休嫌我輩頻來往, 萬樹花深桃李蹊。

《和今井崑山》　　　　　　　　　　　　　　　　成大中

梅落祇庭踏作泥, 客愁偏向雨中題。跫音一去無消息, 烟樹依依竹外蹊。

《疊前韻 呈成君》　　　　　　　　　　　　　　今井兼規

春深輕燕數唧泥, 遠興誰人好共題。遙指行程桃李色, 烟霞幾處自成蹊。

《和今井崑山》　　　　　　　　　　　　　　　　　成大中

驄馬金鞭繡障泥，品川花柳盡情題。崑山早有三亭約，遙夜隨人月
滿蹊。

《奉呈奉事元君》　　　　　　　　　　　　　　　　今井兼規

芙蓉嶽雪黛青天，詞客新裁郢里篇。豫懷江東分手後，猶留高調寫
朱絃。

《和今井崑山》　　　　　　　　　　　　　　　　　元重擧

毫墨淋漓倚夕天，風流映發簇新篇。深屏病客愁無語，自起挑燈手
撫絃。

《疊前韻 呈元君》　　　　　　　　　　　　　　　今井兼規

使節朝辭萬里天，憐君回首賦雄篇。春花窈窕江關路，應聽鶯歌似
管絃。

《和今井崑山》　　　　　　　　　　　　　　　　　元重擧

三春高臥武州天，花雨禪樓錯繡篇。箇裡崑山留片玉，高山流水手
將絃。

《奉呈進士金君》　　　　　　　　　　　　　　　　今井兼規

溪上烟霞萬里陰，舟船暫繫武陵深。君今試詠桃花色，別後春風何
處尋。

《和今井崑山》　　　　　　　　　　　　　　　　金仁謙

紅梅花落竹移陰，法界春雲一院深。高燭華筵蕭寺夜，香山九老共來尋。

《疊前韻　呈金君》　　　　　　　　　　　　　　　今井兼規

梅花春老落庭陰，使者廻車別路深。一自調場分袂後，餘香日日更相尋。

《和今井崑山別章》　　　　　　　　　　　　　　　金仁謙

春日遲遲竹移陰，漢陽歸客別愁深。涯角茫茫無後約，夢魂千里亦難尋。

《席上奉呈四君子》　　　　　　　　　　　　　　　今井兼規

大國雄才染翰名，寧知此夕結交情。賦中濤擁秋風起，筆底花隨春樹生。白玉仙人皆尤席，黃金神駿各先鳴。況兼掌上明珠色，並照東方十五城。

《次今井崑山》　　　　　　　　　　　　　　　　　南玉

紅紙刺中道姓名，青虁筆下散襟情。論交未必先同調，言別還將限此生。暝雁微茫橫浦去，春禽款曲隔林鳴。月明花落成追憶，桑宿依依是武城。

《同》　　　　　　　　　　　　　　　　　　　　　成大中

戊辰槎[165]上已傳名，半面相看亦有情。夜靜樓鐘清籟合，雨過庭木雜花生。河山不省千重隔，笙瑟先聞數子鳴。大室閑人無致意，易知難忘是江城。

《同》 元重擧

未接芝眉先[166]識名，澹然留記淺深情。源家日月橫秦樹，祭酒門屛集魯生。稀燭華筵毫正落，半林踈雨磬永鳴。呻吟正揭梅風澁，淸漏迢迢繞碧城。

《同》 金仁謙

紅牋書刺客通名，傾蓋還如故舊情。墻壘多慚唐四傑，菁莪今見魯諸生。重扶華髮參文會，再接初筵賦鹿鳴。永夜難忘燈下面，別愁天濶浪華城。

《席上再呈南公》 今井兼規

縞紵相携大海東，啣恩便入此樓中。楚才吾黨還堪愧，郢調君家本易工。江上歸聲千里雁，路傍飛影五花驄。一時傾蓋歡無極，擬學延陵論國風。

《次今井崑山》 南玉

天路多西地缺東，蓬壺消息有無中。神仙近處頭全皓，山水佳時句未工。淀口煙花停玄鷁，箱根雲棧惕歸驄。紙鳶恰似吾鄕見，放眼樓頭倚北風。

《席上再呈成君》 今井兼規

法堂高會夜將闌，燭影深添春色寒。四壁金屛相綺麗，喜君詞賦罄交歡。

---

165 원문에는 '木+羞'로 되어 있으나 '樣'의 오기인 듯함.

166 원문에는 '光'으로 되어 있으나 '先'의 오기(誤記)인 듯함.

《次今井崑山》　　　　　　　　　　　　成大中

江關春色七分闌，細雨花枝尙作寒。一水浮萍輕聚散，寺樓良夜不
成歡。

《席上再呈金君》　　　　　　　　　　　今井兼規

符節東來奉使年，鴻臚高館報周旋。愁心夜月西峰色，客夢鄉關北
斗邊。五彩春雲生翰墨，三山佳氣護樓船。莫言海表無同調，邀我還
操白雪篇。

《次今井崑山》　　　　　　　　　　　　金仁謙

琳宮寂寂日如年，斗北遲遲玉節旋。聽雨孤吟踈竹內，看雲淸坐小
池邊。千莖短髮皆成雪，萬里歸程尙繫船。芳草落花東武寺，感君重
寄贐行篇。

　僕姓原，名馨，字君惟，號蘭洲，武藏人，林祭酒門人，昌平國學生
員。
　原馨再拜。

《奉呈學士南公》　　　　　　　　　　　原馨

星槎曾聽下晴空，紫氣天涯滿海東。世譽預知楊白起，朝儀兼見叔
孫通。雲帆萬里春無恙，詞賦千年興不窮。相遇鳳皇池上客，交情況
有故人風。

《和原蘭洲》　　　　　　　　　　　　　南玉

蘭德馨香百卉空，楚南芳澤在天東。幽人采谷紃纕潔，下女搴洲觧
佩通。直恐蕭茅春數化，還愁鵜鴂崴先窮。衣荷帶蕙[167]吾行遠，三嗅

悠悠倚晚風。

《用前韻 謝秋月南公見和》　　　　　　　　　　　原馨

詞客揮毫才不空，見來白雪滿江東。春迎劍佩彩霞起，馬過關山紫氣通。人世三秋顏易老，樓臺一別路難窮。只今相遇文園裡，郢調和成凌大風。

《奉呈察訪成君》　　　　　　　　　　　　　　　原馨

信使迢遙向日東，滄溟萬里望不窮。仙槎遠接斜陽外，蜃氣晴通瑞靄中。高閣新開燕市駿，長裾舊識漢臣風。圖南爭矯垂天翼，一搏千尋下碧空。

《和原蘭洲》　　　　　　　　　　　　　　　　　成大中

翰墨奇緣在海東，吳山越水興難窮。鶴栖縹緲烟樑上，花架朦朧雨舘中。繡節久停諸佛界，荷裳猶拂列仙風。幽蘭自有同心臭，三日餘香席未空。

《用前韻 謝龍淵成君見和》　　　　　　　　　　原馨

使者停車鳳闕東，叨陪佳興喜無窮。錦袍春暎金城下，白雪寒生華舘中。搖筆天邊開雨露，題詩坐上對流風。登高曾說龍門事，書記翩翩名豈空。

《奉呈奉事元君》　　　　　　　　　　　　　　　原馨

使星遙指武昌城，報道中原五馬迎。鳳管聲翻黃鳥囀，龍旗影動碧

---

167 원문에는 '惠'로 되어 있으나 '蕙'의 오기(誤記)인 듯함.

流淸。新詩坐滿春前雪，綵筆長留海外名。萬里滄溟雲霧隔，相逢今日故人情。

≪和原蘭洲≫   元重擧
滿檻朝霞對赤城，武州烟樹見春迎。魚龍海渡雲容渥，珠貝樓臺霽色淸。水月行窮天外界，瓊琚携滿斗南名。似逢兩國昇平日，嘉樹懽兼縞紵情。

≪用前韻 謝玄川元君見和≫   原馨
關門紫氣度江城，鶡首乘春使者迎。畫裏劍于星影動，懷中璧[168]與月明淸。高臺詞翰偏催興，遠客風流舊識名。共喜乾坤文物在，千年一遇古今情。

≪奉呈進士金君≫   原馨
儒臣擁節入東方，萬里關山路轉長。揮筆池頭龍影走，吹笙天外鳳聲揚。調高白雪芙蓉色，名起靑雲滄海傍。日日談經石渠閣，風流何減漢賢良。

≪和原蘭洲≫   金仁謙
有客迢迢自遠方，春深東國日初長。玄禽畫幕喃喃語，紅雨名園細細揚。老石愁依孤塔下，芳蘭喜對晚洲傍。憐君生在三洋外，末效當年北學良。

---

168 원문에는 '璧'으로 되어 있으나 '璧'의 오기(誤記)임.

≪用前韻 謝退石金君見和≫　　　　　　　　　　原馨
詩賦由來擅四方，相逢此日興偏長。眞人氣向關門發，佳客名依山嶽揚。繡虎才翻兔園裡，青驄步靜鳳池傍。鄰親千載尙無限，卜得各天知己良。

≪再呈秋月南公、龍淵成君、玄川元君、退石金君≫　　　原馨
吹度東風二月天，仙帆忽下破春烟。名聲舊聽燕臺客，冠蓋頻傾漢使賢。座上青雲傳翰墨，海邊佳氣護樓船。古今不改文章色，吾輩難酬白雪篇。

≪和原蘭洲≫　　　　　　　　　　　　　　　南玉
鶺鴒低飛欲雨天，楚雲歸思極洲烟。武昌山水非吾土，原憲蓬蒿獨汝賢。人與幽蘭藏別谷，詩隨明月滿征船。花前硯北迢迢夜，萬里分開匧裏篇。

≪同前≫　　　　　　　　　　　　　　　成大中
楊柳依依二月天，道觀山外漲浮烟。淺毫只作長安俠，憲竇猶爲闤里賢。海內已空才子席，江頭難覓孝廉船。角弓嘉樹千年意，更和陽關第[169]二篇。

≪同前≫　　　　　　　　　　　　　　　元重擧
通湖水色澹浮天，遠岸花光細織烟。菌桂林中蘭入珮，蓬蒿宅裏窓有賢。瓊華獨助秦天樹，芝彩空孤楚海船。歸日終南山下宅，逢人只

---

169 원문에는 '弟'로 되어 있으나 '第'의 오기인 듯함.

說<u>陸游</u>篇[170]。

《同前》　　　　　　　　　　　　　　　　　　　　金仁謙

東風花雨滿諸天, 春晚長洲草似烟。<u>商嶺</u>碁翁皆老拙, 雪樓詞客盡
才賢。詩成南國花前榻, 夢落<u>西湖</u>月下船。聚散恩恩無後約, 離愁都
寫第三篇[171]。

《僕輩顧不得再接嚴然之風範 以之爲恨 因復賦一律 呈諸君 聊述
別離之切情而已》　　　　　　　　　　　　　　　　　　原馨

縹緲歸帆不可留, 天涯空指<u>武城</u>頭。江湖雲隔三千里, 詩賦花開六
十州。蒼海驚濤飛雪起, 青山明月傍潮流。鄉關到日秋鴻動, 何限別
愁難欲投。

《和原蘭洲》　　　　　　　　　　　　　　　　　　　南玉

東壑山川雨月留, 歸人何事更回頭。佛家緣業桑中宿, 仙界游觀<u>禹</u>
外州。蘭榭三春薰氣味, 茶烟一縷覓風流。相思不以雲濤隔, 膠漆元
從默處投。

《同前》　　　　　　　　　　　　　　　　　　　　成大中

林鳥汀雲判去留, 一天離思大溟頭。征驂更畏<u>箱根</u>嶺, 歸船遙催柳
浪州。蘭室淸香烟外送, 橘洲孤月雨餘流。參差別席違重會, 但遣郵
筒滯意投。

170　원문에는 '蒿'으로 되어 있으나 '篇'의 오기(誤記)인 듯함.
171　원문에는 '蒿'으로 되어 있으나 '篇'의 오기(誤記)인 듯함.

《同前》　　　　　　　　　　　　　　　　　　　　元重擧

西歸猶得一春留，楊柳依依紫海頭。芳艸客尋箱嶺店，落花人臥武藏州。連天竹雨孤雲細，斜日蘭洲活水流。歷歷清篇來不已，勝如車轄井中投。

《同前》　　　　　　　　　　　　　　　　　　　　金仁謙

金龍山外久淹留，一夜思鄉欲白頭。松篁路隔萊西國，花鳥春深日下州。天外離愁悲渤澥，梅前詩會憶風流。西歸誰和峨洋曲，多謝瓊章數數投。

《送別秋月南公》　　　　　　　　　　　　　　　　原馨

高堂把袂問歸期，莫道淹留日月移。綵筆縱橫停海外，雲帆縹緲隔天涯。人間百載難握手，意氣由來堪賦詩。若使秋風吹別恨，孤鴻萬里寄相思。

《和原蘭洲送別韻》　　　　　　　　　　　　　　　南玉

忽漫相逢是別期，記將顏面小燈移。白雲離合元無定，滄海東西未有涯。來雁初隨歸雁聽，催梅纔了落梅詩。芳筵一判音塵隔，明月同天兩地思。

《送別龍淵成君》　　　　　　　　　　　　　　　　原馨

握手暫時成壯游，百年分袂更登樓。交情不盡乾坤裡，試向月明投別愁。

《和原蘭洲送別韻》　　　　　　　　　　　　　　　成大中

華燭清霄不盡游，海中雲樹雨中樓。行箱裁得離情去，省識蘭洲渺渺愁。

《送別玄川元君》　　　　　　　　　　　　　　　原馨
縹緲歸帆乘碧流，鄉園萬里路悠悠。三千世界皆兄弟，別後恨無詩賦投。

《和原蘭洲送別韻》　　　　　　　　　　　　　　元重擧
春水茫茫潃[172]不流，海天歸思路兼悠。賓筵半面嗟緣短，華什殷勤病枕投。

《送別退石金君》　　　　　　　　　　　　　　　原馨
君向鄉關別路遙，河梁分手更蕭條。天涯萬里風烟隔，東海常通朝暮潮。

《和原蘭洲送別韻》　　　　　　　　　　　　　　金仁謙
愁雲漠漠海天遙，浦柳微風拂萬條。怊悵思君無限意，江州城外上春潮。

僕姓木村，名貞貫，字君恕，號蓬萊。尾張人，林祭酒門人，勝山侯儒臣。
木村貞貫再拜。

《奉呈學士南公》　　　　　　　　　　　　　　　木村貞貫
萍水三春共雅筵，徒容好賦鹿鳴篇[173]。若華漂渺紅霞色，富嶽崢嶸

172　원문에는 '氵+蓄'으로 되어 있으나 '潚'의 오기인 듯함.

白雪天。非是揮毫聊述志，誰將傾蓋此相憐。壯君彩鷁凌風浪，堪笑秦皇驅石年。

《和木村蓬萊》　　　　　　　　　　　　　　　　　　　　南玉

燈前未覺是初筵，曾道玄虛賦海篇。識面禪樓花雨夜，聞名牛浦月明天。罕簹樂意禽相語，蘋渚離愁雁可憐。更與魯堂同惜鮮，雲帆一去不知年。

《奉呈察訪成君》　　　　　　　　　　　　　　　　　　木村貞貫

龍舟鼓吹殷如雷，王事靡鹽實壯哉。蜃氣層樓銀浪遠，鼇頭三島彩雲開。交歡偏喜同文意，進退兼稱專對才。使節曳星知幾日，天河何間泛槎回。

《和木村蓬萊》　　　　　　　　　　　　　　　　　　　　成大中

猩毛筆下起譚雷，梁楚聲名信美哉。雅契似從瀧子接，雄詞如向井君開。周詩篇裏敖賓意，義易経中辨道才。半夜霞襟難獨挽，蓬山悵望白雲回。

《奉呈奉事元君》　　　　　　　　　　　　　　　　　　木村貞貫

行色翩翩海氣晴，彩雲近指武陽城。冠裳春曖驊騮躍，絃管風飄鸞鳳鳴。日域烟花同笑樂，鶏林文物轟聲名。微軀偏喜逢昭代，容易瓊琚通兩情。

---

173 원문에는 '蒿'으로 되어 있으나 '篇'의 오기(誤記)인 듯함.

≪和木村蓬萊≫　　　　　　　　　　　　　　　元重擧

梅風挑雨苦難晴, 雲水搖搖枕碧城。東海西看魚不至, 北人南到雁
初鳴。陳公席上徐生榻, 文擧篇[174]中禰子名。一病巧違萍水合, 淸詩
留記百年情。

≪奉呈進士金君≫　　　　　　　　　　　　　　木村貞貫

唯見東天霞色揚, 錦帆已過十洲傍。斗間氣逐靑萍動, 鵬際雲隨金
節長。堪笑四愁平子恨, 親聞三日令公香。須知海外神州好, 花鳥何
妨會一堂。

≪和木村蓬萊≫　　　　　　　　　　　　　　　金仁謙

萬里東洋六帆揚, 仙舟來繫析津傍。四明曾說蓬萊好, 一榻同開壁
壘長。細問靑丘槎節苦, 高懸朱鳥姓名香。此生此世難重見, 他夜那
堪月滿堂。

僕姓岡井, 名鼂, 字伯和, 號赤城, 武藏人。林祭酒門人, 讚岐侯儒
臣。

岡井鼂再拜。

≪贈南秋月≫　　　　　　　　　　　　　　　　岡井鼂

日邊雨露萬方春, 海外舟車異域賓。鴨綠江頭楓葉老, 鴻臚舘裏李
花新。論交今古無千里, 許國乾坤有一身。聞說道衡名下士, 句成落
雁更驚人。

---

174 원문에는 '蒿'으로 되어 있으나 '篇'의 오기(誤記)인 듯함.

《又》　　　　　　　　　　　　　　　　　　　岡井鼎

萬里辭韓土，孤帆客日邊。俗仍箕子化，衣自漢家傳。異域阻蒼海，
高樓共綺筵。別離方此夕，相遇更何年。

《和岡井赤城》　　　　　　　　　　　　　　　　南玉

金利叢梅裏，銅□積水邊[175]。客來踈雨滴，詩罷數鐘傳。重趙慚錐
穎，誇荊笑玳筵。春秋吳越記，新錄會葵年。

七言律句中，有不擇語義未[176]可和，茲以原韻還奉。

《贈成龍淵》　　　　　　　　　　　　　　　　　岡井鼎

長劍危冠錦繡袍，丹心許主不辭勞。片帆朝入三山雨，孤枕夜驚九
國濤。萍水他年何處遇，風塵此地暫相逃。興來更唱郢中曲，調與芙
蓉白雪高。

《和岡井赤城》　　　　　　　　　　　　　　　　成大中

扶桑朝日照霞袍，遮眼烟雲應接勞。已伏王靈窮絶域，謾教鄉夢殘
蜃濤。憑虛每哂莊生誕，對月空懷魯仲逃。昨夜松窓神氣聳，赤城山
色入簾高。

《贈成龍淵》　　　　　　　　　　　　　　　　　岡井鼎

兩情一日未相酬，再會無期奈別愁。縱有江頭春草綠，王孫歸思更
難留。

---

175 원문에 '銅'과 '積' 사이에 글자가 빠져 있음.
176 원문에는 '末'로 되어 있으나 '未'의 오기(誤記)인 듯함.

≪和岡井赤城≫　　　　　　　　　　　　　　　　　　成大中

驪駒唱送鹿鳴酬，逢別依依此夜愁。梅樹陰邊人影散，遠人於此最
情留。

≪贈元玄川≫　　　　　　　　　　　　　　　　　　　岡井鼎

海路迢迢萬里賒，長風桂席自天涯。雲連碼石迷鄉樹，日出扶桑簇
暮霞。匹馬曉嘶山舘月，征衣春暖野亭花。知君載筆多佳興，陳阮文
辭未足誇。

≪和岡井赤城≫　　　　　　　　　　　　　　　　　　元重擧

行來未覺十州賒，秖是盈盈天水涯。渡口不迷瑤島樹，筵前已對赤
城霞。萬家烟樹東風雨，一席詞華二月花。苓朮籠中資不乏，鴻功堪
向狄公誇。

≪贈元玄川≫　　　　　　　　　　　　　　　　　　　岡井鼎

新知相逢忽分携，堪聽黃鶯求友啼。別後無由見顏色，夢迷落月屋
梁西。

≪和岡井赤城≫　　　　　　　　　　　　　　　　　　元重擧

斜日樓臺憶共携，病中悄然聽禽啼。深屏寂寂暝生樹，唯見歸燈度
竹西。

≪贈金退石≫　　　　　　　　　　　　　　　　　　　岡井鼎

萬里梯杭幾海山，客中烟景值春還。看花聞雁傷征路，月落雞鳴度
曙關。心契不妨言語異，交歡何必酒杯間。相逢今日應須惜，別後風
流難更攀。

《和岡井赤城》　　　　　　　　　　　　　　　金仁謙

槎路初窮旭曜山，東州玉節欲西還。羈愁得月偏懷土，病骨嫌風久掩關。青眼相看孤燭下，片心同照一言間。鄉園何在春將晚，北去浮雲恨莫攀。

《贈金退石》　　　　　　　　　　　　　　　　岡井鼎

日暮高樓猶未還，無端更聽唱陽關。與君此夕分手後，夜夜清風明月閑。

《和岡井赤城》　　　　　　　　　　　　　　　金仁謙

芳草長亭客欲還，驪駒一曲動禪關。赤城霞彩終難忘，瀛月蓬烟捻等閑。

僕姓糟尾，名惠廸，字子慶，號杏園，武藏人，林祭酒門人，昌平國學生員。

糟尾惠廸再拜。

《贈製述官南君》　　　　　　　　　　　　　　糟尾惠廸

滄溟萬里水連天，旌節翩翩向日邊。鴻雁三春驚客枕，江山幾處駐征鞭。乘槎遊助騷人興，謀野辭推使者賢。共喜衣裳尊讓會，同逢文物盛明年。

《次糟尾杏園》　　　　　　　　　　　　　　　南玉

菖杏時催穀雨天，皇華猶滯海雲邊。汀舟久繫愁黃帽，庭葉新數暖赭鞭。遊遠獨憐烏鳥孝，含悽眞覺白鷗賢。關情祇有詩筵別，一夜論交判百年。

≪贈書記成君≫　　　　　　　　　　　　　　　　糟尾惠廸

鴻臚爲設墨河濱，玉帛朝回賓宴新。傾盖忻逢一時傑，連牀同坐兩
邦人。鄕愁夢結西峰月，遠興詩成東海春。托契不妨言語異，桳[177]毫
交態轉相親。

≪贈書記元君≫　　　　　　　　　　　　　　　　糟尾惠廸

奉使仙槎向日東，蒼茫海路似乘空。封疆縱有山河隔，旌節時將玉
帛通。自古九疇存聖訓，至今八道見淳風。賓筵欲得瓊瑤報，才拙偏
慚句不工。

≪次糟尾杏園≫　　　　　　　　　　　　　　　　元重擧

天開灝氣析津東，需世英華代不空。江左詞章歸陸氏，河間講說屬
王通。珊瑚影集空濛雨，珠貝光翻廣漠風。翳日蒼蒼文杏苑，奇材還
欲問良工。

≪贈書記金君≫　　　　　　　　　　　　　　　　糟尾惠廸

祥雲長滿古蓬萊，玉帛隣交使節來。山路春深千樹合，驛程烟暖百
花開。遠遊元識張騫興，專對偏看子羽才。此日龍門叩御李，笑談不
覺夕陽催。

≪次糟尾杏園≫　　　　　　　　　　　　　　　　金仁謙

古寺庭荒長草萊，澹風疎竹雨聲來。杏園春色隨人至，墨墨軍容傍
海開。梅下乍酬雙揖禮，日東初見八斗[178]才。懸燈最好毫端語，不必

---

177 ‘桳’는 ‘彩’의 오기인 듯함.
178 원문에는 ‘叉’로 되어 있으나 ‘斗’의 오기(誤記)인 듯함.

相將險韻催。

　僕姓岡, 名明倫, 字子尋, 號龜峰, 讚岐人, 林祭酒門人, 昌平國學生員。
　岡明倫再拜。

　《贈製述官南秋月》　　　　　　　　　　　　　　　　　岡明倫
　乾坤今日屬昇平, 使節迢迢入武城。報主但應甘跋涉, 觀風到處有逢迎。更思賦海玄虛興, 豈讓乘槎博望名。相遇綈袍交不隔, 新知何減故人情。

　《和岡龜峯》　　　　　　　　　　　　　　　　　　　　南玉
　萬瓦鱗鱗春望平, 綠澄濠水抱重城。巢樓野鶴頻來往, 度塞雲鴻遞送迎。唾早成珠驚弱歲, 倫明如日愛嘉名。夜筵眉眼難詳記, 孤燭禪簷未了情。

　《再贈南秋月　因敍別意》　　　　　　　　　　　　　　岡明倫
　君指天涯去, 長知形影疎。青衿阻江海, 雕藻贈瓊琚。山靄隨征斾, 鄉雲迎使車。飛鴻有來往, 莫惜幾行書。

　《再和龜峯》　　　　　　　　　　　　　　　　　　　　南玉
　春霄何太短, 欲別雨聲踈。價長青萍劍, 辭傳玉佩琚。草生連贈紵, 花落擁征車。才妙期還太, 匡山更讀書。

　《贈書記成龍淵》　　　　　　　　　　　　　　　　　　岡明倫
　征軺暫駐武城春, 芳艸深花此待賓。風土初知隨處異, 江山漸覺入

看新。奚囊幾日携餘興，玉節于今修善隣。相値休言夕陽落，東西一
別隔參辰。

《和岡龜峯》　　　　　　　　　　　　　　　　　　　　　成大中
　禪樓烟雨落梅春，環佩齊迎異國賓。到眼青萍光彩別，出懷紅紙姓
名新。投縞英竗曾驚世，作賦詞筆更照隣。惆悵離懷題不盡，一燈文
會惜良辰。

《再贈成龍淵　因敍別意》　　　　　　　　　　　　　　　岡明倫
　江海無期別，春風愁送君。身應殊域去，名尙比隣聞。潮湧扶桑日，
家迷析木雲。分携千萬里，何以寄殷勤。

《再和龜峰》　　　　　　　　　　　　　　　　　　　　　成大中
　筑島龜家子，奇材絶似君。梅窓清氣映，蘭谷異香聞。雨暗隄邊柳，
春深海外雲，忽忽傷別處，詩思致殷勤。

《贈書記元玄川》　　　　　　　　　　　　　　　　　　　岡明倫
　遙出雞林天一涯，應驚歲月客中移。蓬萊佳氣迎金節，函谷春雲映
綵旗。聘是漢儀修舊典，禮猶殷俗想當時。良緣尤恨無天借，不得瓊
筵對紫芝。

《和岡龜峯》　　　　　　　　　　　　　　　　　　　　　元重擧
　北斗人臨南斗涯，驪前賓雁馬前移。瑤岑路盡三千海，仙嶠春歸五
兩旗。蘭蕙芳聯踈雨後，芙蓉悵闃落花時。憑人却問堂中客，共說龜
峯秀紫芝。

《再贈元玄川　因敍離情》　　　　　　　　　岡明倫

使節催歸日，征帆去不停。思家幾勞夢，向國但占星。雲逐潮風黑，天圍鄉樹青。交歡猶未結，無那隔滄溟。

《再和龜峰》　　　　　　　　　　　　　　元重擧

眼看春半老，心逐水無停。角下驚梅雨，昏中問鳥星。東州花正落，清漢草應青。一病違佳客，空孤涉大溟。

《贈書記金退石》　　　　　　　　　　　　岡明倫

使者遙來入日東，希帆無恙渺茫中。地方猶是檀君跡，文教依然箕聖風。不道山河千里遠，共忻玉帛十朝通。曾聞海外多才子，詩就驚看鮫錦工。

《和岡龜峯》　　　　　　　　　　　　　　金仁謙

四友聯床竹院東，一年春意雨聲中。燕窺畫閣重重幕，花落芳園澹澹風。衰骨我曾三海渡，弱冠君已六経通。陳良北學嗟無路，可惜精金不遇工。

《再贈金退石　因敍離情》　　　　　　　　岡明倫

暫結新知好，其如分手何。長應絕音信，豈忍唱離歌。爲客濃花老，歸家綠樹多。東西幾千里，君去渺烟波。

《再和龜峰》　　　　　　　　　　　　　　金仁謙

見君如不見，怊悵奈情何。膽照青萍劍，詩酬白雪歌。愁生雲樹遠，夢入露葭多。此世難重會，東西萬里波。

한관창화별집
韓館唱和別集

한관창화별집(韓館唱和別集)

1. 개요

『한관창화별집(韓館唱和別集)』은 1764년 갑신사행 당시 조선측 반인(伴人)이었던 홍선보(洪善輔)와 일본측 문사 25인이 주고받은 창수시를 모아 놓은 것이다. 1권 1책 60면으로 구성되어 있고, 일본국립공문서관(日本國立公文書館)에 소장되어 있다.

갑신사행은 이에하루(家治)의 습직을 축하하고 조일(朝日)간의 교린 관계를 확인하는 데에 그 목적이 있었다. 통신사 일행은 1763년 8월 3일 서울을 출발하여 1764년 2월 16일 에도(江戶)에 도착하였다. 숙소는 아사쿠사(淺草)의 히가시혼간지(東本願寺)였고 이들은 3월 7일 쇼군(將軍)의 답서와 별폭을 받아가지고 3월 11일 에도를 떠나 귀로에 올랐다.

창수는 조선인 객관에서 1764년 2월 23·24·25일 사흘간 이루어졌으며, 국자좨주 임신언(林信言)이 필담을 모아 3월 하순에 1권으로 편집 간행하고, 서문(序文)을 썼다.

2. 저자사항

『한관창화별집』은 국자좨주 임신언의 문인(門人)이면서 유관(儒官)

또는 창평국학(昌平國學)의 생원인 25명의 일본측 문사들이 조선의 반
인인 홍선보와 창화(唱和)한 시들을 수록하고 있다. 임 쾌주의 문생들
이 한관에서 모여 조선의 제술관 및 세 명의 서기와 시를 창화할 때
무관(武官)인 홍선보도 그 자리에 있었다. 남옥은 "저 사람이 묵재(默
齋) 홍군(洪君)입니다. 문관은 아니지만 시재(詩才)가 나는 듯하니 창화
시를 주고받는다면 매우 다행이겠습니다."라고 필담을 하면서, 홍선보
를 일본측 문사들에게 적극적으로 소개하였다. 이에 홍선보는 "성은
홍이고 이름은 선보입니다. 자는 성로(聖老)이고 호는 묵재입니다. 반
인의 신분으로 왔으며, 관직은 통덕랑(通德郞)입니다."라는 명함을 건
넸다.

그리고 마침내 일본측 문사들과 시를 수창하게 되었는데, 이때 참여
한 일본 문사는 덕력양필(德力良弼)·토전정의(土田貞儀)·임신부(林信富)
·송전구징(松田久徵)·반전념(飯田恬)·소실당칙(小室當則)·후등세균(後
藤世鈞)·목부돈(木部敦)·금정겸규(今井兼規)·삽정평(澁井平)·관수령(關
脩齡)·중촌홍도(中村弘道)·원형(原馨)·구보태형(久保泰亨)·하구준언(河
口俊彦)·편강유용(片岡有庸)·반전량(飯田良)·궁무방견(宮武方甄)·입정
재청(笠井載淸)·송본위미(松本爲美)·산안장(山岸藏)·강정내(岡井鼐)·청
엽양호(靑葉養浩)·조미혜적(糟尾惠廸)·강명륜(岡明倫) 등 25인이었다.

3. 구성 및 내용

『한관창화별집』에는 총 88수의 시가 실려 있다. 날짜는 구체적으로
나와 있지 않고, 일본측 문사의 시와 그에 화운한 홍선보의 시가 번갈
아가며 기록되어 있다. 일본측 문사들은 한 사람당 1~3수씩 시를 지어

홍선보에게 주었고, 홍선보가 이에 화답한 시는 41수에 달한다. 구보 태형의 시에 남옥이 창수한 시도 1수가 있다. 형식을 보면 칠언절구 (七言絶句) 73수, 칠언율시(七言律詩) 3수, 오언절구(五言絶句) 4수, 오언 율시(五言律詩) 8수로, 칠언절구가 압도적으로 많다.

　시의 내용을 보면 표현은 다채롭지만 대체로 다음과 같은 주제들을 담고 있다. 양국의 문사들은 시 짓는 풍류로 만나 시재(詩才)가 뛰어남 을 서로 칭찬하거나, 이국(異國)의 풍광 속에서 아름다운 산수를 노래 하고 상대방을 삼신산(三神山)에 사는 신선에 비유하기도 한다. 부평 초처럼 우연히 만났지만, 언어가 달라서 시편으로만 마음을 통하는 특이한 경험을 하며 오랜 친구처럼 느끼기도 하고, 늦은 밤을 지나 새 벽까지 시를 짓는 그 시간이 신선세계에 온 듯한 착각을 불러 일으켜 하루가 마치 일 년 같기도 하다. 홍선보는 돌아갈 날을 헤아리고, 일 본 문사들은 이별을 아쉬워하면서도 귀로(歸路)가 험난할까 몸 조심할 것을 당부한다. 특히 홍선보가 무관임에도 시에 능한 것을 보고 일본 문사들은 감탄을 금치 못하며, 그의 무인다운 풍모를 묘사하거나 문 무(文武)를 겸비한 재주에 찬사를 보낸다. 이들은 모두 상대방의 훌륭 한 시에 비해 자신의 졸렬하고 더딘 시재가 부끄럽다고 했지만, 오로 지 시로써 정을 나누며 새로운 벗을 사귈 수 있는 태평성대의 기쁨을 만끽하였다.

4. 의의와 가치

　『한관창화별집』의 가장 두드러진 특징을 말한다면, 그것은 무관이 었던 홍선보와 일본의 문사 25인이 별도로 자리를 만들어 시를 창수

했다는 점일 것이다. 임신언은 그가 쓴 서문(序文)에서,

> 대개 무관(武官)이면서 문사(文辭)를 좋아하는 자가 열조(列朝)의 빙
> 례(聘禮)에서 없을 수 없었지만, 창화(唱和)하는 자가 있었다는 것은 내
> 가 들어보지 못하였다. 그러니 이 책이 또한 기이한 것이 아니겠는가?
> 이 책을 보는 자들은 삼한(三韓)이 문화(文華)에 있어서 부족하지 않다
> 는 것을 마땅히 알게 될 것이다.

라고 하며, 이 책을 만든 이유를 설명하였다. 무관이면서 문장을 좋아
할 수는 있어도 외국의 문인들과 직접 시 창수를 하는 것은 결코 흔한
일이 아니었던 것이다. 이 자리가 마련된 것은 제술관 남옥이 홍선보
를 소개하고 임신언의 문생들에게 시를 줄 것을 적극적으로 청하였기
때문이지만, 그 기대에 부응해서 홍선보가 민첩한 재주로 그들의 시에
일일이 화답하여 마흔 수가 넘는 시를 지은 것은 국자좨주 임신언을
놀라게 하기에 충분하였다. 주고받은 시가 적지 않았을 뿐더러 무인으
로서 이런 시재를 발휘하는 경우도 드물었기 때문에, 임신언은 특별히
따로 한 책을 만들어 기념하고자 하였다. 임신언이 한관(韓館)에서 벌
어진 시 창수를 모두 기록하여 『한관창화』 『한관창화속집』 『한관창화
별집』으로 만든 것은, 일본이 조선과 어깨를 나란히 할 만큼 문화적으
로 융성했음을 과시하고 후세에 그 흔적을 보여주려는 데 주된 목적이
있었을 것이다. 그러나 『한관창화별집』을 보면, 임신언의 서문을 통해
서도 알 수 있듯이, 조선의 문화(文華)가 일본이 절대 쉽게 볼 수 없는
수준에 도달해 있다는 사실을 그들 스스로도 인정하고 있었음이 감지
된다.

한관창화별집(韓舘唱和別集)

한관창화별집서(韓舘唱和別集序)

우리 문생들이 한관에서 모였던 날에 홍선보(洪善輔)도 그 자리에 있었다. 남 학사가 시를 줄 것을 청했기 때문에 문생들이 많이 시를 주고받았고, 시가 또한 적지 않아서 마침내 따로 한 권으로 만들었다. 대개 무관(武官)이면서 문사(文辭)를 좋아하는 자가 열조(列朝)의 빙례 (聘禮)에서 없을 수 없었지만, 창화(唱和)하는 자가 있었다는 것은 내가 들어보지 못하였다. 그러니 이 책이 또한 기이한 것이 아니겠는가? 이 책을 보는 자들은 삼한(三韓)이 문화(文華)에 있어서 부족하지 않다는 것을 마땅히 알게 될 것이다.

보력(寶曆) 갑신년(1764) 모춘(暮春) 하순
국자좨주(國子祭酒) 임신언(林信言) 자공(子恭) 쓰다.

남 학사(南學士) 필어(筆語)

저 사람이 묵재(默齋) 홍군(洪君)입니다. 문관은 아니지만 시재(詩才)가 나는 듯하니 창화시를 주고받는다면 매우 다행이겠습니다.

묵재(默齋)의 명함

성은 홍(洪)이고 이름은 선보(善輔)입니다. 자는 성로(聖老)이고 호는 묵재(默齋)입니다. 반인(伴人)의 신분으로 왔으며, 관직은 통덕랑(通德郎)입니다.

묵재 홍군에게 받들어 부치다
奉寄黙齋洪君

덕력양필(德力良弼)

땅거미 지고 먼 절의 종소리 들려오는데	薄暮遙聞遠寺鐘
화려한 성루에 오래 앉았으니 붉은 연기 짙구나	麗譙坐久紫烟濃
풍류가 홍애[1]의 멋에 뒤지지 않으니	風流不減洪崖趣
봉래산 제일봉에 있는가 의심하네	疑在蓬萊第一峯

---

1 홍애(洪崖) : 전설에 의하면 황제(黃帝)의 신하로서 신선이 된 영륜(伶倫)의 호이다. 그는 홍애선생(洪崖先生)이라 불리며, 요(堯) 임금 때 이미 나이가 삼천 살이었다 한다.

덕력용간에게 받들어 화답하다
奉和德力龍澗

홍선보(洪善輔)

나그네 생각에 한참을 저녁 종소리에 서 있으니	覊思迢迢立暮鐘
이향의 안개 낀 버들 풍경 참으로 짙구나	異鄕烟柳十分濃
부사산 바라보니 높이가 천 자라	試看富岳高千尺
그대의 문장 상봉과 비교할 수 있겠네	知子文章較上峯

묵재에게 다시 드리다
再贈默齋

덕력양필(德力良弼)

고당의 우아한 잔치에서 선랑을 마주하니	高堂雅宴對仙郎
시부가 구름에 닿을 듯 사방을 울리네	詩賦凌雲動四疆
문무를 겸비하니 뛰어난 호걸의 기세라	文武兼知豪俊氣
엄연히 진대의 두당양[2]이로다	儼然晉代杜當陽

---

2 두당양(杜當陽) : 당양현후(當陽縣侯)에 봉해진 진(晉)나라 두예(杜預)를 가리킨다.
자는 원개(元凱). 박학하고 모략이 풍부하여 '두무고(杜武庫)'라 일컬어졌으며, 『춘추좌
씨전집해(春秋左氏傳集解)』를 지었다.

다시 화답하여 용간에게 받들어 사례하다
再和奉謝龍澗

홍선보(洪善輔)

생황소리에 일찍이 선랑 만나리라 기대하여	鳳笙曾許遇仙郎
멀리 국경 벗어난 부절 따라 남쪽으로 왔네	絳節南隨遠出疆
우연히 시 짓는 자리 지나가다 거벽[3]에 놀라	偶過詩筵驚巨擘
그림 누각에서 석양에 시를 써서 드렸네	畫樓投筆下斜陽

묵재 홍군에게 받들어 부치다
奉寄默齋洪君

토전정의(土田貞儀)

석상에서 다행히 이름 접하리라 어찌 생각했으랴	席上何圖幸接名
종횡으로 채필 가는 곳에 흰 구름이 맑구나	縱橫彩筆白雲淸
서로 만나 언어로 통하려 하지 않고	相逢不肯通言語
더욱 시편으로만 서로의 마음 이해하네	更以詩篇觧兩情

묵재 홍군에게 부치다
寄默齋洪君

토전정의(土田貞儀)

| 관개[4]에 꽃이 비치니 봄빛이 한창인데 | 冠蓋映花春色高 |

---

3 거벽(巨擘) : 엄지손가락. 뛰어난 사람의 비유.
4 관개(冠蓋) : 관복과 수레. 높은 벼슬아치 또는 사신을 이름.

석상에서 이어지는 시에 영웅호걸을 보노라 　聯詩席上見雄豪
허리에 찬 천금의 칼에 벌써 놀랐는데 　已驚腰下千金劍
구름 연기 절로 일어 채색 붓을 비추네 　自拂雲烟照彩毫

토전규학에게 받들어 화답하다
奉和土田虬螯

홍선보(洪善輔)

백 척의 봄 누각에 묵루가 높으니 　百尺春樓墨壘高
삼 년간 일으킨 뜻 누구의 호방함에 비할까 　三年起意較誰豪
아름다운 산수 시제 삼을 것 많으니 　佳山美水多題品
가는 곳마다 풍광이 붓 속으로 들어오네 　隨處風光入弄毫

묵재 홍군에게 부치다
寄黙齋洪君

임신부(林信富)

나그네 배 잠시 하늘 한 끝에 매달렸으니 　客舶暫懸天一涯
빈막에서 서로 만나 함께 시를 짓는다 　相逢賓幕共裁詩
두 나라 언어 다른 것을 어찌 논하리오 　何論兩地言語異
부평초처럼 만나 노넒에 옛 친구 같구나 　萍水交游如舊知

임관정에게 받들어 화답하다[5]
奉和林觀亭

사귐의 정 깊고 얕은 것 누가 끝을 알겠는가	交情深淺孰窺涯
말하지 않고 서로 보며 그저 시만 읊조리네	不語相看但咏詩
깨끗한 절 봄비 흩날리는 남쪽 지붕 밑	蕭寺春霏南廡下
푸른 등불에 한번 웃으며 새 벗을 또 만난다	青燈一笑又新知

등불 아래서 만났으므로, 마지막 구에 그것을 언급하였다.

임관정이 원 봉사에게 부친 시에 받들어 화운하다
奉和林觀亭寄元奉事韻

홍선보(洪善輔)

봉래산의 봄날 뭇 신선들 만나니	蓬萊春日遇群仙
질서정연한 위의가 그림 누각 곁에 있네	秩秩威儀畫閣邊
등불 아래서 만나 새 얼굴 대면했는데	燭下相逢新會面
이별에 즈음하여 칠언시를 주는구나	臨分爲贈七言篇

묵재에게 화답하다
和黙齋

임신부(林信富)

멀리 하늘 끝에서 나온 약초 캐는 신선	遙出天涯采藥仙

5 원문에는 작자가 기재되어 있지 않으나, 홍선보의 화답시로 추정된다.

나그네 수심 흰 구름 곁에서 잠시 쉬어간다　　　旅愁暫憩白雲邊
몸에 활과 화살 지닌 풍류의 선비　　　身荷弓矢風流士
붓 휘둘러 시 지으니 수놓은 비단 같구나　　　揮筆裁詩錦綉篇

임관정에게 주다
贈林觀亭

홍선보(洪善輔)

종일토록 그대 홀로 시 읊었는데　　　終日君獨咏
우리들은 한 마디도 하지 못했네　　　吾輩無一語
비록 일 때문에 그렇게 되었지만　　　雖緣事故然
사귀는 정 너무 어긋나 버렸구나　　　交情太齟齬

묵재에게 화답하다
和默齋

임신부(林信富)

유독 사랑스러운 이방의 손님　　　偏憐異邦客
등불 아래서 친근하게 얘기 나누네　　　燈下傾蓋語
생각건대 그대 가는 길 험난하여　　　料君行路難
만 리에 이어진 바위 울퉁불퉁하겠지　　　萬里継嵓齬

묵재 홍군에게 받들어 드리다
奉呈黙齋洪君

송전구징(松田久微)

봄에 기이한 만남 빈연에서 마주하니 　　　　　春來奇遇對賓筵
문무를 겸전한 것 몇 해나 되었나 　　　　　文武兼全經幾年
그대 풍연 속에 떠나면 다시 보기 어려울 터 　君去風烟難再見
관산 만 리에 신선을 물으리라 　　　　　關山萬里問神仙

송전홍구에게 받들어 화답하다
奉和松田鴻溝

홍선보(洪善輔)

그림 누각 높은 곳에 가려진 시의 자리 　　　畫樓高處敞詩筵
황홀하게 글로 담소함에 하루가 일 년 같다 　　亹亹文談日抵年
도의 기운 미간에서 자주 희미하게 비치니 　　道氣眉間頻隱映
영주 바다에서 진선 만났음을 비로소 알았네 　始知瀛海遇眞仙

석상에서 묵재 홍군에게 드리다
席上呈黙齋洪君

반전념(飯田恬)

배와 수레 무사히 푸른 봄을 건넘에 　　　　舟車無恙度青春
팔진[6]의 웅장한 풍모 기운 절로 신령하다 　　八陣雄風氣自神

---

6 팔진(八陣) : 고대(古代)에도 팔진법이 있었으나, 특히 삼국시대 촉한(蜀漢)의 제갈량

장검의 빛 하늘에 걸쳐 관새의 달에 닿으니　　　長劍橫天關塞月
그대는 말을 달려 오랑캐 먼지 쓸어버리겠지　　知君馳馬掃胡塵

반전정려에게 받들어 화답하다
奉和飯田靜廬

　　　　　　　　　　　　　　　　　　　　　　　홍선보(洪善輔)

만 리 떠난 나그네 수심 또 봄이 왔는데　　　萬里羈愁又一春
삼신산 근처에서 두 나라 글로 모였네　　　　兩邦文會近三神
자방[7]의 시례이며 임포[8]의 학문이라　　　　子方詩禮林逋學
선풍까지 갖추어 멀리 세속을 벗어났구나　　兼得仙風迥出塵

묵재 홍군에게 받들어 드리다[9]
奉呈黙齋洪君

도성 문 십 리 채색 구름의 끝자락　　　　　都門十里彩雲端
높은 누각에서 손잡고 함께 난간에 모였다　　高閣携手共簇欄

이 만든 것이 유명하다.

7 자방(子方) : 전자방(田子方)은 전국(戰國) 때 위(魏)의 현인(賢人). 이름은 무택(無
擇)이며 위 문후(魏文侯)의 스승이다.

8 임포(林逋) : 자는 군복(君復). 인종이 화정선생(和靖先生)이라는 시호를 내렸다. 서
호(西湖)의 고산(孤山)에 은거하여 20년 동안 성시(城市)에 발을 들여놓지 않았으며 행
서와 시에 능하였는데 특히 매화시가 유명하다. 장가를 들지 않아 처자 없이 매화를 심고
학을 기르며 즐기니, 당시에 '매처학자(梅妻鶴子)'라고 하였다.

9 원문에는 작자가 기재되어 있지 않으나, 소실당칙(小室當則)의 시로 추정된다.

봄추위에 돌아가는 말 스스로 자중하는데 　歸馬春寒還自玉

함산의 눈 너머에 길이 아득하구나 　函山雪外路漫漫

소실문양에게 받들어 화답하다
奉和小室汶陽

홍선보(洪善輔)

부드러운 먼지도 그대 눈썹엔 보이지 않아 　軟塵不見浮眉端

소실 산인이 옥난간으로 내려 왔구나 　小室山人下玉欄

해지[10]에서의 공부 모름지기 힘써야 하리니 　亥地工夫須勉勵

먼 세상에서 기나긴 밤을 어찌 생각했으랴 　何圖世遠夜漫漫

묵재군에게 부치다
寄黙齋君

소실당칙(小室當則)

안개와 노을 속에 봄이 가득한 무창의 성 　烟霞春滿武昌城

도하에 수레 말발굽 지나니 대도가 평탄하다 　都下輪蹄大道平

종유하는 벗님네들 가슴 열고 기쁨에 응하며 　群從披襟應雀躍

제현들은 홀을 잡고 닭 울기를 기다리네 　諸賢秉笏待鷄鳴

산중의 푸른빛은 고삐 잡은 이 맞이하고 　山中翠色能迎轡

호수의 푸른 물결 갓끈 씻기에[11] 좋구나 　湖上淸波好濯纓

---

10 해지(亥地) : 서북과 북 사이에 위치한 지역을 가리킨다.

11 갓끈 씻기에 : 『맹자』「이루 상(離婁上)」에 "유자(孺子)가 노래하기를 '창랑(滄浪)의

이제 떠나면 수양버들에 맬 방법이 없는데	此去無由綰楊柳
양관곡[12]이 세 번째 음절에서 또 멈추네	陽關又止第三聲

홍군 묵재에게 받들어 드리다
奉呈洪君黙齋

후등세균(後藤世鈞)

무예 익히고 시까지 즐기는 어여쁜 그대	多君講武又耽詩
다행히 시단에서 담소할 때 만났구려	幸遇騷壇談笑時
봄비는 어둑어둑 내리고 해 지려 하는데	春雨陰陰日將暮
흥이 오르자 말 타고 가기를 머뭇거리네	興來歸騎不辭遲

지산에게 받들어 화답하다
奉和芝山

홍선보(洪善輔)

훌륭한 많은 선비 저마다 시로 말하니	靑衿濟濟各言詩
때는 저무는 봄 동풍 부는 이월이라	春晚東風二月時
만 리 떠나온 사신의 배 언제 돌아가려나	萬里星槎何日返
강도의 기러기도 더디게 날아가네	江都鴻雁亦遲遲

물이 맑거든 나의 갓끈을 씻고 창랑의 물이 흐리거든 나의 발을 씻는다.[滄浪之水淸兮, 可以濯我纓, 滄浪之水濁兮, 可以濯我足.]' 하셨다."는 구절이 있다.

12 양관곡(陽關曲) : 왕유(王維)가 원이(元二)를 작별한 양관곡을 양관삼첩(陽關三疊)이라 하는데, 한 구(句)를 세 음절(音節)로 부르는 특수한 시체(詩體)이다.

앞의 운을 써서 묵재에게 주다
用前韻 贈默齋

후등세균(後藤世鈞)

이역에서 말과 시 주고받으며 함께 노니	異域同遊換話詩
선당에 가랑비 내리고 저녁 종 울리는 때	禪堂細雨暮鐘時
모임에서 문무 겸비한 이 가장 사랑스러워	逢場最愛兼文武
짧은 시로 답하려 하나 못난 솜씨 부끄럽다	欲報短章慚拙遲

지산에게 다시 받들어 사례하다
再奉謝芝山

홍선보(洪善輔)

말 위에서 한번 채찍질에 만 편의 시라	一鞭馬上萬篇詩
아름다운 산수에 붓을 맘껏 휘두르네	美水佳山放筆時
양국의 문사 모임에 재촉하는 고각 소리	文會兩邦催皷角
오늘 밤은 누대를 천천히 내려가도 괜찮겠지	不妨今夕下樓遲

석상에서 묵재 홍군에게 드리다
席上呈默齋洪君

목부돈(木部敦)

땅은 각기 동북으로 나뉘었으나	各地分東北
어찌 형제 같은 친분 없으리오	豈無兄弟親
문장은 벗을 모으기에 마땅해	文章宜會友
한묵으로 이곳에서 사람을 사귀는데	翰墨此交人

신령한 모습에서 고상한 뜻 엿보고　神相窺高志
웅대한 재주는 발군임을 알겠네　雄才知絶倫
들꽃이 장차 피어나는 날　野花將發日
돌아가는 기러기에 봄이 가련하리라　歸雁可憐春

목부창주에게 받들어 화답하다
奉和木部滄洲

홍선보(洪善輔)

같은 동포인 남자의 뜻으로　同胞男子志
사해의 사내들 친분을 맺었네　四海郎交親
조선의 객이라고 의아해 말지니　莫訝朝鮮客
일역의 사람과 함께 노닌다오　共遊日域人
의관은 비록 제도가 다르지만　衣冠雖異制
사부는 모두 무리를 뛰어넘네　詞賦摠超倫
고국으로 어느 때에 돌아가려나　故國何時返
강도에는 벌써 봄이 저무는데　江都已暮春

석상에서 묵재 홍군에게 드리다
席上呈黙齋洪君

금정겸규(今井兼規)

영웅의 풍모 빼어난 기운 곧잘 들었는데　英風逸氣動相聞
객지에서 오히려 훌륭한 글 외고 있구나　客裡猶諳龍鳥文
풍류 있는 고상한 모임 교제가 얕지 않고　高會風流交不薄

씩씩한 마음 원래부터 수서군 거느렸다네 　　　　壯心元領水犀軍

금정곤산에게 받들어 화답하다
奉和今井崑山

　　　　　　　　　　　　　　　　　　　　　홍선보(洪善輔)

먼 나라에 헛된 명성 잘못 났으니 　　　　　　　遠邦名實錯風聞
무예 하는 자 어찌 글 짓는 재주 겸비했겠소 　武藝寧兼好屬文
글과 검술 이루지 못했는데 머리가 세려 하니 書劍不成頭欲皓
거연성[13] 밖에서 종군을 꿈꾼다오 　　　　　居延城外夢從軍

묵재 홍군에게 드리다
呈黙齋洪君

　　　　　　　　　　　　　　　　　　　　　삽정평(澁井平)

높고 높아 더욱 기이한 모습 　　　　　　　　隗俄尤奇狀
어느 곳 신선인지 모르겠네 　　　　　　　　不知何處仙
구씨산[14]에서 왔다고 하니 　　　　　　　　云來從緱氏

---

13 거연성(居延城) : 흉노족의 최전선으로 노박덕(路博德)이 쌓았다고 한다. 전한(前漢)
　2년(BC 99) 무제는 기도위(騎都尉) 이릉(李陵)에게 명하여 군사 5천을 이끌고 거연을
　출발하여 선우를 치도록 하였고, 이 전쟁에서 흉노 1만여 급을 베었다. 전한 4년(BC 97)
　에 또 거연성에 주둔하고 있던 강노도위(彊弩都尉) 노박득과 이사장군(貳師將軍) 이광
　리(李廣利)에게 명하여 함께 흉노를 치게 하였다.
14 구씨산(緱氏山) : 전설에 의하면, 왕자 교(王子喬)가 도를 터득하여 신선이 된 뒤에
　학을 타고 구씨산에 내려와서 피리를 불었다고 한다.

푸른 연기 속에 학을 탄 듯하네   如鶴駕蒼烟

태실에게 받들어 화답하다
奉和太室

홍선보(洪善輔)

두 나라 글로써 모이니   兩邦文以會
강 누각에 앉은 뭇 신선들   江閣坐群仙
시 짓는 자리에 와서 참석하지 못했는데   未至參詩席
금마문[15]에는 저녁연기 둘렀구나   金門帶夕烟

석상에서 묵재 홍군에게 받들어 드리다
席上奉贈黙齋洪君

관수령(關脩齡)

강호(江戶)의 비바람에 객의 마음 새로운데   江陵風雨客心新
하물며 매화가 먼지처럼 날리는 것 봄에랴   況見梅花飛作塵
평수상봉의 모임에서 해후하니   邂逅相逢萍水會
이향 사람과 벌써 다정해졌네   多情已到異鄕人

---

15 금마문(金馬門) : 한(漢)나라 때의 궐문 이름. 그 옆에 동제(銅製) 말이 있었으므로
  이렇게 부른다. 금문(金門)이라고도 한다.

관송창에게 받들어 화답하다
奉和關松窓

홍선보(洪善輔)

오랜 비 이제 그치고 새로운 사람 우연히 만나	宿雨初晴傾蓋新
두 나라의 글 모임 멀리서도 떠들썩하네	二邦文會遠囂塵
맑은 사부 민첩하게 지어내는 훌륭한 그대	多君敏捷淸詞賦
나그네로 만 리 유람하는 나를 알아주네	知我羈遊萬里人

묵재에게 장난삼아 주다[16]
戲贈默齋

자리 옆에 어린 아이가 있었는데 조선 언문을 썼다. 내가 한역(漢譯)해 주기를 청했으나 하려 들지 않았다. 그래서 이 시를 짓는다.

이것이 풍류 있는 좋은 글임을 알겠으니	知是風流雅好文
한 집에서 만나 무리에서 벗어난 것 위로하네	一堂相見慰離群
기이한 글자에 봄 술이나 가져오려 하니	試因奇字携春酒
그 해의 양자운[17]과 누가 더 나은가	孰與當年揚子雲

---

16 원문에는 작자가 기재되어 있지 않으나, 관수령(關脩齡)이 지은 것으로 추측된다.
17 양자운(揚子雲) : '자운'은 한(漢)나라 때 부(賦)의 대가인 양웅(揚雄)의 자. 양웅이 고자(古字)를 많이 알고 있었으므로 유분(劉棻)이 일찍이 그에게 찾아가 기이한 글자를 배웠다고 한다.

관송창에게 받들어 화답하다
奉和關松窓

홍선보(洪善輔)

손 안에는 황정경[18]의 옥자문　　　　　　手裡黃庭玉字文
신선의 풍도 우뚝하여 무리 짓기 어렵구나　　仙風卓爾逈難群
길가엔 풀이 파릇파릇 그대 집은 어디실까　　陌頭草綠家何處
흰구름 속에서 반계가[19]를 듣겠지　　　　攀桂歌中聽白雲

홍묵재에게 받들어 드리다
奉贈洪默齋

중촌홍도(中村弘道)

봄바람은 어이하여 나그네 마음 슬프게 하는가　　春風何事客心悲
풀빛은 안개 같고 버들은 실과 같네　　　　　草色如烟柳掛絲
서로 만나 문과 무를 논하지 않고　　　　　相值不論文與武
정 나눔에 애오라지 시 한 편을 부친다　　交情聊寄一篇詩

---

18 황정경(黃庭經) : 도가(道家)의 경문(經文) 이름이다. '황정경'에는 네 종류가 있는데,
위 부인(魏夫人)이 전한 것이라 하는 『황정내경경(黃庭內景經)』, 왕희지(王羲之)가 쓴
『황정외경경(黃庭外景經)』, 그 밖에 『황정둔갑연신경(黃庭遁甲緣身經)』 『황정옥추경
(黃庭玉樞經)』 등이 그것이다.
19 반계가(攀桂歌) : 반계의 노래. '반계'는 계수나무를 잡는다는 뜻으로 은자가 있는 곳을
상징한다. 『초사(楚辭)』 「초은사(招隱士)」에 "계수나무 가지를 부여잡으며 편히 오래 머
문다네.[攀援桂枝兮聊淹留]"라고 한 데서 유래하였다.

학시에게 받들어 화답하다
奉和鶴市

홍선보(洪善輔)

봄 경치에 멀리 온 나그네 설움 더하는데　　　　春物徒增遠客悲
진선께서 머리 먼저 센 나를 만나주시네　　　　眞仙來遇鬢先絲
봉래산을 두루 밟는 것 어째서인가　　　　　　蓬萊遍蹈惟何事
말 위에서 공연히 만 수의 시 짓는다　　　　　馬上空題萬首詩

앞의 운을 써서 다시 묵재에게 주다
用前韻 再贈黙齋

중촌홍도(中村弘道)

서로 만나 이향에서의 슬픔 말하지 마오　　　　相逢莫說異鄕悲
동산에서 꽃 재촉하는 비 실처럼 내리네　　　　林苑催花雨似絲
봄 낮이 길다지만 오히려 짧게 느껴지니　　　　春晝雖長還覺短
함께 기뻐서 등불 잡고 공연히 시를 짓네　　　　共忻秉燭謾題詩

학시에게 화답하다
和鶴市

홍선보(洪善輔)

조만간 이별할 정자에서 바다의 학 슬퍼하고　　　早晚離亭海鶴悲
강 하늘의 봄버들 실처럼 가늘다　　　　　　　江天春柳細如絲
알겠구나 이별 후엔 꿈에서도 그리워　　　　　應知別後相思夢
밝은 달 아래 선루에서 다시 시 읊조릴 것을　　明月禪樓更咏詩

묵재 홍군에게 받들어 드리다
奉呈黙齋洪君

원형(原馨)

그대 예전부터 영웅호걸 일삼는 줄 알았는데	知君舊自事豪雄
도리어 풍류로 인해 시부가 공교하구나	還以風流詩賦工
만 리의 명성 이역에 남겨 놓았으니	萬里名聲留異域
기린각[20] 위에선 또 누구와 같을까	麒麟閣上復誰同

원난주에게 받들어 화답하다
奉和原蘭洲

홍선보(洪善輔)

악양루 같은 누대에선 누가 장차 으뜸일까	樓似岳陽孰將雄
시는 야윈 말 같아 잘 걷기가 어렵구나	詩如瘦馬步難工
승선교 기둥에 적었던[21] 초년의 뜻	升天題柱初年志
그 후로 달라진 것 없음에 혼자 웃는다	自笑伊來畫處同

---

20 기린각(麒麟閣) : 한 선제(漢宣帝)가 공신 11명의 초상화를 그려서 걸어 놓게 한 공신 각의 이름.

21 승선교 기둥에 적었던 : 원문의 '升天'은 '升仙'의 오류인 듯하다. 기둥에 자신의 뜻을 적는 것은 입신양명(立身揚名)하려는 각오를 의미한다. 한(漢)나라 사마상여(司馬相如)가 장안(長安)으로 들어가면서 촉(蜀) 지방의 승선교(昇仙橋) 기둥에 "대장부가 사마(駟馬)를 타지 않고는 다시는 이 다리를 지나지 않으리라."고 적었다는 고사에서 유래하였다.

앞의 운을 써서 묵재 홍군에게 받들어 화답하다
用前韻 奉和黙齋洪君

원형(原馨)

강호(江戶)에 봄이 가득한데 문웅을 기다리니	江關春滿佇文雄
화답시 오자 초나라 곡조 공교함을 잘 알겠네	和就偏知楚調工
호랑이 그리려다 우리 일 부끄러워졌지만	畫虎還羞吾黨事
양양한 의기만은 같을 수 있다오	揚揚意氣得相同

묵재 홍군을 송별하다
送別黙齋洪君

원형(原馨)

고향 동산의 봄버들 더욱 녹음 짙으리니	故園春柳更陰陰
객이 장차 돌아가면 꿈속에서 무성할 테지요	客有將歸夢裡深
한번 높은 누대에서 이별한 후엔	一自高臺分袂後
풍류 있는 제자들 날마다 찾으리라	風流諸子日相尋

홍묵재 군에게 받들어 드리다
奉呈洪黙齋君

구보태형(久保泰亨)

강성의 봄빛 빗속에 새로운데	江城春色雨中新
붓과 먹으로 서쪽 땅의 손님을 따르네	翰墨追隨西土賓
삼한의 문화 성대함을 알겠는데	知是韓邦文化盛
시 짓는 장에서 또 무관 쓴 이 알게 되었네	詞場又認武冠人

구보충재에게 받들어 화답하다
奉和久保盅齋

홍선보(洪善輔)

금문의 안개 낀 버들 또 한 번 새로운데	金門煙柳一番新
봄바람 속 훌륭한 모임 즐기는 주인과 손님	勝會春風樂主賓
건장한 필체 씩씩한 말을 사방에서 재촉하나	健筆雄詞催四座
무부는 시인 보기 부끄러워 견딜 수 없네	武夫堪愧對騷人

추월을 통해 묵재를 보게 되어 두 사람에게 시를 지어주다
因秋月 得見黙齋 賦贈二子

구보태형(久保泰亨)

검의 기운 밤에 하늘을 찌른다는 걸 듣고는	曾聞劍氣夜衝天
영묘한 기운과 좋은 인연 적다고 생각했는데	想像精靈少好緣
다행히 기특한 마음 상위[22]와 통하여	幸有奇心通象緯
인간세상에서 다시 용천검을 보게 되었네	人間復得見龍泉

묵재와 함께 시 짓는 자리에 앉아 있다가 시로 사례를 받고 곧 이에 화답해 드리다
以黙齋並坐詩筵 有詩爲謝 輒此和呈

남옥(南玉)

홍애 노인과 함께 천문을 이야기하고[23]	洪厓老子共談天

---

22 상위(象緯) : 상수(象數)와 참위(讖緯). 일월 오성(日月五星)을 이름.

뭇 신선과 어깨 부딪치며 작은 인연 맺었네 　　肩拍群仙小結緣

이후로 게으름 부리다 세 차례 북 다 울리니[24] 　　從此疎慵三鼓竭

노둔한 창 억지로 빌려 우천[25]으로 물러나네 　　魯戈剛借退虞泉

충재에게 다시 화답하다
再和盅齋

홍선보(洪善輔)

만 리의 장관은 또한 하늘의 소관이니 　　壯觀萬里又關天

두 나라가 봄에 노니는 건 다 인연 있어서라 　　二國青遊儘有緣

지저귀는 새 이름난 꽃 몇 곳에서 함께했던가 　　語鳥名花供幾處

일남의 형승이 평천장[26]보다 낫구나 　　日南形勝勝平泉

---

23 천문을 이야기하고 : 전국시대 제(齊)나라 음양가(陰陽家)인 추연(鄒衍)에 대해 『사기
(史記)』 「맹자순경열전(孟子荀卿列傳)」에 "하늘에 대해서 이야기하는 추연[談天衍]"이
라는 말이 있다.

24 세 차례 북 다 울리니 : 춘추시대 노 장공(魯莊公) 때에 제(齊)나라가 노나라를 공격해
들어왔다. 그러자 노나라의 조귀(曹劌)라는 사람이 장공에게 자청하여 함께 전쟁을 하게
되었다. 장공이 북을 쳐서 막 진군(進軍)시키려 하자, 조귀가 이때는 진군하지 못하게
했다가, 제나라 사람이 세 차례 북을 울린 다음에야 진군을 하도록 권유하여 제나라 군대
를 패배시켰다. 승전(勝戰)을 하고 나서 장공이 조귀에게 그 까닭을 물으니, 대답하기를
"대저 전쟁이란 용기로 하는 것인데, 한 번 북을 쳤을 때는 적의 용기가 났지만 우리가
응전(應戰)하지 않았고, 재차 북을 쳤을 때는 적의 용기가 쇠해졌지만 우리가 응전을
하지 않았으며, 세 번째 북을 쳤을 때는 적의 용기가 다 가라앉아버려 우리가 이기게
된 것입니다."라고 하였다.

25 우천(虞泉) : 전설상의 해가 지는 곳.

26 평천장(平泉莊) : 당나라 이덕유(李德裕)의 별장인 평천장이 하남성(河南省) 낙양현
(洛陽縣)의 남쪽에 있었는데, 수석의 아름다움이 천하제일이며 기화 이초(奇花異草)와
진송 괴석(珍松怪石)이 그 사이에 늘어서 있어 유명하였다.

앞의 운을 써서 묵재에게 사례하다
用前韻 謝黙齋

구보태형(久保泰亨)

양춘가[27] 만들어 부르는 것 새로운데 　　　　陽春歌就唱來新
내 짧은 재주로 손님께 답하지 못해 부끄럽네 　　羞我短才難答賓
문아로 좋은 일 함께할 뿐만이 아니요 　　　　文雅不惟供好事
태평성대 인물인 그대 알게 되었구나 　　　　知君自是太平人

충재에게 세 번째 화답하다
三和盅齋

홍선보(洪善輔)

서남으로 길이 먼데도 새로운 사람 만나니 　　路隔西南識面新
화려한 자리에서 가지런히 손님 잘 맞아주네 　　華筵秩秩好迎賓
맑은 노래 세 번 이어지자 시상 더욱 굳건해 　　清詞三疊思逾健
그대 강도의 제일가는 사람임을 허여하노라 　　許爾江都第一人

묵재에게 주어 이별의 정을 쓰다
贈黙齋 叙離情

구보태형(久保泰亨)

한국엔 재자가 많은데 　　　　　　　　　韓國多才子

---

27 양춘가(陽春歌) : 양춘곡(陽春曲). 고아(高雅)하고 심오한 흥취가 우러나는 문예 작품
　을 가리킨다. 전국시대 초(楚)나라의 양춘곡(陽春曲)과 백설곡(白雪曲)은 너무도 곡조가
　고상해서 따라 부를 수 있는 자가 거의 없었다고 전한다.

무림에서는 오직 그대만을 보았네	武林獨見君
고향 그리는 마음 달 보면 슬퍼질테고	鄉心悲夜月
나그네의 꿈 봄 구름을 쫓아가겠지	客夢逐春雲
떠다니는 부평초는 모이기 어렵고	浮水萍難聚
허공을 나는 학은 무리 짓지 않는다	凌空鶴不群
장차 한묵으로 만날 길 없어	無因將韓墨
다시 이렇게 맑은 향기에 읍한다오	再此揖清芬

충재에게 화답하다
和盅齋

홍선보(洪善輔)

사귀는 정 물처럼 담담한데	如水交情淡
이별의 노래 그대에게 주려 하네	驪歌欲贈君
삼신산에 비 내리니 꽃이 환해지고	花明三山雨
십주의 구름 속엔 버들의 그늘	柳暗十洲雲
전별연을 여니 시 짓는 벗 많은데	開餞多詩伴
편지 전해 줄 기러기는 적구나	含書少雁群
강 누대 헤어지는 곳에	江樓分手處
봄 경치 참으로 향기로워라	春物正芳芬

석상에서 묵재 홍군에게 드리다
席上呈黙齋洪君

하구준언(河口俊彦)

서로 만난 시객 저마다 현인 호걸이라	相逢詞客各賢豪
백설가 완성되니 곡조 절로 높구나	白雪篇成調自高
선랑이 원대한 흥을 타지 않았다면	不是仙郎乘遠興
만 리 파도 건너는 걸 어찌 보았으랴	那看萬里涉波濤

하구태악에게 받들어 화답하다
奉和河口太岳

홍선보(洪善輔)

봄바람 부는 그림 누각에 모인 시호들	春風畵閣簇詩豪
양편에 앉아 청담 나누니 고상한 모임이로다	兩坐淸談一會高
나의 문장 수호[28] 아닌 것 부끄러워	自愧文章非繡虎
삼협의 물 파도처럼 쏟아내기[29] 어렵구나	難將峽水瀉如濤

---

28 수호(繡虎) : 문장이 화려하고 재주가 뛰어난 사람의 비유. '繡'는 시문의 문채가 화려함을, '虎'는 풍격이 웅건함을 이른다.

29 삼협의 물 파도처럼 쏟아내기 : 두보(杜甫)의 시에 "글 솜씨는 삼협의 물을 거꾸로 쏟아낸 듯, 붓글씨는 천 명의 적군을 홀로 쓸어낼 듯.[詞源倒流三峽水, 筆陣獨掃千人軍.]"이라는 구절이 있다.

앞의 운을 써서 묵재에게 드리다
用前韻 呈默齋

하구준언(河口俊彦)

사신의 풍류에 사부가 호방하니	使者風流詞賦豪
종횡으로 달리는 채필 오색구름 높이 떴네	縱橫彩筆五雲高
은하수에 뗏목 타고 온 그대의 흥취 부럽소	羨君霄漢乘槎興
너른 바다 만 리 파도를 부술 듯하니	欲破滄溟萬里濤

다시 화운하여 태악에게 받들어 사례하다
再和奉謝太岳

홍선보(洪善輔)

객관의 태학생 마을 안의 호걸들이라	館中太學里中豪
생기 있는 한묵에 안목 절로 높아지네	翰墨淋漓眼自高
본원사 누각에 있자니 천상에 앉은 듯	本願樓疑天上坐
침상에 누워 은하수의 밤 파도 소리 듣는다	上床銀漢夜聽濤

묵재 홍군에게 받들어 드리다
奉贈默齋洪君

편강유용(片岡有庸)

오늘 비로소 만나 교유하니	今日纔傾蓋
어느 때 이렇게 모일 수 있겠는가[30]	何時此盍簪

---

30 어느 때……있겠는가 : '합잠(盍簪)'은 뜻 맞는 사람들이 모여 회동하는 것을 이른다.

비온 후 늘어진 버들 어지럽고　　　　　　　　雨餘垂柳亂

바람 뒤에 진 꽃잎 수북하다　　　　　　　　　風後落花深

나비의 꿈 방초 사이에서 길을 잃고　　　　　　蝶夢迷芳岬

객의 마음 고향 숲을 그리워하니　　　　　　　客心慕故林

봄 하늘 달 밝은 밤에　　　　　　　　　　　春天明月夜

월나라 고향 노래 읊조린 마음[31] 정히 알겠네　定識越鄕吟

편강빙천에게 받들어 화답하다
奉和片岡氷川

홍선보(洪善輔)

시학은 원래 같은 도이니　　　　　　　　　詩學元同道

유람 중에 함께 모인 이들 보네　　　　　　　遊觀共合簪

고향은 천 리나 먼데　　　　　　　　　　　故鄕千里遠

이국에서 하나 된 마음 깊구나　　　　　　　異國一心深

버들 푸른 언덕에 새는 지저귀고　　　　　　　柳綠禽啼岸

매화 붉은 숲에서 나비 좇아 나는데　　　　　梅紅蝶趁林

어느 밤 꿈속에서 그리울 때면　　　　　　　相思他夜夢

그림 그린 누대에 와서 읊조리겠지　　　　　應到畫樓吟

---

31 월나라……읊조린 마음 : 전국시대 월(越)나라 사람 장석(莊舃)이 초(楚)나라에서 벼슬
　하다가 병이 들자 자기도 모르는 사이에 무의식적으로 월나라 노랫가락을 읊조렸다는
　고사가 있다.

앞의 운을 따라 묵재에게 사례하다
步前韻 謝黙齋

편강유용(片岡有庸)

풍류 있는 조선의 손님	風流鮮土客
잠시 이곳에서 고관들을 마주했네	暫此對華簪
호저[32]의 교제 참으로 돈독하고	縞紵交偏厚
제포[33]의 정은 더욱 깊구나	綈袍情更深
씩씩한 재주로 무예를 닦았는데	雄才修武事
아름다운 시상으론 사림의 으뜸이라	藻思冠詞林
해가 지도록 있어도 싫지 않아	不厭斜陽落
함께 백설가를 노래한다네	共歌白雪吟

앞의 시에 다시 차운하여 빙천에게 화답하다
再次前韻 和氷川

홍선보(洪善輔)

절집 누각에서 백전[34]이 열리니	禪樓開白戰

---

32 호저(縞紵) : 흰 명주 띠와 모시옷. 오(吳)나라 계찰(季札)이 정(鄭)나라 자산(子産)에게 흰 명주 띠를 선사하자 자산이 그 답례로 모시옷을 보냈다는 고사에서 온 말로, 선물을 주고받음 또는 정이 두터움을 가리킨다.

33 제포(綈袍) : 제포(綈袍). 두꺼운 명주에 솜을 두어 만든 옷. 전국시대 위(魏)의 범수(范睢)가 수가(須賈)를 섬기고 있을 때 모함을 받아 궁지에 몰리자 진(秦)으로 망명, 진나라의 재상이 되었다. 후에 수가가 진에 사신으로 오자 범수가 일부러 헌 옷을 입고 그를 맞이하니, 영문을 모르는 수가는 범수를 알아보고 불쌍히 여겨 그에게 두꺼운 비단 옷을 주었다. 옛 은혜를 잊지 않고 마음속에 간직하고 있음을 비유한다.

34 백전(白戰) : 특정한 어휘의 구사를 금하면서 격식에 구애받지 않고 자유롭게 시를

봄날 오사모에 비녀 꽂은 이들 모였네
아름다운 시상은 우뚝한 산 넘보고
교제하는 정은 바다보다 깊구나
사람이라면 아름다운 모임 전해야 할 터
비가 짐짓 먼 숲을 지나가네
드넓은 문파를 다 펼치지 못했으니
아침이 오면 또 한 번 읊으리라

春日簇烏簪
藻思瞻山聳
交情較海深
人應傳勝會
雨故過遙林
不盡文波浩
朝來又一吟

묵재 홍군에게 받들어 드리다
奉呈黙齋洪君

반전량(飯田良)

보검이 봄추위에 만 리를 가로지르니
객성이 먼저 무창의 성 비추네
사람을 놀래키는 채필 꽃과 비슷해
자기35에 작시의 명성까지 높이 걸렸네

寶劍春寒萬里橫
客星先照武昌城
驚人彩筆花相似
紫氣兼懸作賦名

짓는 일. 백전(白戰)은 송(宋)나라 구양수(歐陽脩)가 처음 시도했던 바, 예컨대 눈[雪]에 대한 시를 지을 경우 눈과 관련이 있는 학(鶴)·호(皓)·소(素)·은(銀)·이(梨)·매(梅)·로(鷺)·염(鹽)·동곽(東郭) 등 어휘의 사용을 금하는 것이다. 그 뒤에 다시 소식(蘇軾)이 빈객들과 함께 이를 회상하며 시도해 본 적이 있는데, 그때의 시 가운데 "당시의 규칙을 그대들 준수하라. 손으로만 싸워야지 무기를 잡으면 안 될지니.[當時號令君聽取, 白戰不許持寸鐵.]"라는 구절이 있다.

35 자기(紫氣) : 칼 빛을 형용한 말. 풍성(豐城) 땅에 묻힌 용천(龍泉)과 태아(太阿)의 두 보검이 밤마다 두우(斗牛) 사이에 자기(紫氣)를 발산하였다는 전설이 있다.

반전운대에게 받들어 화답하다
奉和飯田雲臺

홍선보(洪善輔)

보일 듯 말듯 푸른 노을이 눈매를 비추는데	隱映靑霞眉睫橫
문장의 파도 오언성[36]을 뒤흔들려 하는구나	文波欲撼五言城
나 이제 뽕나무 활 쏘는 무리들과 함께하니	我今混迹桑弧伴
시인으로 이름이 새나가는 것 원치 않는다오	不願詩家漏姓名

앞의 운을 써서 홍군에게 주다
用前韻 贈洪君

반전량(飯田良)

좌중에 펼쳐진 그대의 씩씩함 사랑스럽고	憐爾豪雄座上橫
봄빛은 강성에 가득해 보기가 좋구나	好看春色滿江城
시단에서 병법 논하고 간 사람 알았으니	壇場定識談兵去
천년토록 해외에 이름 전해지리라	千歲長傳海外名

다시 화운하여 운대에게 받들어 사례하다
再和奉謝雲臺

홍선보(洪善輔)

고향에 돌아갈 생각 바다 하늘에 걸쳤는데	故鄕歸思海天橫

---

36 오언성(五言城) : 오언금성(五言金城) 또는 오언장성(五言長城)의 준말. 오언시(五言詩)를 잘 짓는다는 말로, 금성 또는 장성이라는 말은 보통 사람이 따라가지 못함을 비유한 것이다. 남당(南唐)의 유동(劉洞)이 오언금성이라 자칭하였다.

해 지는 성에서 동풍에 기대어 있네　　　　　　徙倚東風落日城
운대[37]의 고명한 손님과 해후하니　　　　　　邂逅雲臺高名客
부사산 이북에서 책에 시명 남기리　　　　　　富山以北冊詩名

묵재 홍군에게 받들어 드리다
奉呈默齋洪君

　　　　　　　　　　　　　　　　　　궁무방견(宮武方甄)

사해가 모두 형제임을 원래부터 알았는데　　　四海元知皆弟兄
이곳에서 만나 사귐의 정 보여주네　　　　　　相逢此處見交情
시단에 종일토록 아름다운 흥 많으니　　　　　騷壇終日多佳興
하물며 춘풍에 오랜 비까지 개었음에랴　　　　況復春風宿雨晴

소산에게 받들어 화답하다
奉和小山

　　　　　　　　　　　　　　　　　　홍선보(洪善輔)

일 년 봄빛에 담백한 매화[38]　　　　　　　　一年春色淡梅兄
맑은 향기 세 번 맡으니[39] 세정과 멀어지네　　三嗅清光遠世情

---

37 운대(雲臺) : 후한(後漢) 명제(明帝) 때 전대의 공신(功臣)을 기려 초상을 그려 놓은
　　대 이름. 반전량의 호(號)이기도 하다.
38 매화 : 원문의 '매형(梅兄)'은 매화의 아칭(雅稱)으로, 송(宋)나라 황정견(黃庭堅)의
　　「수선화(水仙花)」에 "향기 머금은 흰 꽃잎 성을 기울일 듯하니, 산반은 아우요 매화는
　　형이로세.[含香體素欲傾城, 山礬是弟梅是兄.]"라는 구절이 있다.
39 세 번 맡으니 : 두보의 시 「추우탄(秋雨歎)」에, "당상의 서생 괜히 머리만 세었기에,

이날 선루에 훌륭한 모임 열렸는데 / 是日禪樓開勝會

강성엔 저녁비가 또 다시 개었구나 / 江城晚雨又新晴

묵재 홍군에게 받들어 드리다
奉呈默齋洪君

입정재청(笠井載淸)

푸른 봄에 꽃 만발한 무창의 성 / 靑春花滿武昌城

교목으로 옮겨간 꾀꼬리[40] 소리 더욱 맑아라 / 黃鳥遷喬音更淸

오늘 빈연에서 고상한 객을 만나 / 今日賓筵逢雅客

시필로 기쁨의 정 다 쏟으니 좋구나 / 好將詩筆罄歡情

입정능산에게 받들어 화답하다
奉和笠井綾山

홍선보(洪善輔)

억지로 시 벗을 따라 수심의 성 깨뜨리니 / 强隨詩伴破愁城

번갈아 수창하며 나누는 시 맑구나 / 一唱一酬分韻淸

관문의 구름 천리에 걸친 모습을 보니 / 識看關雲千里色

바람 따라 몇 번이고 향내 맡고 우누나.[堂上書生空白頭, 臨風三嗅馨香泣.]"라는 구절이 있다.

40 교목으로 옮겨간 꾀꼬리 : 지위가 상승해서 높은 곳으로 옮겨 가는 것을 뜻한다. 『시경』「소아(小雅)」'벌목(伐木)'에, "나무 베기를 정정히 하거늘, 새가 울기를 앵앵히 하는도다. 깊은 골짜기에서 나와, 높은 나무로 날아가는도다.[伐木丁丁, 鳥鳴嚶嚶. 出自幽谷, 遷于喬木.]" 하였다.

내일 아침이면 먼 이별의 슬픔 생겨나겠네　　　　　明朝應釀遠離情

묵재 홍군에게 받들어 드리다
奉呈黙齋洪君

송본위미(松本爲美)

강가에 목란배를 매었더니　　　　　　　　　　江邊繫得木蘭舟
시명이 북주를 울린다는 소식 들리네　　　　　聞道詩名動北州
연성의 보배구슬[41] 빛깔이 좋으니　　　　　　好是連城珠玉色
그대 자리에서 내게 던져주길 바라오　　　　　請君席上向吾投

서호에게 받들어 화답하다
奉和西湖

홍선보(洪善輔)

신령한 자라의 등[42] 위에 신선 배 매니　　　神鰲背上繫仙舟
느릿느릿 움직이는 봉래산 육십주라　　　　　緩蹄蓬萊六十州
서호의 고명한 처사 홀연히 만나니　　　　　　忽遇西湖高處士
시 한 수 내게 던져주길 바라오　　　　　　　　請詩一首向余投

---

41 연성의 보배구슬 : 연성의 주옥(珠玉)은 연성벽(連城璧)을 말한다. 전국시대 진(秦)나라 소왕(昭王)이 15성(城)과 바꾸자고 청했던 조(趙)나라 소장의 화씨벽(和氏璧)을 가리킨다.

42 신령한 자라의 등 : 섬들이 솟아 있는 것을 가리킨다. 옛날 발해(渤海) 동쪽의 다섯 산이 파도에 떠밀리자 상제가 다섯 마리의 자라로 하여금 이를 떠받치게 했다는 전설이 전해 온다.

묵재 홍군을 전송하다
送黙齋洪君

송본위미(松本爲美)

삼월의 강성에서 신선 배를 보내니	江城三月送仙槎
바닷가엔 춘풍에 수양버들 흔들리네	海上春風楊柳斜
두 도읍에서 이별의 한 어쩌지 못하고	無奈二都離別恨
동서로 만 리 떨어져 하늘 끝에 있으리	西東萬里隔天涯

서호의 전별시에 받들어 화답하다
奉和西湖矑行韻

홍선보(洪善輔)

늦봄의 찬 매화 오래된 배 곁에 담담하고	春晩寒梅淡古槎
서호에는 쓸쓸하게 저녁 구름 비껴 있네	西湖怊悵暮雲斜
오늘 헤어지면 언제나 다시 만날까	相離此日逢何日
만사는 끝이 없으면서 또 끝이 있는 법	萬事無涯且有涯

묵재 군에게 드리다
呈黙齋君

산안장(山岸藏)

안개와 노을 봄이 가득한 적성[43]의 모퉁이	烟霞春滿赤城隈

---

43 적성(赤城) : 도교(道敎)의 전설 속에 나오는 삼십육동천(三十六洞天)의 하나. 진(晉)
나라 손작(孫綽)이 「유천태산부(遊天台山賦)」에서 "적성의 붉은 노을이 일어나며 절로

만 리의 손님 맞이하는 빈관이 열렸네　　　　　萬里逢迎賓館開
호해의 신선 유람에서 장대한 생각 보았는데　　湖海仙遊看壯思
산천의 빼어난 기운 높은 누대로 들어온다　　　山川秀氣入高臺
영웅호걸 대적할 남두의 선비 그 누구냐　　　　豪雄誰敵斗南士
문물에서 강좌의 재주 원래부터 알았네　　　　文物元知江左才
오늘 아름다운 자리 시사에 참여하니　　　　　今日瓊筵與詩社
천 년의 이 만남 역시 기이하구나　　　　　　　千年此會亦奇哉

문연에게 받들어 화답하다
奉和文淵

홍선보(洪善輔)

이년 동안 나그네였다 강성을 가득 채우고　　　二年爲客滿江城
한묵장 열린 곳에서 맑은 유람 힘써 따르네　　　强趣淸遊翰墨開
천지의 동남쪽에서 준걸들을 만남에　　　　　　天地東南逢俊傑
산하의 표리가 누대 위로 높이 솟았구나　　　　山河表裏聳樓臺
완성된 시 어찌 매화 보는 흥취만 못하랴만　　詩成何遜看梅興
밧줄로는 종군이 월왕 묶는 재주에 부끄럽네[44]　纓愧終軍繫越才
고개 돌리니 이향에는 안개 버들 시드는데　　　回首異鄕烟柳晚
고향으로 돌아갈 생각 참으로 아득하도다　　　故園歸思正悠哉

표지가 세워진다.[赤城霞起而建標]"라고 표현한 뒤로 선경(仙境)의 대명사로 쓰이게 되었다.

44 밧줄로는……부끄럽네 : 자신의 재주가 종군만 못하여 부끄럽다는 말이다. 한(漢)나라 간의대부(諫議大夫) 종군(終軍)이 남월(南越)에 사신으로 나가기를 자청하면서, 긴 밧줄[長纓] 하나만 주면 남월 왕을 묶어서 궐하(闕下)에 바치겠다고 한 고사가 있다.

묵재를 송별하다
送別黙齋

산안장(山岸藏)

감원[45]에 봄이 깊어 꽃나무는 알록달록	紺苑春深花樹斑
문을 여니 만 길의 붉은 노을 사이에 있네	門開萬仞赤霞間
원래부터 알았지 자리 위의 신선 같은 손님	原知坐上神仙客
누대에서 이별한 후 다시 잡기 어려움을	別後樓臺難再攀

문연에게 받들어 화답하다
奉和文淵

홍선보(洪善輔)

이별 정자의 매화 대나무 어른어른 비추는데	離亭梅竹映相斑
십일의 맑은 유람 한바탕 꿈만 같구나	十日清遊一夢間
위수의 봄 하늘[46] 어느 밤에 그리워지면	渭水春天他夕思
바위산에 홀로 서서 계수나무 꽃 잡으리라	岩阿獨立桂花攀

---

45 감원(紺苑) : 불사(佛寺), 즉 절의 다른 이름.

46 위수의 봄 하늘 : 두보(杜甫)의 「춘일억이백(春日憶李白)」 시에, "위수 북쪽엔 봄날의 숲이요, 강 동쪽엔 해 저문 구름이로다. 언제나 한 동이 술로 서로 만나서, 거듭 함께 글을 자세히 논해 볼까.[渭北春天樹, 江東日暮雲. 何時一樽酒, 重與細論文.]"한 데서 온 말로, 멀리 있는 다정한 친구를 그리워하는 것을 의미한다.

앞의 운을 써서 묵재를 다시 송별하다
用前韻 再送默齋

산안장(山岸藏)

장사의 머리 센 것을 어찌 근심하랴　　　　何愁壯士鬢毛斑
웅검의 기운이 두우 사이에서 차다　　　　雄劍氣寒牛斗間
돌아가는 길 서쪽 하늘엔 오색구름　　　　歸路西天雲五色
그대는 월계수를 홀로 높이 잡으리라　　　知君月桂獨高攀

홍묵재 군에게 주다
贈洪默齋君

강정내(岡井鼐)

그대 무를 배우고 문에도 능한 것 훌륭하니　　多君學武更能文
풍채와 풍류가 평소에 듣던 바로다　　　　丰采風流有素聞
오늘 시단에서 서로 만났는데　　　　　　今日詞壇相見處
필봉이 기천의 군사를 다 쓸어버렸네　　　筆鋒掃盡幾千軍

강정적성에게 화답하다
和岡井赤城

홍선보(洪善輔)

묵재는 무를 숭상하고 문을 숭상하지 않으니　默齋崇武不崇文
보신대로 소문과 달라서 참 부끄럽군요　　　所見堪羞異所聞
그대의 묵루[47]를 보니 초나라에서 막강해　　看君墨壘强於楚
징 울리고 삼사[48]를 물러나려 합니다　　　三舍鳴金欲退軍

홍묵재 군에게 주다
贈洪默齋君

강정내(岡井甭)

전립과 군포 검은 색 신발   戰笠軍袍鴉色靴

재주가 문무를 겸비했으니 더욱 아름답구나   才兼文武更足多

이별에 저녁 종소리 재촉함을 어쩌지 못해   別離無奈暝鐘促

노양의 해를 되돌렸던 창[49] 빌리고 싶어라   欲借魯陽廻日戈

강정적성에게 화답하다
和岡井赤城

홍선보(洪善輔)

물과 육지의 풍상 서리가 신발에 가득한데   水陸風霜霜滿靴

안개 노을에 외려 낭랑한 시 많이 얻었네   烟霞猶得朗吟多

승평한 세월에 맞이한 우리의 일   昇平日月吾儕事

양국의 문치 이루고 창을 눕혔구나   兩國文治際偃戈

---

47 묵루(墨壘) : 먹으로 쌓은 성채. 여기서는 전쟁의 상황에 비기어 시재(詩才)를 비유한 말이다.

48 삼사(三舍) : '사(舍)'는 거리의 단위로, 3사는 90리이다.

49 노양의……창 : 옛날에 노양(魯陽)이 전쟁하다가 해가 지려고 하자 창을 들어 해를 가리키니, 해가 얼마쯤 물러났다는 고사가 있다.

홍군 묵재에게 받들어 드리다
奉呈洪君黙齋

청엽양호(靑葉養浩)

홍애[50]가 오늘 신선의 유람 일삼아	洪崖今日事仙遊
만 리에 배를 띄워 십주를 찾아왔네	萬里泛船求十洲
풍류 있어 아름다운 시상 많으실 테지만	又識風流多藻思
애오라지 모과 같은 짧은 시만 드립니다[51]	短章聊擬木瓜投

자봉에게 받들어 화답하다
奉和紫峰

홍선보(洪善輔)

누가 말했나 자장[52]의 유람이 가장 장대하다고	誰道子長最壯遊
그 발자취[53] 영주에 이르렀단 말 듣지 못했네	未聞筇屐到瀛洲
이제 나는 신선의 섬 달 아래 노닐면서	今我來遊鰲背月
해상의 신선 만나 시까지 받았다오	攀仙海上見詩投

---

50 홍애(洪崖) : 황제(黃帝)의 신하 영륜(伶倫)의 선호(仙號)로, 전설상의 신선이다. 여기서는 홍선보(洪善輔)를 신선에 빗댄 것으로, 홍선보의 성이 '홍(洪)'이기 때문에 취한 비유이다.

51 모과……드립니다 : 『시경』「목과(木瓜)」에 "나에게 모과를 던져 주기에, 경거로 보답하였다.[投我以木瓜, 報之以瓊琚.]"한 데서 온 말이다. 여기서는 자신의 시에 대한 겸사로 '모과'를 썼다.

52 자장 : 사마자장(司馬子長), 즉 사마천(司馬遷)을 가리킨다. 그가 20세 때에 남쪽으로 강회(江淮)·회계(會稽)·우혈(禹穴)·구의(九疑)·원상(沅湘)을 유력하고 북쪽으로는 문사(汶泗)를 건너고 제노(齊魯)의 땅에서 강학(講學)하고 양초(梁楚)를 지나 돌아왔다는 기록이 『사기(史記)』에 보인다.

53 발자취 : 원문의 '공극(筇屐)'은 지팡이와 나막신으로, 발자취를 뜻한다.

묵재에게 다시 주다
再贈默齋

청엽양호(青葉養浩)

그대와 함께 하는 고상한 유람 어찌 생각했으랴	豈料與君同雅遊
시명은 청주[54]를 울리기에 더욱 족하구나	詩名更足動蜻洲
책상에서 다행히 경요[55]의 보답 얻었으니	案頭幸得瓊瑤報
석상에서 던져진 명월주에 깜짝 놀랐다오[56]	席上忽驚明月投

다시 화운하여 자봉에게 받들어 사례하다
再和奉謝紫峰

홍선보(洪善輔)

봉래산에서 원유의 시 짓는 것이 기쁘니	直喜蓬萊賦遠遊
문사를 영주에서 얻으리라 어찌 생각했겠소	豈料文士得瀛洲
시단에서 맘껏 노는 것 바둑과 같아	騷壇謾戲同棋局
적수를 만남에 싸움에서 이길 수가 없구나	敵手逢時無大投

---

54 청주(蜻洲) : 일본을 가리킨다.

55 경요(瓊瑤) : 아름다운 옥을 말하는데, 여기서는 상대방의 시를 높여서 칭한 것이다.

56 석상에서……놀랐다오 : 진가(眞價)를 잘 알지 못하는 사람에게 선사된 뜻밖의 진귀한 보물처럼, 홍선보의 시문이 매우 고귀하다는 말이다. 명월주(明月珠)나 야광벽(夜光璧)을 밤중에 갑자기 사람 앞에 던져 주면 사람들이 깜짝 놀라 사방을 두리번거린다는 말이 『사기』「노중련추양열전(魯仲連鄒陽列傳)」에 보인다.

홍군 묵재에게 받들어 드리다
奉呈洪君默齋

조미혜적(糟尾惠廸)

그대는 무관이면서 장유를 따라왔는데	君自武官從壯遊
문장 여사에 있어서도 또한 명류일세	文章餘事亦名流
오늘의 좋은 인연 얼마나 다행인가	良緣今日知何幸
나는 듯이 시 지으며 이 누대에 함께 있네	詩賦翩翩共一樓

조미행원에게 받들어 화답하다
奉和糟尾杏園

홍선보(洪善輔)

백년을 신의로 통해 맑은 유람 기대했는데	百年通信卜淸遊
사방에서 시 지으니 전부 다 도사이신가	四座題詩捴道流
헤어진 후 살구꽃 동산에 달 밝은 밤이면	別後杏園明月夜
만 리 저편 사람 그리워 홀로 누대에 기대겠지	思人萬里獨憑樓

홍묵재에게 받들어 드리다
奉贈洪默齋

강명륜(岡明倫)

풍류 있는 이역의 사람 함께 만나니	共接風流異城人
나란히 앉아 마음 논함에 새 벗을 기뻐하네	論心連榻喜交新
글 모임에서 그대 만나리라 어찌 생각했으랴	豈料文會逢君結
해후하고 정이 더욱 친근해지누나	邂逅殊知情更親

귀봉에게 받들어 화답하다
奉和龜峰

홍선보(洪善輔)

정은 있어도 말이 없는 마음속의 사람	有情無語意中人
붓으로 새 시 쓰는 걸 그저 바라볼 뿐이오	能事從看放筆新
나의 흥취 원만할 때 그대 또한 읊조리니	我興圓時君亦咏
서먹한 자리에서 이리 친해질 줄 누가 알았겠소	孰知踈處是爲親

韓舘唱和別集

韓舘唱和別集序

予門生等，會于韓舘之日也，洪善輔，亦在其席。南學士，請投詩，以故門生多相贈酬者，詩亦不少矣，竟別爲一卷。盖武官而好文辭者，列朝之聘，不能無之，而予未聞有唱和者，然則此卷，不亦奇哉。觀者，宜知韓邦之不乏于文華也矣。

寶曆　甲申　暮春　下浣

國子祭酒　林信言　子恭　識

韓舘唱和別集

國子祭酒　林信言　藏書

《南學士筆語》

彼是默齋洪君。雖非文官，詩才翩翩，贈賜唱和，幸甚。

《默齋名刺》

姓洪，名善輔，字聖老，號默齋。以伴人來，而官通德郎。

《奉寄默齋洪君》　　　　　　　　　　　　　德力良弼

薄暮遙聞遠寺鐘，麗譙坐久紫烟濃。風流不減洪崖趣，疑在蓬萊第一峯。

　　《奉和德力龍淵》　　　　　　　　　　　　　　　　　　洪善輔
羈思迢迢立暮鐘，異鄉烟柳十分濃。試看<u>富岳</u>高千尺，知子文章較
上峯。

　　《再贈<u>默齋</u>》　　　　　　　　　　　　　　　　　　德力良弼
高堂雅宴對仙郎，詩賦凌雲動四疆。文武兼知豪俊氣，儼然<u>晋</u>代<u>杜</u>
當陽。

　　《再和奉[57]謝龍淵》　　　　　　　　　　　　　　　　洪善輔
鳳笙曾許遇仙郎，絳節南隨遠出疆。偶過詩筵驚巨擘，畫樓投筆下
斜陽。

　　《奉寄默齋洪君》　　　　　　　　　　　　　　　　　　土田貞儀
席上何圖幸接名，縱橫彩筆白雲淸。相逢不肯通言語，更以詩篇[58]
解兩情。

　　《寄默齋洪君》　　　　　　　　　　　　　　　　　　　土田貞儀
冠蓋映花春色高，聯詩席上見雄豪。已驚腰下千金劍，自拂雲烟照
彩毫。

---

57 원문에는 '秦'으로 되어 있으나 '奉'의 오기(誤記)인 듯함.
58 원문에는 '蒿'으로 되어 있으나 '篇'의 오기인 듯함.

《奉和土田蚓壑》　　　　　　　　　　　　　　　洪善輔

百尺春樓墨壘高，三年起意較誰豪。佳山美水多題品，隨處風光入弄毫。

《寄默齋洪君》　　　　　　　　　　　　　　　　林信富

客舶暫懸天一涯，相逢賓幕共裁詩。何論兩地言語異，萍水交游如舊知。

《奉和林觀亭》[59]

交情深淺孰窺涯，不語相看但[60]咏詩。蕭寺春霏南廡下，青燈一笑又新知。

燈下會逢，故末句及之。

《奉和林觀亭寄元奉事韻》　　　　　　　　　　　洪善輔

蓬萊春日遇群仙，秩秩威儀畫閣邊。燭下相逢新會面，臨分爲贈七言篇。

《和默齋》　　　　　　　　　　　　　　　　　　林信富

遙出天涯采藥仙，旅愁暫憩白雲邊。身荷弓矢風流士，揮筆裁詩錦繡篇[61]。

---

59 원문에는 작자가 기재되어 있지 않으나, 홍선보(洪善輔)의 화답시로 추정됨.
60 원문에는 '佃'로 되어 있으나 '但'의 오기(誤記)인 듯함.
61 원문에는 '萹'으로 되어 있으나 '篇'의 오기(誤記)인 듯함.

《贈林觀亭》　　　　　　　　　　　　　　　　　　洪善輔

終日君獨咏，吾輩無一語。雖緣事故然，交情太齟齬。

《和默齋》　　　　　　　　　　　　　　　　　　　林信富

偏憐異邦客，燈下傾蓋語。料君行路難，萬里継岧齬。

《奉呈默齋洪君》　　　　　　　　　　　　　　　　松田久徵

春來奇遇對賓筵，文武兼全經幾年。君去風烟難再見，關山萬里問
神仙。

《奉和松田鴻溝》　　　　　　　　　　　　　　　　洪善輔

畫樓高處敞詩筵，亹亹文談日抵年。道氣眉間頻隱映，始知瀛海遇
眞仙。

《席上呈默齋洪君》　　　　　　　　　　　　　　　飯田恬

舟車無恙度青春，八陣雄風氣自神。長劍橫天關塞月，知君馳馬掃
胡塵。

《奉和飯田靜廬》　　　　　　　　　　　　　　　　洪善輔

萬里羈愁又一春，兩邦文會近三神。子方詩禮林遹學，兼得仙風迥
出塵。

《奉呈默齋洪君[62]》

都門十里彩雲端，高閣携手共簇欄。歸馬春寒還自玉，函山雪外路

_____

62 원문에는 작자가 기재되어 있지 않으나, 소실당칙(小室當則)의 시로 추정됨.

漫漫。

《奉和小室汶陽》 　　　　　　　　　　　　　　洪善輔

軟塵不見浮眉端，小室山人下玉欄。亥地工夫須勉勵，何圖世遠夜
漫漫。

《寄默齋君》 　　　　　　　　　　　　　　　　小室當則

烟霞春滿武昌城，都下輪蹄大道平。群從披襟應雀躍，諸賢秉笏待
鷄鳴。山中翠色能迎轡，湖上清波好濯纓。此去無由縮楊柳，陽關又
止第三聲。

《奉呈洪君默齋》 　　　　　　　　　　　　　　後藤世鈞

多君講武又耽詩，幸遇騷壇談笑時。春雨陰陰日將暮，興來歸騎不
辭遲。

《奉和芝山》 　　　　　　　　　　　　　　　　洪善輔

靑衿濟濟各言詩，春晚東風二月時。萬里星槎何日返，江都鴻雁亦
遲遲。

《用前韻　贈默齋》 　　　　　　　　　　　　後藤世鈞

異域同遊換話詩，禪堂細雨暮鐘時。逢場最愛兼文武，欲報短章慚
拙遲。

《再奉謝芝山》 　　　　　　　　　　　　　　洪善輔

一鞭馬上萬篇[63]詩，美水佳山放筆時。文會兩邦催皷角，不妨今夕
下樓遲。

≪席上呈默齋洪君≫　　　　　　　　　　　　　　木部敦

各地分東北, 豈無兄弟親。文章宜會友, 翰墨此交人。神相窺高志,
雄才知絕倫。野花將發日, 歸雁可憐春。

≪奉和木部滄洲≫　　　　　　　　　　　　　　　洪善輔

同胞男子志, 四海郎交親。莫訝朝鮮客, 共遊日域人。衣冠雖異制,
詞賦摠超倫。故國何時返, 江都已暮春。

≪席上呈默齋洪君≫　　　　　　　　　　　　　　今井兼規

英風逸氣動相聞, 客裡猶諳龍鳥文。高會風流交不薄, 壯心元領水
犀軍。

≪奉和今井崑山≫　　　　　　　　　　　　　　　洪善輔

遠邦名實錯風聞, 武藝寧兼好屬文。書劍不成頭欲皓, 居延城外夢
從軍。

≪呈默齋洪君≫　　　　　　　　　　　　　　　　澁井平

隗俄尤奇狀, 不知何處仙。云來從緱氏, 如鶴駕蒼烟。

≪奉和太室≫　　　　　　　　　　　　　　　　　洪善輔

兩邦文以會, 江閣坐群仙。未至參詩席, 金門帶夕烟。

≪席上奉贈默齋洪君≫　　　　　　　　　　　　　關脩齡

江陵風雨客心新, 況見梅花飛作塵。邂逅相逢萍水會, 多情已到異

鄕人。

《奉和關松窓》　　　　　　　　　　　　　　　　　洪善輔
宿雨初晴傾蓋新，二邦文會遠囂塵。多君敏捷淸詞賦，知我覊遊萬
里人。

《戲贈默齋》64
座側有小童，書朝鮮諺文，余請漢譯而不肯，故有此作。
知是風流雅好文，一堂相見慰離群。試因奇字携春酒，孰與當年揚
子雲。

《奉和關松窓》　　　　　　　　　　　　　　　　　洪善輔
手裡黃庭玉字文，仙風卓爾逈難群。陌頭草綠家何處，攀桂歌中聽
白雲。

《奉贈洪默齋》　　　　　　　　　　　　　　　　　中村弘道
春風何事客心悲，草色如烟柳掛絲。相値不論文與武，交情聊寄一
篇詩。

《奉和鶴市》　　　　　　　　　　　　　　　　　洪善輔
春物徒增遠客悲，眞仙來遇鬂先絲。蓬萊遍踏惟何事，馬上空題萬
首詩。

---

64 원문에는 작자가 기재되어 있지 않으나, 관수령(關脩齡)의 시로 추측됨.

《用前韻 再贈默齋》　　　　　　　　　　　中村弘道

相逢莫說異鄉悲，林苑催花雨似絲。春畫雖長還覺短，共忻秉燭謾
題詩。

《和鶴市》　　　　　　　　　　　　　　　　洪善輔

早晚離亭海鶴悲，江天春柳細如絲。應知別後相思夢，明月禪樓更
咏詩。

《奉呈默齋洪君》　　　　　　　　　　　　　　原馨

知君舊自事豪雄，還以風流詩賦工。萬里名聲留異域，麒麟閣上復
誰同。

《奉和原蘭洲》　　　　　　　　　　　　　　洪善輔

樓似岳陽孰將[65]雄，詩如瘦馬步難工。升天題柱初年志，自笑伊來
畫處同。

《用前韻 奉和默齋洪君》　　　　　　　　　　原馨

江關春滿佇文雄，和就偏知㷀調工。畫虎還羞吾黨事，揚揚意氣得
相同。

《送別默齋洪君》　　　　　　　　　　　　　　原馨

故園春柳更陰陰，客有將歸夢裡深。一自高臺分袂後，風流諸子日
相尋。

---

65 원문에는 '埒'로 되어 있으나 '將'의 오기(誤記)인 듯함.

《奉呈洪默齋君》　　　　　　　　　　　　　久保泰亨

江城春色雨中新，翰墨追隨西土賓。知是韓邦文化盛，詞場又認武
冠人。

《奉和久保盅齋》　　　　　　　　　　　　　洪善輔

金門煙柳一番新，勝會春風樂主賓。健筆雄詞催四座，武夫堪愧對
騷人。

《因秋月 得見默齋 賦贈二子》　　　　　　　久保泰亨

曾聞劍氣夜衝天，想像精靈少好緣。幸有奇心通象緯，人間復得見
龍泉。

《以默齋並坐詩筵 有詩爲謝 輒此和呈》　　　　南玉

洪厓老子共談天，肩拍群仙小結緣。從此踈慵三鼓竭，魯戈剛借退
虞泉。

《再和盅齋》　　　　　　　　　　　　　　　洪善輔

壯觀萬里又關天，二國青遊儘有緣。語鳥名花供幾處，日南形勝勝
平泉。

《用前韻 謝默齋》　　　　　　　　　　　　久保泰亨

陽春歌就唱來新，羞我短才難答賓。文雅不惟供好事，知君自是太
平人。

《三和盅齋》　　　　　　　　　　　　　　　洪善輔

路隔西南識面新，華筵秩秩好迎賓。清詞三疊思逾健，許爾江都第

一人。

《贈默齋 叙離情》　　　　　　　　　　　　　　　　久保泰亨
　韓國多才子，武林獨見君。鄉心悲夜月，客夢逐春雲。浮水萍難聚，
凌空鶴不群。無因將翰墨，再此挹清芬。

《和䖝齋》　　　　　　　　　　　　　　　　　　　　洪善輔
　如水交情淡，驪歌欲贈君。花明三山雨，柳暗十洲雲。開餞多詩伴，
含書少雁群。江樓分手處，春物正芳芬。

《席上呈默齋洪君》　　　　　　　　　　　　　　　　河口俊彥
　相逢詞客各賢豪，白雪篇成調自高。不是仙郎乘遠興，那看萬里涉
波濤。

《奉和河口太岳》　　　　　　　　　　　　　　　　　洪善輔
　春風畫閣簇詩豪，兩坐清談一會高。自愧文章非繡虎，難將峽水瀉
如濤。

《用前韻 呈默齋》　　　　　　　　　　　　　　　　河口俊彥
　使者風流詞賦豪，縱橫彩筆五雲高。羨君霄漢乘槎興，欲破滄溟萬
里濤。

《再和奉謝太岳》　　　　　　　　　　　　　　　　　洪善輔
　館中太學里中豪，翰墨淋漓眼自高。本願樓疑天上坐，上床銀漢夜
聽濤。

《奉贈默齋洪君》　　　　　　　　　　　　　　　　片岡有庸

今日纔傾蓋, 何時此盍簪。雨餘垂柳亂, 風後落花深。蝶夢迷芳艸,
客心慕故林。春天明月夜, 定識越鄉吟。

《奉和片岡氷川》　　　　　　　　　　　　　　　　洪善輔

詩學元同道, 遊觀共合簪。故鄉千里遠, 異國一心深。柳綠禽啼岸,
梅紅蝶趂林。相思他夜夢, 應到畫樓吟。

《步前韻　謝默齋》　　　　　　　　　　　　　　　片岡有庸

風流鮮土客, 暫此對華簪。縞紵交偏厚, 裼袍情更深。雄才修武事,
藻思冠詞林。不厭斜陽落, 共歌白雪吟。

《再次前韻　和氷川》　　　　　　　　　　　　　　洪善輔

禪樓開白戰, 春日簇烏簪。藻思瞻山聳, 交情較海深。人應傳勝會,
雨故過遙林。不盡文波浩, 朝來又一吟。

《奉呈默齋洪君》　　　　　　　　　　　　　　　　飯田良

寶劍春寒萬里橫, 客星先照武昌城。驚人彩筆花相似, 紫氣兼懸作
賦名。

《奉和飯田雲臺》　　　　　　　　　　　　　　　　洪善輔

隱映靑霞眉睫橫, 文波欲撼五言城。我今混迹桑弧伴, 不願詩家漏
姓名。

《用前韻　贈洪君》　　　　　　　　　　　　　　　飯田良

憐爾豪雄座上橫, 好看春色滿江城。壇場定識談兵去, 千歲長傳海

外名。

《再和奉謝雲臺》 　　　　　　　　　　　　　　　洪善輔
　故鄉歸思海天橫，徙倚東風落日城。邂逅雲臺高名客，富山以北冊
詩名。

《奉呈默齋洪君》 　　　　　　　　　　　　　　　宮武方甄
　四海元知皆弟兄，相逢此處見交情。騷壇終日多佳興，況復春風宿
雨晴。

《奉和小山》 　　　　　　　　　　　　　　　　　洪善輔
　一年春色淡梅兄，三嗅清光遠世情。是日禪樓開勝會，江城晚雨又
新晴。

《奉呈默齋洪君》 　　　　　　　　　　　　　　　笠井載清
　青春花滿武昌城，黃鳥遷喬音更清。今日賓筵逢雅客，好將詩筆罄
歡情。

《奉和笠井綾山》 　　　　　　　　　　　　　　　洪善輔
　強隨詩伴破愁城，一唱一酬分韻清。識看關雲千里色，明朝應釀遠
離情。

《奉呈默齋洪君》 　　　　　　　　　　　　　　　松本爲美
　江邊繫得木蘭舟，聞道詩名動北州。好是連城珠玉色，請君席上向
吾投。

《奉和西湖》　　　　　　　　　　　　　　　　　洪善輔

神鰲背上繫仙舟，緩蹋蓬萊六十州。忽遇西湖高處士，請詩一首向
余投。

《送默齋洪君》　　　　　　　　　　　　　　　　松本爲美

江城三月送仙槎，海上春風楊柳斜。無奈二都離別恨，西東萬里隔
天涯。

《奉和西湖贐行韻》　　　　　　　　　　　　　　洪善輔

春晚寒梅淡古槎，西湖怊悵暮雲斜。相離此日逢何日，萬事無涯且
有涯。

《呈默齋君》　　　　　　　　　　　　　　　　　山岸藏

烟霞春滿赤城隈，萬里逢迎賓舘開。湖海仙遊看壯思，山川秀氣入
高臺。豪雄誰敵斗南士，文物元知江左才。今日瓊筵與詩社，千年此
會亦奇哉。

《奉和文淵》　　　　　　　　　　　　　　　　　洪善輔

二年爲客滿江城，强趣清遊翰墨開。天地東南逢俊傑，山河表裏聳
樓臺。詩成何遜看梅興，纓愧終軍繫越才。回首異鄉烟柳晚，故園歸
思正悠哉。

《送別默齋》　　　　　　　　　　　　　　　　　山岸藏

紺苑春深花樹斑，門開萬仞赤霞間。原知坐上神仙客，別後樓臺難
再攀。

《奉和文淵》　　　　　　　　　　　　　　　　　　　洪善輔

離亭梅竹映相斑，十日清遊一夢間。渭水春天他夕思，岩阿獨立桂花攀。

《用前韻 再送默齋》　　　　　　　　　　　　　　　　山岸藏

何愁壯士鬢毛斑，雄劍氣寒牛斗間。歸路西天雲五色，知君月桂獨高攀。

《贈洪默齋君》　　　　　　　　　　　　　　　　　　岡井肅

多君學武更能文，丰采風流有素聞。今日詞壇相見處，筆鋒掃盡幾千軍。

《和岡井赤城》　　　　　　　　　　　　　　　　　　洪善輔

默齋崇武不崇文，所見堪羞異所聞。看君墨壘强於楚，三舍鳴金欲退軍。

《贈洪默齋君》　　　　　　　　　　　　　　　　　　岡井肅

戰笠軍袍鴉色靴，才兼文武更足多。別離無奈瞑鐘促，欲借魯陽廻日戈。

《和岡井赤城》　　　　　　　　　　　　　　　　　　洪善輔

水陸風霜霜滿靴，烟霞猶得朗吟多。昇平日月吾儕事，兩國文治際偃戈。

《奉呈洪君默齋》　　　　　　　　　　　　　　　　　青葉養浩

洪崖今日事仙遊，萬里泛船求十洲。又識風流多藻思，短章聊擬木瓜投。

《奉和紫峰》   洪善輔

誰道子長最壯遊，未聞筇屐到瀛洲。今我來遊鰲背月，攀仙海上見
詩投。

《再贈默齋》   青葉養浩

豈料與君同雅遊，詩名更足動蜻洲。案頭幸得瓊瑤報，席上忽驚明
月投。

《再和奉謝紫峰》   洪善輔

直喜蓬萊賦遠遊，豈料文士得瀛洲。騷壇謾戲同棋局，敵手逢時無
大投。

《奉呈洪君默齋》   糟尾惠廸

君自武官從壯遊，文章餘事亦名流。良緣今日知何幸，詩賦翩翩共
一樓。

《奉和糟尾杏園》   洪善輔

百年通信卜淸遊，四座題詩捻道流。別後杏園明月夜，思人萬里獨
憑樓。

《奉贈洪默齋》   岡明倫

共接風流異城人，論心連榻喜交新。豈料文會逢君結，邂逅殊知情
更親。

《奉和龜峰》　　　　　　　　　　　　　　　　　　洪善輔

有情無語意中人，能事從看放筆新。我興圓時君亦咏，孰知踈處是
爲親。

한관응수록

韓館應酬錄

한관응수록(韓館應酬錄)

1. 개요

『한관응수록(韓館應酬錄)』은 1764년 갑신사행 당시 일본측 문사(文士) 석선명(石宣明, 이시 노부아키)과 조선측 문사인 제술관(製述官) 남옥(南玉), 서기(書記)인 성대중(成大中)·원중거(元重擧)·김인겸(金仁謙) 및 양의(良醫) 이좌국(李佐國) 등이 나눈 필담과 창수시를 모아 편찬한 책이다. 사본(寫本) 1권 1책 88면으로 구성되어 있고, 일본 후쿠시마현립 도서관(福島縣立圖書館)에 소장되어 있다.

갑신사행은 이에하루(家治)의 습직을 축하하고 조일(朝日)간의 교린 관계를 확인하는 데에 그 목적이 있었다. 통신사 일행은 1763년 8월 3일 서울을 출발하여 1764년 2월 16일 에도(江戶)에 도착하였다. 숙소는 아사쿠사(淺草)의 히가시혼간지(東本願寺)였고 이들은 3월 7일 쇼군(將軍)의 답서와 별폭을 받아가지고 3월 11일 에도를 떠나 귀로에 올랐다.

필담과 시 창수는 1764년 2월 25일, 3월 6일 양일간 이루어졌으며, 이것을 석선명이 『한관응수록』으로 만들어 자신의 친구인 태주산인(台州山人) 웅판방(熊阪邦, 구마사카 구니)에게 주었다. 여기에 웅판방이 서문을 쓰고 각각의 창수 시에 자신의 차운시와 평(評)을 덧붙여 8월 하순에 지금과 같은 형태의 『한관응수록』으로 완성하였다.

2. 저자사항

웅판방의 서문을 보면 그의 벗인 석선명이 에도(江戶)에서 몇 년간 유학을 하고 있었는데 1764년 조선 사신들이 왔을 때 그쪽 인사들과 교제하게 되었다고 한다. 석선명은 조선 문사들과 자신이 나눈 필담과 창수시를 모아 『한관응수록』으로 만들어 친구인 웅판방에게 주었고, 이것을 받아본 웅판방이 매 편마다 화운하여 석선명의 기록 사이에 그 것을 끼워 넣어 보관하게 된 것이라고 하였다. 그렇다면 웅판방이 직접 조선 문사들을 만난 일은 없고, 석선명이 전해준 『한관응수록』만 보았던 셈이다.

석선명은 명함을 통해 자(字)는 자의(子誼), 호는 동원(東園)이며, 교수(敎授)를 업으로 하고 있고 서호자(西湖子)를 대신해서 임시로 왔다고 자신을 소개하였다. 당시 그의 나이는 33세였다. '서호(西湖)'는 국자좨주(國子祭酒) 임신언(林信言)의 문인(門人)이자 회진후(會津侯)의 유신(儒臣)인 송본위미(松本爲美)이다. 석선명은 2월 25일 조선 사행원들을 만난 자리에서 제술관 남옥에게 "지난번 객당(客堂)에서 서호자와 더불어 친히 얼굴을 뵈었는데, 약속한 시간에 오히려 저의 성명을 알려드리지 못했습니다."라고 하였다. 임 좨주의 서기인 송본위미가 조선인 객관에 온 것은 22일, 23일이었다. 이좌국은 25일에 있었던 석선명과의 필담에서 "때때로 서호와 같이 오셨는데 서호는 저를 좋아하였지만, 그대는 애초에 통성명도 하지 않으셨지요."라고 하면서 알은

체를 하였다. 아마도 22일, 23일에 석선명도 같이 왔는데, 당시에는 인사를 제대로 나누지 못하고 돌아갔다가 이틀 후에 다시 와서 조선측 문사들을 만난 듯하다. 그는 자신의 스승이 서번(西藩) 당진후(唐津侯)의 문학(文學)인 대내웅이(大內熊耳, 오오우치 유우지)라고 밝혔다. 대내웅이는 에도시대 중기 고학파(古學派)의 유학자(儒學者)로서 적생조래(荻生徂徠, 오규우 소라이), 복부남곽(服部南郭, 핫토리 나카쿠) 등에게 수학하였다. 이좌국은 석선명에게 "족하의 시는 여러 학사들이 칭찬하고 감탄했습니다. 벼슬을 하지 않고 여항에 계시니 애석한 일입니다."라고 하였다. 이런 사실들을 종합해 본다면 석선명은 번(藩)에서 파견된 창평국학(昌平國學)의 생원으로, 여항에서 교수하는 일을 업으로 삼았던 인물이었던 듯하다.

각 창수시에 화운시를 짓고 평을 쓴 웅판방(熊阪邦, 1739~1803)은 에도시대의 유명한 한시인(漢詩人)으로 흔히 웅판태주(熊阪台州)라고 불린다. 이름은 정방(定邦) 또는 방(邦)이며, 자가 자언(子彦), 호가 태주(台州)이고 육오(陸奧) 사람이다. 22세 즈음에 에도로 가서 입강남명(入江南溟, 이리에 남메) 밑에서 수학하다가 남명이 죽은 후 송기관해(松崎觀海, 마쓰자키 간카이)를 사사하였고, 널리 문인 학자들과 교류하였다. 고향에 돌아와서는 자택인 백운관(白雲館)에서 동문들과 시를 통해 교유하였다.

석선명과 필담을 나눈 조선측 인사로는 제술관 남옥, 서기였던 성대중·원중거·김인겸 외에도 모암(慕菴)·고정(高亭)·화암(華岩)·화산(華山) 등이 등장한다.

'모암(慕菴)'은 양의 이좌국의 호(號)이다. '고정(高亭)'은 누구인지 알 수 없다. 필담을 보면 석선명이 고정에게 "서체가 따뜻하고 넉넉해서 그대의 인간적인 모습을 닮았습니다. 찬어(贊語) 또한 아름다운 운치가 있네요. 또 이렇게 성대한 마음을 받았습니다만 그대의 성명을 알지 못하고, 호만 써서 주셨으니 왜 그러셨습니까?" 하고 묻는 대목이 나온다. 이에 고정이 자신의 성명을 써서 석선명에게 주었는데, 석선명이 그것을 잃어버려 책에 기록하지 못한다고 하였다.

화암(華岩)은 당상역관(堂上譯官)인 이명윤(李命尹)을 가리킨 듯한데, 정확하지 않다. 필담을 보면 석선명이 고정에게 "석상(席上)에서 글씨를 쓴 사람은 그 성명이 어떻게 됩니까?" 하고 질문을 하고, 고정은 "성은 유(劉)이고 이름은 영(瑩)이며, 호는 화암(華岩)입니다. 정사(正使)의 상반인(上伴人)입니다."라고 대답하였다. 이명윤의 호는 '화암(華菴)'으로 한자가 같지 않으며, 이때 정사반인(正使伴人)은 통덕랑 조동관(趙東觀)이었다. '유영(劉瑩)'이란 이름은 통신사 일행 좌목(座目)에서도 발견할 수 없으니, 이에 대해서는 좀 더 상고할 필요가 있다.

화산(華山)은 정사반인 조동관을 가리키는 듯한데, 그의 호가 화산재(花山齋)이기 때문이다. '화산(華山)'이라는 호를 가진 사람을 통신사 일행 좌목에서 찾을 수 없고, 그와 유사한 호는 '화산재' 뿐이다. 아마도 필사하는 과정에서 '花山'을 '華山'으로 잘못 쓰는 오류를 범한 듯하다.

3. 구성 및 내용

전반부에는 2월 25일에 나눈 창수 시와 필담이 기록되어 있고, 후반부에는 3월 5일에 나눈 필담과 창수 시가 기록되어 있다. 2월 25일에는 제술관 및 삼서기와 필담을 나누고 시 창수를 하였는데 16수의 시

가운데 석선명이 6수를 짓고, 조선 문사들이 각각 1수씩 4수를 지었으
며, 웅판방이 6수를 지었다. 그 중 칠언율시(七言律詩)가 8수, 오언율시
(五言律詩)가 8수이다.

필담의 내용을 보면 조선 문사들은 석선명의 시를 매우 아름답다고
칭찬하면서, 화답시를 바로 써줄 여유가 없으니 시간을 달라고 부탁
한다. 석선명은 책을 화제로 삼아 조선에 간본(刊本)이 유통되고 있는
상황을 물었고, 남옥은 석선명에게 소장하고 있는 기서(奇書)의 목록
을 보여 달라고 하였다. 이들은 여러 책들의 판본에 관한 문제, 진위
(眞僞) 여부, 국가 차원에서 도서 유출을 금지하는 법 등에 관해 토론
을 하였다.

3월 6일의 필담에서는 서로의 시에 관해서 이야기하고, 마상재(馬上
才)에 대해 문답을 하며, 『시경(詩經)』에 나오는 시 구절을 인용하여
상대방에 대한 호감을 표현하기도 하고, 진(晉)의 반악(潘岳)에 관한
고사를 끌어와 농담을 주고받는 등 유쾌한 대화를 이어나갔다. 네 명
의 조선 문사와 나눈 필담이 끝난 후, 다시 모암, 고정, 화암, 화산과의
필담이 이어진다. 모암은 조선 문사들의 화답시를 받아와서 석선명에
게 전해 주며 그의 인물됨과 문재(文才)를 칭찬하였다. 석선명은 조선
의 거문고에 대해 호기심을 보이는 한편, 고정에게는 부채에 글씨를
써줄 것을 청하기도 하였다. 그리고 그도 가주선(加州扇)이라는 일본
부채에 자신이 지은 시를 써서 답례로 주었다. 석선명은 이어서 화암,
화산과 통성명을 하고 의복이나 칼 같은 것을 소재로 대화를 이어나
갔고, 자신을 상산사호(商山四皓)에 비유하는 화산에게는 희작시를 지
어주기도 하였다.

4. 의의와 가치

『한관응수록』의 가장 두드러진 특징은 당시 일본의 유명한 시인이었던 웅판방이 각 시마다 본인의 차운시를 첨부하고, 시에 대한 평설(評說)뿐 아니라 간혹 필담 말미에도 자신의 생각을 덧붙여 책을 새롭게 만들었다는 데 있다. 조선인들과 필담을 나눈 사람은 친구인 석선명뿐이었지만, 『한관응수록』을 읽다 보면 마치 웅판방도 조선인 객관에서 그들과 같이 시 창수를 하고 필담을 나누었던가 하는 착각이 들 정도로, 그의 차운시나 평설은 내용이나 배치에 있어서 참으로 교묘하다는 느낌을 준다.

또한 그의 평설은 솔직하고 신랄해서, 석선명이나 조선측 문사들이 지은 시에 대해 어느 한쪽으로 치우치지 않고 때로는 매서운 비판을 하고, 때로는 최고의 극찬을 늘어놓기도 한다. 예를 들면 남옥의 시에 대해 "이 시는 취할 만한 것이 없으나, 다만 제2연이 외울 만하다."라면서 인색한 칭찬을 한다든가, 석선명의 시에 대해 "이 시는 혼연히 이루어졌다고 칭찬할 만하지만, 제7구는 비판할 만한 것이 없지 않다."라고 조심스럽게 지적을 한다든가, 성대중의 시에 대해 "이 시는 비록 완약(緩弱)하지만, 추월이 지은 것에 비하면 마땅히 형이라 하겠다."라고 하며 조선 문사들의 시를 두고 우열을 논하는 식이다. 또 그는 원중거의 시에 대해 "이 시는 산림(山林)의 멋을 잘 말하였고 구기(句氣)가 가득하니, 아주 외울 만하다."라고 극찬을 하고, 석선명의 시에 대해 "이 시는 성률이 순조롭고 대우(對偶)가 엄격하여 우린(于鱗, 李攀龍의 자)의 시와 매우 흡사하다."라고 평을 하며, 김인겸의 시에 대해 "이 시는 온통 완약(緩弱)한데 경련(頸聯)은 사랑할 만하고 함련(頷聯)은 아낄 만하니, 모두 촌학구(村學究)가 분변할 바는 아니다."라고 하기도 했다. 이로써 본다면 그의 시평(詩評)은 대체로 사람에 대한 선입견을 배제하고 오로지 시에만 집중하여 이루어졌음을 알 수 있다. 만일 필담을 나누는 자리에 그가 실제로 함께 있었다면, 그리고 그도 더불어 시 창수를 했다면 이처럼 자유롭게 자신의 의견을 말하지는 못했을 것이다. 다만 조선 사신들은 이미 다 돌아가고 그들과 나눈 대화의 결과물만 보았기 때문에 이렇게 거침없는 평설을 첨가하는 것이 가능했으리라 생각된다.

석선명과 조선인들의 대화 사이사이에 웅판방이 자신의 생각이나 주장을 끼워 넣은 것을 보고 있으면, 마치 웅판방이 눈에 보이지 않는 유령이 되어 한관(韓館)에서 그들의 필담을 엿들으면서 그들에게 들리지 않게 혼잣말을 하고 있는 정황을 상상하게 된다. 성대중이 석선명의 거처를 물었을 때, 석선명은 "근래 화재를 당해서 거처를 아직 정하지 못했습니다. 부평초 같은 신세일 뿐입니다."라고 대답했고, 이에 "과연 동원공이십니다. 그러나 족하를 위해서는 위로를 드려야겠군요. 문사(文史)는 별 탈이 없습니까?"라며 칭찬과 위로를 하고, 서적이 불에 타지는 않았는지 재차 물었다. 이에 대해 웅판방은 "용연은 좋은 사람이다. 좋은 질문을 할 줄 알고 좋은 말을 할 줄 안다. 이 때문에 응대한 것이 들을 만하고, 글을 쓰면 문장이 이루어진다. 가령 한인(韓人)이 모두 화암(華岩)처럼 비린(鄙吝)하다면, 석자의(石子誼) 또한 이와 같을 수 없고 진실로 장차 눈살을 찌푸리며 피하고 도망갔을 것이다."라고 해설을 붙여 놓았다.

또 한 번은 석선명이 화암(華岩)에게 글씨를 잘 쓴다고 칭찬하면서, 부채에 석선명 자신이 지은 시를 써서 달라고 부탁한 일이 있었다. 이에 화암이 시를 보여달라고 하자 석선명이 조금 전 고정(高亭)에게 써

준 절구(絶句)를 그에게 내밀었는데, 그 시를 보고 화암은 "이 시가 가장 좋군요. 제가 써서 드리고 싶습니다. 다른 시들은 어떨까 모르겠네요." 하고 대답하였다. 이 대화만 본다면 석선명의 이 시가 지금까지 본 시들 가운데 제일 훌륭하다고 평한 화암의 말에서, 그가 시를 보는 안목이 상당하다고 독자들은 생각할 수 있다. 그러나 그 아래 웅판방이 "화암은 글자를 놓는 법을 알지 못하니, 여기의 '가장(最)'이라는 글자가 대단히 가소롭다."라고 한 평을 보면 고개를 갸웃하게 될 것이다. 그 뒤의 필담을 보면 화암이 석선명에게 서호(西湖, 松本爲美)가 차고 다니던 칼이 비싸 보이는데 값이 얼마냐, 내가 그것을 사고 싶다는 등의 무례한 말을 하여 석선명을 불쾌하게 만들었다. 앞에서 웅판방이 화암을 '비린'하다고 평한 것은 이런 여러 사건들로부터 비롯되었을 터이다.

이처럼 『한관응수록』 곳곳에 흩어져 있는 웅판방의 시평과 해설은 시를 다시 한 번 읽으며 그의 말을 곱씹어보게 하고, 필담이 진행되던 현장을 입체적으로 상상하게 만들어서 이 책을 읽는 재미를 배가시킨다. 이것이 바로 다른 필담창수집에서는 볼 수 없는, 『한관응수록』만이 가진 가장 큰 매력이다.

『한관응수록』이 보여주는 또 하나의 재미는 조일(朝日)의 지식인들이 빚어내는 지적(知的) 유희이다. 그들 사이에 주고받은 한시들을 통해서도 그런 점들을 엿볼 수 있지만, 그것이 생생하게 드러나는 대목은 필담이다.

이별에 대한 아쉬움을 말하며 석선명이 먼저 『시경』의 「야유만초(野有蔓草)」장의 구절을 언급하자, 남옥은 즉석에서 『시경』의 「북풍」 2장을 써서 화답한다. 이어 성대중이 『시경』 「자금(子衿)」의 제1장을 상황에 맞도록 재치 있게 응용하여 내놓자, 석선명은 『시경』 「백주(柏舟)」

의 일부를 써서 그에 답하였다. 『시경』의 구절들을 세세하게 외우고
있지 않다면 이런 언어유희는 불가능하다. 석선명도 이런 상황이 즐거
웠는지 문득 옆에 있던 과일을 성대중에게 던졌는데, 이것은 성대중이
진(晉)나라의 반악(潘岳)만큼 멋지다는 표현이었다. 반악은 용모가 준
수하여, 그가 수레를 타고 가면 부인들이 길가에서 그에게 과일을 던
져 그가 탄 수레가 과일로 가득 찼다는 고사를 떠올리고 한 행동이다.
성대중은 즉시 알아차리고 "나를 반랑(潘郎)이라 여기시는 겁니까?" 하
고 되묻는다. 또 웅판방은 그 아래에 "만일 용연이 이 말을 꺼내지 않
았다면 자의가 과일을 던진 것은 대수롭지 않은 일이 되었을 것이다.
사람 사는 세상에는 만남과 만나지 못함이 있기 마련인데, 조차지간(造
次之間)에도 반드시 그것이 있고 전패지간(顚沛之間)에도 반드시 그것
이 있다."는 해설을 붙여 이들의 유쾌한 대화에 흥을 돋운다. 석선명과
남옥이 고서적의 목록이나 마상재(馬上才)의 유래를 화제로 삼아 필담
을 나눌 때도 그들의 박식함을 느낄 수 있지만, 이처럼 가볍게 주고받
는 농담과 지적 유희 속에서 그들의 지식은 더욱 빛을 발한다.

『한관응수록』을 구성하고 있는 다양한 요소들은 독자들의 흥미를
끌기에 충분하다. 석선명과 조선 문사들 간에 이루어진 품격 있는 대
화와 시 창수, 재치 있는 농담과 지적인 유희, 모암·고정·화암·화산
과 나누었던 편안하고 때로는 솔직한 대화, 여기에 중계방송을 하는
듯한 웅판방의 해설까지. 이 책을 읽고 있으면 독자 자신이 웅판방이
되어, 1764년 그 시각, 그 자리에서 조선의 사행원들과 일본 문사를 함
께 만나고 있는 상상을 하게 된다. 오랜 세월이 흐른 지금까지도 이처
럼 생생한 현장감을 전해준다는 점에서 『한관응수록』의 특징과 매력
을 찾을 수 있을 것이다.

한관응수록(韓館應酬錄)

한관응수록서(韓館應酬錄序)

대개 향인(鄕人)[1]들이 우리 두세 형제들을 허물하면서 말하기를, "동이(東夷)의 자손들이 무엇을 할 수 있겠는가? 그저 일다운 일은 하지 않고 필묵(筆墨)이나 낭비할 뿐이다."라고 하였다. 그런데 동도(東都)에 다녀온 어떤 객(客)이 다음과 같은 말을 하였다. "저들은 요동(遼東)의 돼지인가? 스스로 부끄러운 줄을 알아야 한다. 전혀 문장의 도(道)를 알지 못하는 것이니, 아버지여도 아들에게 능히 전해주지 못하고 임금이어도 신하를 능히 취할 수 없는 자가 있는가 하면, 심산궁곡(深山窮谷)의 처사(處士)일지라도 간혹 홀로 그것을 터득한 자가 있다."

나의 벗 석자의(石子誼)가 동도에서 나그네로 노닌 지 몇 년 되었다. 금년 갑신년(1764)에 한인(韓人)이 사신으로 왔는데 자의(子誼)가 이에 명함을 건네며 그쪽 세 사람의 서기(書記), 학사(學士), 양의(良醫)들과 교제하였고, 마침내 『한관응수록(韓館應酬錄)』을 우리 두세 형제에게 보여주었다. 나는 그것을 서너 번 읽고서 깊이 감탄하며 말하였다.

---

1 향인(鄕人) : 한 고을에 사는 사람, 또는 향대부(鄕大夫) 혹은 속인(俗人)을 가리킨다.

"아! 이것은 자의의 찌꺼기에 불과하니, 어찌 자의의 모든 역량을 다 보여주었다 하겠는가?" 그러다가 이윽고 기뻐하며 말하기를, "아! 이것이 우리 두세 형제들이 향인들에게 지은 죄를 없애줄 수 있겠구나." 하였다. 마침내 그 운자를 써서 매 편(篇)마다 화운(和韻)하고, 자의의 기록 속에 그것을 끼워 넣어 작은 상자에 보관하니, 비록 모모(嫫母)[2]가 서시(西施)[3]를 마주하고 있다는 비난은 면치 못하겠지만 또한 음악을 듣고서 남몰래 손뼉을 치는 부류 정도는 될 것이다.

갑신년 8월 하순(下旬)[4]

태주산인(台州山人) 웅판방(熊阪邦) 지음.

---

2 모모(嫫母) : 전설상의 추녀 이름. 황제(黃帝)의 네 번째 비(妃). 얼굴이 몹시 박색이었으나 현덕(賢德)을 지니고 있었다고 한다. 인신하여, 추하고 못생긴 여자를 가리킨다.

3 서시(西施) : 춘추(春秋)시대 월(越)나라의 미인 이름.

4 하순(下旬) : 원문의 '하한(下澣)'은 '하순(下旬)'과 같은 말.

추월 남 학사께 받들어 드리다 이름은 옥, 자는 시온, 호는 추월
奉贈秋月南學士 名玉, 字時韞, 號秋月

석선명(石宣明)

현로[5]에 그대 일찍 나간 것 놀라우니	賢路嗟君早進官
그 명성 원래부터 서한에 가득했지	聲名元自滿西韓
옷자락 끌며 홍려관[6]에서 서로 눈인사 하고	曳裾相眄鴻臚館
붓을 잡으니 동해의 물결이 장관이로구나	搦管壯觀東海瀾
집안에선 삼복백규[7]의 구절 기억하고	家憶白圭三復句
나라엔 옛날의 장보관[8]이 전해오네	邦傳章甫舊時冠
시 외우며 전대[9]함은 훌륭한 보좌에 걸맞으니	誦詩專對稱良佐
응대하는 말이 양국의 우호를 더하게 하리	辭命應修二國歡

웅판방(熊阪邦)은 평한다. "이 시는 대구(對句)가 매우 거침이 없으면서도 기상(氣象)이 웅혼(雄渾)하니 쉽게 비판할 수 없다."

---

5 현로(賢路) : 어진 사람의 벼슬할 기회.

6 홍려관(鴻臚館) : 관서의 이름. 빈객을 접대하는 일을 맡았다. 후한(後漢) 때는 조하(朝賀)·경조(慶弔)의 일을 담당하기도 했다.

7 삼복백규(三復白圭) : 『논어(論語)』「선진(先進)」에 "남용이 '백규(白圭)' 시를 하루에 세 번 반복해 외우니, 공자께서 그 형님의 딸을 그에게 시집보내셨다.[南容三復白圭, 孔子以其兄之子妻之.]"는 구절이 있다. '백규'는 『시경(詩經)』「대아(大雅)」'억편(抑篇)'에 "백옥으로 만든 규(圭)의 흠은 오히려 갈아 없앨 수 있지만, 말의 흠은 갈아 없앨 수 없다."는 내용을 가리킨다.

8 장보관(章甫冠) : 은(殷)나라 때의 관(冠) 이름. 공자가 쓴 후로 유자(儒者)의 관이 되었다.

9 전대(專對) : 사신(使臣)으로 가서 독자적인 판단으로 응답하는 것을 이른다.

앞과 같음
同前

그대가 대국의 유관임을 아노니	知君大邦一儒官
시는 적선[10]에서 왔고 문은 한유[11]와 나란하네	詩自謫仙文比韓
하물며 삼년을 발해[12]에 떠다니면서	況屬三年浮渤澥
만 리의 파도를 능히 헤치고 다녔음에랴	偏能萬里破波瀾
비파호[13]에 잠긴 달이 부석[14]을 맞이하고	琵湖浸月迎鳧舃
함령[15]에서 나온 구름 할관[16]을 전송하네	函嶺生雲送鶡冠
이렇게 원유하셨으니 응당 시가 있을 테지요	如此遠遊應有賦
조용히 읊어주시면 크게 기쁨이 되겠습니다	從容誦示強爲歡

---

10 적선(謫仙) : 인간이 사는 세상으로 쫓겨 온 선인(仙人). 재학(才學)이 뛰어난 사람에 대한 미칭. 여기서는 당(唐)의 시인 이백(李白, 701~762)을 가리킨다.

11 한유(韓愈) : 768~824. 당송팔대가(唐宋八大家)의 한 사람. 유종원(柳宗元)과 함께 변려문(駢儷文)을 반대하며 고문 부흥에 힘썼다. 그의 글을 문인 이한(李漢)이 편집한 『창려선생집(昌黎先生集)』 50권이 있다.

12 발해(渤澥) : 발해(渤海)와 같다. 황해의 일부로, 산동반도와 요동반도에 둘러싸인 바다이다.

13 비파호(琵琶湖) : 일본 시가현[滋賀縣] 중앙부에 있는 일본 최대의 호수. 면적은 673.9km², 길이는 63.5km, 최대너비는 22.1km, 최대수심은 103.6m.

14 부석(鳧舃) : 신선의 신발. 후한(後漢) 때 왕교(王喬)가 섭(葉) 땅의 현령이 되어 매월 삭망(朔望)에 예궐(詣闕)하므로 현종(顯宗)이 거마(車馬)를 보내지 않고 살펴보게 하였는데, 왕교가 올 무렵에 동남쪽에서 오리 한 쌍이 날아오는 것을 보고 그물을 쳐서 잡고 보니 신발 한 짝만 있었다는 고사가 있다.

15 함령(函嶺) : 하코네 산(箱根山)의 별칭. 일본 가나가와 현 아시가라시모 군 하코네정을 중심으로 가나가와 현과 시즈오카 현에 걸쳐 있는, 높이 1438m의 화산.

16 할관(鶡冠) : 할계(鶡鷄)의 깃으로 장식한 모자. 은사(隱士)의 모자.

석동원에 차운하다
次石東園

격문 쓰는 재주 작아 막료의 직임 부끄러운데	艸檄才微愧幕官
구왕[17]은 일찍이 한 상공[18]을 도왔네	歐王曾佐相公韓
상령으로 수레를 모니 골짝에 구름 생겨나고	驅車箱嶺雲生壑
파주에서 시 지으니 달이 물결에 일렁이네	落筆琶洲月涌瀾
나라를 중하게 한들 어찌 정려[19]와 같겠는가	重國那能齊鼎呂
남들이 그저 의관이나 알아보는 정도이지	教人唯解覩衣冠
산천을 끝까지 보매 봄 수심 일려는데	山川極目春愁動
한묵장[20] 한쪽에서 작게나마 즐거움 짓는구나	翰墨場頭小作歡

웅판방(熊阪邦)은 평한다. "이 시는 취할 만한 것이 없으나, 다만 제2연이 외울 만하다."

앞과 같음
同前

웅방(熊邦)

썩은 선비 노쇠하여 작은 관직 더럽히고 있으니	腐儒衰晚忝微官

---

17 구왕(歐王) : 구양수(歐陽脩)와 왕안석(王安石). 모두 당송팔대가(唐宋八大家)에 속하는 문장가.

18 한 상공(韓相公) : 한국공(韓國公)에 봉해진 부필(富弼)을 가리킨다. 1004~1083. 송(宋)의 명신(名臣). 하남(河南) 사람으로 자는 언국(彦國), 시호는 문충(文忠).

19 정려(鼎呂) : 구정대려(九鼎大呂)의 준말. 사물이나 언론이 매우 중요함을 이른다. '구정'은 하(夏)의 우왕(禹王)이 구주(九州)의 금속을 모아 주조한 아홉 개의 솥. 대려(大呂)는 주(周)의 종묘에 있던 큰 종. 모두 나라의 보기(寶器)였다.

20 한묵장(翰墨場) : 즉 한묵림(翰墨林). 문필가들이 많이 모인 곳의 비유.

어찌 이백 한유와 나란히 재주 논하겠는가	那得論才比李韓
비록 깊은 정 있다 하나 달을 잡을 수 있겠으며	縱有幽情堪捉月
또한 문사도 없으니 물결을 돌릴 수 있겠는가	更無文思足廻瀾
성품은 산을 좋아해 항상 지팡이 들고 다니며	性貪丘壑常携杖
마음은 묘당²¹을 싫어해 갓을 걸어두고자²² 하네	心厭廟堂欲挂冠
우의를 맺음²³은 눈으로 보는 데서 시작되었지만	傾蓋由來存目擊
그대를 만난 것 도리어 평생의 기쁨 되었네	逢君還作平生歡

『대명일통지(大明一統志)』에 "'착월정(捉月亭)'은 채석산(采石山)에 있다. 세상에서 전하기를, 이백이 채석을 지나가다 물 가운데서 달을 잡으니, 후인(後人)들이 그로 인해 '착월'로 정자 이름을 지었다고 한다."는 기록이 있다.

한유(韓愈)의 글²⁴에, '모든 시내를 막아 동쪽으로 흐르게 하고, 미친 물결을 되돌려 거꾸로 흐르게 한다.[障百川而東之, 廻狂瀾於旣倒.]'는 구절이 있다.

성 서기 용연께 받들어 드리다 이름은 대중, 자는 사집, 호는 용연
奉贈成書記龍淵 名大中, 字士執, 號龍淵

동원(東園)

| 서기의 재주와 명성 원래 짝할 이 없었으니 | 書記才名元寡儔 |
| 해 뜨는 동쪽 섬에서 붓 가벼이 창화하네 | 翩翩相和日東州 |

21 묘당(廟堂) : 조회를 하고 정사를 의논하는 집.
22 갓을 걸어두고자 : '괘관(掛冠)'은 관모(冠帽)를 벗어 걸어두는 것인데, 벼슬을 그만두거나 사직함을 이른다. 후한(後漢)의 방맹(逢萌)이 왕망(王莽)의 신하가 되기를 꺼려, 의관을 동도(東都)의 성문에 걸어놓고, 가족을 거느리고 요동으로 떠났다는 데서 유래하였다.
23 우의를 맺음 : '경개(傾蓋)'는 수레의 일산을 마주 댐을 이른다. 길에서 우연히 만나 수레를 가까이 대고 이야기를 나누거나 또는 처음 만나 우의를 맺는 것을 말한다.
24 한유(韓愈)의 글 : 원문의 '한문(韓文)'은 한유의 글인 「진학해(進學解)」를 말한다.

굳센 마음으로 바다 건너니 노오[25]가 일어난 듯　　壯心踏海盧敖興

조사와 관풍[26]은 사마천이 노니는 듯　　藻思觀風司馬遊

울리는 패옥소리 임각[27]에 스몄다 일어나고　　鳴佩自侵琳閣起

휘호는 묵천에 가까이 들어갔다 흘러나오네　　揮毫近入墨川流

용연이 용궁 안에서 구슬을 찾으니　　龍淵探玉龍宮裡

조승주[28]를 함부로 던지지 않음을 깊이 알겠네　　照乘深知不妄投

응판방은 평한다. "이 시는 혼연히 이루어졌다고 칭찬할 만하지만, 제7구는 비판할 만한 것이 없지 않다."

---

25 노오(盧敖) : 진(秦)나라 때 사람으로 벼슬이 박사(博士)였는데, 뒤에 신선을 만나러 북해(北海)로 갔다가 신선이 되었다고 한다.

26 조사(藻思)와 관풍(觀楓) : '조사'는 문장의 훌륭한 구상 또는 문장을 잘 짓는 재능이며, '관풍'은 풍속을 관찰하는 것을 이른다.

27 임각(琳閣) : 임당(琳堂). 신선의 처소.

28 조승주(照乘珠) : 수레의 길을 비출 정도로 빛나는 구슬. 전국시대 제(齊)나라 위왕(威王) 24년에 위(魏)나라 혜왕(惠王)과 교외에서 회합하였는데, 혜왕이 위왕에게 보배를 가지고 있느냐고 묻자 위왕이 없다고 답하였다. 그러자 혜왕은 "과인의 나라는 작은데도 오히려 지금 1촌이나 되는 구슬이 있어서 수레를 앞뒤로 12승(乘)을 비추는 것이 10개나 됩니다. 그런데 어찌하여 만승의 나라에서 보배가 없단 말입니까?" 하였다. 위왕이 "과인이 보배로 여기는 것은 왕이 보배로 여기는 것과는 다릅니다. 나에게 단자(檀子)란 신하가 있는데, 그로 하여금 남쪽 성을 지키게 하면 초인(楚人)들이 감히 동쪽을 침입하지 못하고 사상(泗上)의 12제후가 와서 모두 조회합니다. 그리고 나에게 분자(肦子)란 신하가 있는데, 그로 하여금 고당(高唐)을 지키게 하면 조인(趙人)들이 감히 동쪽으로 하수에 와서 고기잡이를 하지 못합니다. 이들을 가지고 천리 멀리 비추니 어찌 12승만을 비출 뿐이겠습니까?" 하니, 혜왕이 부끄러워하면서 불쾌한 기색으로 떠나갔다는 기록이 『사기(史記)』「전경중완세가(田敬仲完世家)」에 보인다.

앞과 같음
同前

서기의 신선 같은 재주 절로 짝할 이 드무니	書記仙才自罕儔
회오리바람 타고 곧장 부상[29]의 섬으로 왔구나	飄翩直向扶桑州
옷은 봉액[30]을 아니 참으로 유자의 옷이요	衣知縫掖眞儒服
갓은 절운관[31]이니 원유를 위한 것일세	冠是切雲屬遠遊
도착한 날 바닷가에서 붓을 휘두르고	到日揮毫溟渤渚
이곳에 와 바닷물 흐르는 데서 벼루 씻었네	來時洗硯滄瀛流
연지[32] 넘실대는 곳 여룡[33]이 잠을 자는지	硯池潆沆驪龍睡
명주 마음대로 던지시니 부럽기만 하구나	竊美明珠隨意投

석동원에게 화답하다
和石東園

신이한 붕새 빼어난 학과 짝이 되어	神鵬逸鶴與爲儔

---

29 부상(扶桑) : 신화에서 동해(東海)에 있다는 신목(神木). 그 밑에서 해가 떠오른다 하여, 해가 뜨는 곳이나 해를 가리키는데 여기서는 일본을 지칭한다.

30 봉액(縫掖) : 소매가 크며 겨드랑이를 터놓지 않은 도포. 유생(儒生)이 입었기 때문에 유학자를 가리킨다.

31 절운관(切雲冠) : '절운(切雲)'은 구름에 닿을 듯이 높다는 뜻이며, '절운관'은 고관(高冠)의 명칭이다.

32 연지(硯池) : 벼루 앞쪽의 오목한 곳으로, 벼룻물을 담는 자리.

33 여룡(驪龍) : 검은 용. 흑룡. 당나라의 백거이(白居易)가 유우석(劉禹錫)을 시호(詩豪)로 추천하고 그의 시를 무척 아꼈다. 한번은 유우석이 백거이의 집에서 여러 사람들과 함께 금릉 회고(金陵懷古)의 시를 지었는데, 백거이가 그의 시를 보고는 물속에서 졸고 있는 여룡(驪龍)의 턱 아래 구슬을 얻었다고 극찬하면서 다른 사람들은 비늘이나 발톱 정도밖에 되지 않는다고 평하였다.

장정 이십 주를 다 지났네	過盡長程二十州
매화 아래서 호객 다시 만나 이르러서는	梅下再逢湖客至
대나무 사이에서 처음 봉선과 짝해 노닐었네	竹間初伴鳳仙遊
작은 못의 물줄기 졸졸 가늘게 이어지고	小池泉脉涓涓細
층층의 누대 노을빛은 고요히 흐른다	層閣霞光澹澹流
동원의 복숭아와 오얏 다만 절로 좋아	桃李東園秖自好
하나를 부질없이 먼 사람에게 던지네	一箇空向遠人投

옹판방은 평한다. "이 시는 비록 완약(緩弱)하지만, 추월이 지은 것에 비하면 마땅히 형이라 하겠다."

앞과 같음
同前

웅방(熊邦)

높이 나는 기러기 신선들과 스스로 짝 되어	雲鴻仙侶自爲儔
해 뜨는 동쪽 대무주에 날아서 이르렀네	飛到日東大武州
부용산 위 얼어 있는 눈을 홀연히 보고는	忽覩芙蓉氷雪色
창해에서 노니는 큰 자라와 악어 다시 만나네	更逢滄海黿鼉遊
화창한 옥지[34]엔 봄빛이 일렁이고	玉池澹蕩春光動
우뚝 솟은 금궐[35]엔 꽃기운 흐르는데	金闕崢嶸花氣流
특별히 미인 있어 심원한 모습 사랑스러우니	別有美人憐遠容
옥구슬[36] 손으로 던지기를 아끼지 않는구나	琅玕不惜手中投

---

34 옥지(玉池) : 신선이 사는 곳의 못, 또는 못의 미칭(美稱).
35 금궐(金闕) : 도가(道家)에서, 천상에 있는 황금 궁궐을 이름. 신선 또는 천제(天帝)가 사는 곳.

원 서기 현천께 받들어 드리다 이름은 증거, 자는 자재, 호는 현천
奉贈元書記玄川 名重擧, 字子才, 號玄川

동원(東園)

이역에서 도를 함께하는 이 사랑하더니	異城憐同道
한묵림[37]에서 서로 만났네	相逢翰墨林
새로 핀 꽃은 채색 붓[38] 머물게 하고	新花留彩筆
어린 버들은 푸른 옷깃[39]을 비춘다	姝柳映青衿
문사는 겨울의 일이요[40]	文史三冬業
사신의 마음은 천리를 달리네	使臣千里心
파리 같은 곡조[41] 마음껏 부르면서	漫歌巴容調
오히려 지음을 묻고자 하네	猶欲問知音

웅판방은 평한다. "이 시는 함련(頷聯) 이하는 곧장 성당(盛唐)의 기격(氣格)이라 하겠지
만, 애석한 것은 앞의 네 구가 식자(識者)들의 의론을 면치 못한다는 것이다."

---

36 옥구슬 : '낭간(琅玕)'은 옥 비슷한 아름다운 돌, 또는 아름다운 문장이나 진귀한 음식
   의 비유.

37 한묵림(翰墨林) : 문필가들이 많이 모인 곳.

38 채색 붓 : 수식이 풍부한 아름다운 문장을 비유한다. 강엄(江淹)이 꿈에서 오색 붓을
   받은 후에 글이 크게 진보했는데, 만년의 꿈에서 붓을 돌려주자 그 후로는 좋은 글을
   지을 수 없었다는 고사에서 유래하였다.

39 푸른 옷깃 : '청금(青衿)'은 푸른 깃의 옷인데, 고대의 학생복 또는 명·청 때 수재(秀才)
   의 평상복이었다. 인신하여 학생이나 수재를 가리킨다.

40 문사는 겨울의 일이요 : '문사(文史)'는 문학·사학에 관한 저술이나 지식. '문사삼동업
   (文史三冬業)'은 『한서(漢書)』 「동방삭전(東方朔傳)」에 나오는 말로, 본문에서는 동방
   삭과 같은 훌륭한 솜씨를 갖고 있다는 말이다.

41 파리 같은 곡조 : '파용조(巴容調)'는 파리(巴俚)와 같은 형태의 곡조이다. '파리'는 파
   (巴) 지방의 민간 가요로, 자기가 지은 시문에 대한 겸칭이다.

앞과 같음
同前

태주(台州)

나는 원 서기를 사랑하여 　　　　　吾愛元書記

한묵림에서 한가롭게 노닌다오 　　　優遊翰墨林

양원[42]에서 비밀스러운 생각 뽑아내고 　梁園抽秘思

동국[43]에서 깊이 품은 생각 흩트리네 　東國散幽襟

먼 길을 청운의 뜻 품고 왔으리 　　　路遠靑雲志

높은 곡조에 백설[44]의 마음 담겨 있구나 　調高白雪心

몰래 박수 치는 이를 보아 주십시오 　請看竊抃者

만고의 지음이랍니다 　　　　　　　萬古爲知音

석동원에게 화답하다
和石東園

현천(玄川)

봄 나무에 성긴 빗소리 울리는데 　　春樹鳴疎雨

가벼운 연기가 숲의 반을 둘렀네 　　輕烟繞半林

손님 계신 자리에서 너무나 기뻐 　　正欣賓在席

그대의 마음에 보답할 것도 잊었소 　忘報子之衿

---

42 양원(梁園) : 곧 양원(梁苑). 동산 이름. 한(漢)의 양효왕(梁孝王)이 만들어 사마상여
　(司馬相如)·매승(枚乘)·추양(鄒陽) 등을 초대하여 즐기던 곳.

43 동국(東國) : 일본을 지칭함.

44 백설(白雪) : 옛 곡조의 이름. 고아(高雅)한 시사(詩詞)를 비유하는 말.

구름까지 올라가려는 뜻[45]을 알지 못하고	不識凌雲志
부질없이 유수곡[46] 담긴 마음 외롭게 할 뿐	空孤流水心
턱턱 나무를 베는 소리	丁丁伐木響
깊은 숲의 새 스스로 그에 화답하네	幽鳥自和音

웅판방은 평한다. "이 시는 산림(山林)의 멋을 잘 말하였고 시구(詩句)의 기운이 가득하니, 아주 외울 만하다."

앞과 같음
同前

태주(台州)

방장[47] 아래서 배회하노라니	徘徊方丈下
날아가는 달이 아름다운 숲을 비추네	飛月照瑤林
맑은 이슬 검은 신발에 엉기고	玉露凝玄屣
가을 바람 하얀 옷깃에 가득한데	金風滿素襟
저 높이 맑은 하늘에 해가 떠오르니	飄飆晴日興
느릿느릿 떠가는 흰 구름 같은 마음일세	駘蕩白雲心
신선의 술 예전부터 맛 좋으니	仙醞由來美
소호[48]의 음악을 다시 듣는구나	更聞韶濩音

---

45 구름까지 올라가려는 뜻 : '능운(凌雲)'은 지향(志向)함이 숭고하고 의기(意氣)가 고상함을 형용한다.

46 유수곡 : 유수고산(流水高山). 서로 마음이 통하는 벗 또는 아름다운 악곡(樂曲)을 뜻한다. 백아(伯牙)가 높은 산을 생각하면서 거문고를 타면 종자기(鍾子期)는 이를 듣고 높기가 태산(泰山) 같다 하였고, 흘러가는 물을 생각하면서 타면 드넓기가 강하(江河)와 같다고 하였다는 고사에서 유래하였다.

47 방장(方丈) : 절. 사원(寺院). 인신하여 고승이나 주지(住持)의 거처.

김 서기 퇴석께 받들어 드리다 이름은 인겸, 자는 사안, 호는 퇴석. 성균학사
奉贈金書記退石 名仁謙, 字士安, 號退石, 成均學士

동원(東園)

그대가 과거에서 장원했다는 소리 듣고	聞君登上第
저물녘에 평진으로 나아가 뵈었네	晚進見平津
송[49]을 읊으니 주나라 양사[50]요	誦頌周良史
경을 전하니 한나라 노신일세	傳經漢老臣
창랑의 물에 갓끈을 씻더니[51]	濯纓滄浪水
부상[52]의 물가에서 부절을 옹위하네	擁節扶桑濱
응당 주머니 속에 돌 있으리니	應有囊中石
점치는 이에게 한 번 보이심이 어떨지	試看賣卜人

응판방은 평한다. "이 시는 성률(聲律)이 순조롭고 대우(對偶)가 엄격하여 우린(于鱗)[53]의 시와 매우 흡사하다."

---

48 소호(韶濩) : 탕(湯) 임금의 음악. 일설에는, 순(舜) 임금의 음악과 탕 임금의 음악. 인신하여, 궁정 음악 또는 아정(雅正)한 음악의 범칭.

49 송(頌) : 문체 이름. 『시경』 '육의(六義)'의 한 가지. 임금의 덕이나 공적을 기리는 글.

50 양사(良史) : 훌륭한 사관(史官).

51 창랑의……씻더니 : 세속을 초탈하여 고결함을 지킴의 비유. 『맹자(孟子)』「이루(離婁) 상(上)」에 "창랑의 물이 맑거든 나의 소중한 갓끈을 빨 것이요, 창랑의 물이 흐리거든 나의 더러운 발을 씻겠다.[滄浪之水淸兮, 可以濯我纓, 滄浪之水濁兮, 可以濯我足.]" 는 말이 보인다.

52 부상(扶桑) : 신화에서 동해에 있다는 신목(神木). 그 밑에서 해가 떠오른다 하여, 해가 뜨는 곳이나 해를 가리킨다. 여기서는 일본을 지칭한다.

53 우린(于鱗) : 명(明)나라 이반룡(李攀龍 1514~1570)의 자. 호는 창명(滄溟). 왕세정(王世貞) 등과 함께 후칠자(後七子)의 한 사람. 저서에 『창명집(滄溟集)』『고금시산(古今詩刪)』 등이 있다.

앞과 같음
同前

태주(台州)

서기는 원래 고족제자[54]라	書記元高足
사뿐히 요로의 자리[55]를 왕래하네	翩翩要路津
십년 동안 헌납[56]이라 칭해지고	十年稱獻納
만 리 밖에서 군신을 만나네	萬里見君臣
창명의 물가에 닻줄을 풀고	解纜滄溟渚
푸른 바닷가에서 옷깃 떨치는데	振衣碧海濱
아득하게 깃발이 나부끼니	悠悠旌旆轉
허공을 걷는 사람[57]인가 의심하네	疑是步虛人

석동원이 보내준 시에 화운하다
和石東園寄贈韻

퇴석(退石)

그대는 상산의 노인[58]이요	君是商山老

---

54 고족제자(高足弟子) : 재주가 뛰어난 제자.

55 요로의 자리 : '요로진(要路津)'은 중요한 길과 나루를 뜻하는데, 현요(顯要)한 직위를 비유한 말이다.

56 헌납(獻納) : 조선 때 사간원(司諫院)의 정5품 벼슬.

57 허공을 걷는 사람 : '보허(步虛)'는 도가에서 신선이 허공을 걸어 다님을 이른다.

58 상산의 노인 : 상산사호(商山四皓)를 가리킨다. 진말(秦末)에 세상의 어지러움을 피하여 상산에 숨은 동원공(東園公), 기리계(綺里季), 하황공(夏黃公), 녹리선생(甪里先生)의 네 사람. 수염과 눈썹이 모두 흰색이어서 사호라고 불린다. 후에 모두 한 혜제(漢惠帝)의 스승이 되었다.

나는 금수의 나루[59]에 사네	吾居錦水津
애오라지 채지의 노래[60] 가져다가	聊將採芝曲
멀리 음빙[61]하는 신하에게 부치고자	遙寄飲氷臣
매화 등불 아래 이별의 한 깃들고	別恨梅燈下
대마도 물가에 돌아갈 길 놓였네	歸程馬嶋濱
시 한 수가 얼굴을 대신할 테니	一詩應替面
북쪽으로 돌아간 사람 기억해 주시길	須憶北還人

웅판방은 평한다. "이 시는 온통 완약(緩弱)한데 경련(頸聯)은 사랑할 만하고 함련(頷聯)은 아낄 만하니, 모두 촌학구(村學究)가 분변할 바는 아니다."

앞과 같음
同前

태주(台州)

나면서부터 의기[62]가 많았는데	生來多意氣

---

59 금수의 나루 : 금강(錦江)의 나루. 당(唐)나라 두보(杜甫)의 시 「두견(杜鵑)」 제2수에 "나 옛날 금성에 노닐 적에, 금수 가에 집을 지었네[我昔遊錦城, 結廬錦水邊.]"라는 구절이 있다.

60 채지의 노래 : 진말(秦末)에 상산사호(商山四皓)가 상락(商雒)에 은거하였는데, 다음과 같은 노래를 지었다. "울창하게 높은 산, 깊은 골짜기 구불구불하네. 무성한 자줏빛 영지, 배고픔을 달랠 만하구나. 요순시대 멀기만 하니, 내 장차 어디로 돌아갈까. 고관대작이라도 그 근심 몹시도 크구나. 고귀하면서도 남을 두려워하며 사는 것은, 빈천해도 내 뜻대로 사는 것만 못하리.[莫莫高山, 深谷逶迤, 曄曄紫芝, 可以療飢. 唐虞世遠, 吾將何歸? 駟馬高蓋, 其憂甚大, 高貴之畏人, 不及貧賤之肆志.]"이 때문에 훗날 '채지(採芝)'는 은둔을 가리키는 말이 되었고, 그 노래를 '채지조(採芝操)' 혹은 '사호가(四皓歌)'라 하며 줄여서 '채지(採芝)'라고도 한다.

61 음빙(飲氷) : 얼음을 먹음. 벼슬아치가 나라를 위하여 애쓰거나 곤궁하게 지내면서 깨끗한 절조를 지키는 것을 말한다.

늘어가면서 평진을 저버렸네	老去負平津
삼년간 낭서⁶³에 머물렀다가	三歲留郎署
하루아침에 사신을 모시게 되었지만	一朝陪使臣
동해 가에서 헛되이 시간을 보내고	蹉跎東海上
부상의 물가에서 초췌할 뿐이로다	憔悴扶桑濱
마음먹은 일 모두 이와 같으나	心事都如此
정 깊은 이성의 사람이라네	殷勤異城人

명함 2월 25일

저의 성은 석(石)이고 이름은 선명(宣明), 자는 자의(子誼)이며 동원일민(東園逸民)이라 부릅니다. 교수(敎授)를 업으로 하고 있으며, 서호자(西湖子)를 대신해서 임시로 왔습니다.

남 학사께 아룀

지난번 객당(客堂)에서 서호자(西湖子)와 더불어 친히 얼굴을 뵈었는데, 약속한 시간에 오히려 저의 성명을 알려드리지 못했습니다. 지금 군이 명함을 드림은 또한 그런 이유 때문에 남겨놓는 것입니다. 가서서 장차 그것을 설명해 주시고 괴이하게 여기지 말아주십시오. 저에게 보잘것없는 작품이 있어 좌우⁶⁴에 받들어 드립니다. 어찌 감히 경

---

62 의기(意氣) : 의지와 기개.
63 낭서(郎署) : 황제의 숙위(宿衛)·시종(侍從)을 맡은 관서 또는 관원.

거(瓊琚)[65]의 보답을 바라겠습니까마는, 저 또한 유생(儒生)의 무리이니 엎드려 바라건대 외면하지 말아 주십시오.

답함 추월(秋月)

일전에 손님들 계신 자리에서 글을 지을 적에, 족하를 보고서도 즉시 귀하의 성명을 묻지 않은 것은 실로 우리들의 잘못입니다. 오늘 이렇게 와 주셔서 비로소 그대가 보통 사람이 아님을 알았습니다. 보내 주신 시를 거듭 보니 굉장히 아름다운 것이 볼 만합니다. 곧 응당 화답시를 드리는 것이 저희들의 본분이겠으나, 다만 저희들이 연이어 시 빚을 갚지 못하고 있음을 어찌해야 할까요. 조금 시일을 늦춰 주신다면 결코 그대의 뜻에 어긋나지 않도록 하겠습니다.

성 서기께 아룀 앞에서처럼 명함을 드림

제가 일전에 저의 성과 이름을 알려드리지 못했으니, 남 학사께 알려드린 바와 같습니다. 거친 시 한 수를 감히 궤안(几案) 아래에 받들어 드림은 오직 옛 사람이 흰 비단 띠[66]를 주었던 뜻일 뿐입니다.

---

64 좌우(左右) : 경의를 표할 때 직접 그 사람을 가리키는 것을 피하여, 그의 집사자(執事者)를 불러 일컫는 칭호.

65 경거(瓊琚) : 아름다운 시문(詩文)을 비유하는 말로, 여기서는 상대방의 시문을 높여 이르는 말.

66 흰 비단 띠 : 생사(生絲)로 만든 띠. 오(吳)의 계찰(季札)과 정(鄭)의 자산(子産)이 흰 비단 띠와 모시옷을 주고받은 고사에서 '호저(縞紵)'라는 말이 유래하였는데, 이는 우정

답함 용연(龍淵)

그대가 오늘 방문해주시지 않았더라면 또 족하께 실수할 뻔했습니다. 다행히 찾아와 주시고 또한 아름다운 시까지 주셨으니, 이 기쁨을 어찌 다 표현할 수 있을지요.

원 서기께 아룀 앞에서처럼 명함을 드림

보잘것없는 작품으로 좌우를 더럽히니 어리석고 비루함이 더욱 드러납니다. 오직 바라옵기는, 만 리 동호(同好)의 우의로써 내치지만 말아주시면 다행이겠습니다. 이 외에 다른 시를 김 서기께 전해 주셨으면 합니다. 공(公)을 번거롭게 해드리는군요.

답함 현천(玄川)

뭘 이렇게까지 겸허함을 보이십니까? 공(公)의 문재(文才)는 범을 수놓는 솜씨[67]라 할 만합니다. 제가 화답을 하려면 하루는 여유를 주셔야겠습니다. 김 서기가 일이 있어 종사관의 숙소에 있으니, 관사에 돌아가면 전해주도록 하지요.

이 매우 깊음을 비유한다.

67 범을 수놓는 솜씨 : '수호(繡虎)'는 문장이 화려하고 재주가 뛰어난 사람의 비유. '수(繡)'는 시문의 문채가 화려함을, '호(虎)'는 풍격이 웅건함을 이른다.

성 서기께 아룀

공들께서 대마도에서 오신 이후로 응수(應酬)하시느라 분명 피곤하실 테니, 아름다운 답신[68]을 감히 바라지는 않습니다. 너무 깊이 생각하지 마십시오. 물러가보도록 하겠습니다.

답함 용연(龍淵)

잠깐 앉았다 가시지요. 군께서 다행히 와 주셨는데 오늘 마침 손님도 없으니, 조용히 문사(文事)나 이야기하십시다.

다시 답함

예.

아룀 추월(秋月)

족하께선 어찌 급히 돌아가려고 하십니까? 좀 앉으세요.

답함

예.

---

68 아름다운 답신 : 원문의 '경보(瓊報)'는 후한 보답을 이른다. '경거(瓊琚)'와 같은 의미로, 아름다운 시문 또는 후하게 돌아온 답례를 가리키는 말이다.

아룀 현천(玄川)

이 과일 좀 맛보세요. 찾아온 객이 주고 간 것입니다.

답함

후의에 감사드립니다.

다시 답함 현천(玄川)

별 말씀을 다하십니다.

아룀 용연(龍淵)

군의 거처는 이곳에서 거리가 얼마나 됩니까?

답함

근래에 축융(祝融)[69]의 재난을 당해서 거처를 아직 정하지 못했습니다. 평경(萍梗)[70]의 신세일 뿐입니다.

---

69 축융(祝融) : 불을 맡은 신, 또는 화재.
70 평경(萍梗) : 부평초와 꺾인 갈대의 줄기. 정처 없이 떠돌아다님의 비유.

아룀 용연(龍淵)

과연 동원공이십니다. 그러나 족하를 위해서는 위로를 드려야겠군요. 문사(文史)는 별 탈이 없습니까?

> 웅판방은 말한다. "용연은 좋은 사람이다. 좋은 질문을 할 줄 알고 좋은 말을 할 줄 안다. 이 때문에 응대한 것이 들을 만하고, 글을 쓰면 문장이 이루어진다. 가령 한인(韓人)이 모두 화암(華嵒)처럼 비린(鄙吝)하다면, 석자의(石子宜) 또한 이와 같을 수 없고 진실로 장차 눈살을 찌푸리며 피하고 도망갔을 것이다."

답함

타고 남은 것은 매우 적고, 그저 간신히 이 몸만 살아남았지요. 그 또한 하늘의 뜻인 걸 어쩌겠습니까?

아룀 용연(龍淵)

아! 족하께서는 참으로 도(道)를 지닌 선비이십니다. 제가 듣기에 도를 지닌 선비는 우환(憂患)에 마음이 굴하지 않는다 하였으니, 정말 감탄할 만합니다.

답함

부득이한 일일 뿐이지, 본디 도를 가지고 있다는 것으로 논할 문제는 아닙니다. 대답하고 나니 너무나 부끄럽군요. 하지만 박명(薄命)한 사람이 어찌 저 하나뿐이겠습니까? 자고로 모두 그랬지요. 이 때문에 마음에 달게 받아들이는 것입니다.

아룀 용연(龍淵)

군의 다른 작품 중에 뜻을 말한 것이 있으십니까? 보고 싶습니다.

답함

지난 가을에 「고우행(苦雨行)」을 지었는데, 지금 정서(淨書)해서 드리겠습니다. 인하여 그것을 써서 용연에게 드렸다.

다시 답함 용연(龍淵)

그대의 뜻을 여기에서 볼 수 있군요. 그런데 고체시가 근체시보다 나으니 요컨대 쉽게 터득할 수 없는 재주입니다. 열심히 하십시오.

거듭 다시 답함

과찬이십니다. 얼굴이 붉어지고 땀이 흐르게 만드시네요.

남 학사께 아룀

귀방(貴邦)의 간본(刊本)으로 세상에 유통되는 것을 약간이라도 갖고 계십니까?

> 옹판방은 말한다. "'귀방(貴邦)' 앞에 당연히 '문(聞)'이라는 글자가 있어야 한다."

답함 추월(秋月)

그렇습니다. 경(經)·사(史)·자(子)·전(傳)은 많은 부분 관본(官本)으로 유통되고, 한림학사(翰林學士)가 아니면 일반 백성의 집에서는 얻기가 실로 어렵습니다. 오는 도중 여관에서 마침『통전(通典)』을 보았는데, 귀방에는 책이 참으로 많은가 봅니다. 가지고 계신 기서(奇書)의 목록을 좀 볼 수 있겠습니까?

다시 답함

저희 나라에 있는 것은 저 또한 얼마나 되는지 모릅니다. 과문(寡聞)한 저로서도 짧은 시간 안에 오히려 다 알려드리기 힘든데, 하물며 널리 보려는 뜻을 갖고 계시지 않습니까? 저쪽 중국에는 없는 것이 간혹 있는 게 있습니다. 경(經)은 송(宋) 판본 칠경(七經)의 『맹자』와 고문(古文)『효경』과 같은 류가 그렇고, 전주(傳注)는 『황간의소(皇侃義疏)』『맹자직해(孟子直解)』 등입니다. 이 같은 책들은, 저쪽 나라에 지금은 없다고 합니다. 기타 자(子)·사(史)·전기(傳奇)는 모두 남아 있습니다. 『통전(通典)』『통효(通孝)』『통사(通史)』『통기(通記)』 등은 공부하는 선비들이 아침저녁으로 익히고 외우는 것이라, 집에 그것들을 소장하고 있습니다.

> 옹판방은 말한다. "'조차유(造次猶)'는 순서가 바뀌었으니, 마땅히 '유조차(猶造次)'로 고쳐야 한다."

아룀 추월(秋月)

지금 보여주신 목록은 해선(海船)에서 보내온 겁니까, 근자에 들여온 겁니까?

답함

그렇지 않습니다. 해선에서 온 책은 대개 만력(萬曆)·가정(嘉靖) 연간에 판각한 것입니다. 그 중에 모진(毛晉)이 소장한 13경(經) 17사(史), 『한위총서(韓魏叢書)』『진체비서(津逮秘書)』이런 것들은 경장(慶長) 국초의 연호 이후 보내온 것입니다. 제가 대답한 송(宋) 판본은 중고(中古) 시대 이후로 갖고 있던 겁니다.

웅판방은 말한다. "'한위총서(韓魏叢書)'는 '한위총서(漢魏叢書)'의 오기(誤記)이다. 아래도 마찬가지다."

『천조비고(天朝秘庫)』역시 군국(郡國) 학교에 보관되어 있는 것이 있는데, 글자의 모양이 분명한 해서(楷書)여서 명(明)나라 판본과는 크게 다릅니다. 경(經)·사(史)·제자(諸子)뿐 아니라『방서외대비요(方書外臺秘要)』같은 것은 바로 송(宋)나라 판본입니다. 송나라 판본 경(經)·자(子)는 많은 부분 족리향학교(足利鄕學校)에서 나왔는데, 그 책은 조선 본(本)이라고 한다. 조선에 쳐들어갔을 때 장문모리(長門毛利, 나가토 모리) 씨가 가져와서 학교 문고에 그것을 보관하였다. 내가 이렇게 대답하지 않은 것은 한국을 정벌했다는 사실을 피하고자 해서였다.

웅판방은 말한다. "'이차부답(以此不答)'은 순서가 뒤바뀌었으니, 마땅히 '불이차답(不以此答)'으로 고쳐야 한다."

다시 답함 추월(秋月)

공께서 말씀하신 목록을 직접 다 보셨습니까?

거듭 다시 답함

대강 보았습니다. 그리고 21사(史)의 경우는 『신당서(新唐書)』까지 봤고, 나머지를 다 본 것은 아닙니다. 『한위총서(韓魏叢書)』와 『진체비서(津逮秘書)』 등은 섭렵하였습니다. 추월이 붓을 당겨 그 옆에 썼다. "박람(博覽)이라 할 만합니다."

옹판방은 말한다. "'기제(其際)' 두 글자는 마땅히 '이(而)' 자로 고쳐야 한다."

아룀 추월(秋月)

『한위총서』 중에는 진위(眞僞)가 서로 뒤섞여 있는데, 변별하실 수 있습니까?

답함

진위의 여부는 선배들이 이미 논의를 했습니다. 그 중에 『월절서(越絶書)』 같은 경우는 결코 자공(子貢)이 지은 것이 아닙니다. 문장과 사실이 서로 어긋나는 것이 많습니다. 어떤 이는 육가(陸賈)가 지은 것이라고 하는데 그 문장이 『신어(新語)』[71]와 대략 비슷하기 때문에 응당 그렇게 말할 뿐입니다. 그 밖에 『공총자(孔叢子)』 같은 것은 주자(朱子)

가 그것을 의심하였습니다. 그러나 제가 생각하기에 그것은 후한(後漢) 때 나온 것이 아니니, 그 문장이 비록 미려(靡麗)하고 유약(柔弱)하기는 하지만 동한(東漢)의 기상은 아닙니다. 고명(高明)[72]께서는 어떻게 생각하십니까?

다시 답함 추월(秋月)

저의 견해도 역시 그러합니다.

아룀 용연(龍淵)

듣자니 귀방(貴邦)의 책은 기내(畿內) 밖으로 유출되는 게 금지되어 있다고요. 하지만 처음에 나는 그 말을 믿지 않았습니다. 지금 사신으로 와서 책을 사려고 하니까 귀방의 관리가 국금(國禁)이라면서 막는데, 우리들은 대단히 의심스러웠지요. 지금 한창 동문(同文)의 치리(治理)로써 두 나라가 일국(一國)과 같을진대 게다가 선린(善隣)의 우호를 닦고자 이곳에 온 것이 아닙니까? 왜 보는 시각이 공정하지 않은 겁니까?

---

71 신어(新語) : 한(漢)나라의 개국공신 육가(陸賈)가 유방(劉邦)에게 바쳐 유가사상을 한나라의 통치 이념으로 삼게 만든 책.
72 고명(高明) : 견해나 기예가 월등히 뛰어남, 또는 그러한 사람. 여기서는 상대방에 대한 경칭.

답함

군께서는 구양수(歐陽修)의 시를 보지 못했습니까? 일서(逸書) 백편이 지금도 여전히 남아 있음은 우리나라에서 고서(古書)를 전해온 것이 오래되었기 때문입니다. 또 "명령이 엄격하여 중국에 전하는 것을 허락하지 않는다." 하였으니, 우리나라는 함부로 그것을 전하지 않으려는 것입니다. 자고로 그러했던 것은 산실(散失)될 것을 근심했기 때문입니다. 저 중국과 같은 경우는 엄격히 하지 않아서 그것들을 잃어버렸으니, 무릇 의관(衣冠)과 의법(儀法)에서부터 여러 수많은 서적과 선왕이 남긴 전적(典籍)에 이르기까지, 그 모두가 어디에 있단 말입니까? 이것이 어찌 함부로 전한 잘못이 아니겠습니까?

용연은 웃으면서 받아들이지 않았다.

제공(諸公)께 아룀

동반한 사람이 일이 있어 저를 재촉하니, 곧 함께 가야겠습니다. 제가 읍을 하지 못하고 가니 공들께서도 일어나지 마십시오. 또 나중에 뵙겠습니다.

답함   용연(龍淵)

훗날을 기다리고 기다리겠습니다.

제군(諸君)께 아룀   3월 6일

기쁨을 나누고 오니 제 일이 어지러이 널려 있었습니다. 안부를 여쭙지도 못했으니 저의 무례함을 뭐라고 말씀드려야 할지요. 생각건대 편안히 백복(百福)을 누리고 계셨을 것 같으니 매우 경사스러운 일입니다.

답함   추월(秋月)

지난번 군을 머물게 하고서 이제 왕림하신 것을 보니, 감사함을 어찌다 표현할 수 있을까요. 조용히 익숙한 이야기나 나누면 좋겠습니다. 귀경(貴庚)[73]은 얼마나 되셨습니까?

답함

제 나이 서른셋입니다.

또 제공께 아룀

지난번에 거친 말들을 받들어 드렸는데 곧 물리치지 않으시고 제공(諸公)께서 화답해주시고 모암(慕菴)군에게 맡겨 보내주시니 천구(天球)를 얻은 것 같습니다. 서쪽으로 돌아가실 날이 가까이 왔다는 소식을

---

73 귀경(貴庚) : 청장년에게 나이를 물을 때의 높임말.

듣고 이제 특별히 와서 얼굴을 뵙고 이별하고자 합니다.

답함 　용연(龍淵)

다시 뵙게 되니 기쁘고 다행스럽습니다. 헤어질 생각을 하니 마음이 슬퍼지는군요.

위와 같음 　현천(玄川)

저의 마음 또한 그렇습니다.

아룀 　현천(玄川)

지난번에 주셨던 각각의 화운시 가운데 공(公)의 경장(瓊章)[74]은 정의(情誼)[75]가 매우 깊어 참으로 호인(胡人)이 오천 리 밖에 있는 사람을 돌아보는 것 같았습니다. 어찌 이렇게까지 후대해 주시는지요. 아마도 동호(同好)의 소치(所致)인가 봅니다. 장차 마음속에 그것을 간직하고 흠모할 수 있겠습니다.

---

74 경장(瓊章) : 옥같이 아름다운 문장. 남의 글의 미칭.
75 정의(情誼) : 서로 사귀면서 의리로 친해진 정분.

답함 현천(玄川)

졸렬한 화답시는 논할 만한 게 없고요, 다만 만 리 동문(同文)의 정을 마음에 두었기 때문이겠지요. 서쪽으로 돌아갈 날이 목전에 다가오니 갑자기 할 말을 잃게 됩니다. 머뭇거릴 수도 없는 노릇이라 몹시 아쉽습니다.

김 서기께 아룀

일전에 원(元)군이 모과를 주고 아름다운 시문(詩文)까지 주시니 행복한 일이 많습니다.

답함 퇴석(退石)

몸을 굽혀 찾아주시니 기뻐서 박수를 칩니다. 주신 시편(詩篇)들은 전아(典雅)하고 아주 아름다워 동방의 기재(奇才)라 할 만합니다. 다시 묻겠는데, 나이가 얼마나 되셨는지요?

답함

지금 서른셋입니다.

다시 답함 　퇴석(退石)

저는 거의 예순이 되었으니, 족하보다 나이가 배가 많은데 이제껏 취할 만한 것이 없군요. 내가 군에게 '동방의 기재'라 한 것은 빈 말이 아닙니다.

거듭 다시 답함

과찬에 몸 둘 바를 모르겠습니다. 오히려 장인(丈人)[76]께서 노성(老成)하시고 법도가 있으셔서 본받을 만하지요. 노인의 덕(德)을 어찌 우러르지 않겠습니까?

남 학사께 아룀

귀방(貴邦)의 사람들은 마기(馬技)[77]에 익숙하여 근자엔 성중에서 그것을 공연한다고 합니다. 이것은 한바탕 구경거리에 불과한 것인가요, 아니면 그것을 이용할 만한 곳이 있나요?

답함 　추월(秋月)

역시 군사적인 일에 바탕이 되는 것이지, 괜한 구경거리로 마련해

---

76 장인(丈人) : 노인 또는 어른에 대한 경칭.
77 마기(馬技) : 마상재(馬上才). 달리는 말 위에서 부리는 온갖 재주.

놓은 것은 아닙니다. 저희 나라에서는 오랫동안 그것을 전해 왔는데 어느 시대에 시작되었는지는 모르겠습니다.

아룀

아마도 『진서(晉書)』에 실려 있는 "조정에서 원회(元會)[78]를 할 때 마당에서 보는 것"이라고 한 것이 아니겠습니까? 곡마(曲馬)의 목록이 마침 그 기록한 바와 같으니 어떻습니까?

답함　추월(秋月)

그 시초가 중국에서 전래되었다는 것은 몰랐었는데 그럴 듯합니다.

아룀　용연(龍淵)

족하께서 사사(師事)하신 분은 어떤 분입니까?

답함

본성(本姓)은 여(餘)이고 이름은 승리(承裡), 자는 자작(子綽)이며 웅이(熊耳) 선생이라 부릅니다. 실제로는 대내(大內) 씨의 계보인데, 즉

---

78 원회(元會) : 설날 아침의 조회(朝會).

서번(西藩) 당진후(唐津侯)의 문학입니다. 기유(耆儒)[79]로서 노성(老成)
하여 지금 한창 문종(文宗)[80]으로 추앙받습니다. 공들께서 가셔서 장
차 그를 알게 되시면 이에 일일이 헤아리지 않아도 그 학문의 나온
바가 응당 그러할 수밖에 없음을 마땅히 여기실 겁니다. 군께서는 전
날의 기약을 소중하게 생각해 주십시오.

아룀 남 학사(南學士)

저는 시(詩)를 잘하지 못하니, 또한 장차 졸렬한 솜씨로 제공께 누를
끼칠까 두렵습니다. 그런 까닭에 침묵하고서 이별을 고하는 것이지
실로 박정(薄情)해서가 아닙니다. 공들께서는 살펴주십시오. 저의 뜻
은 '야유만초(野有蔓艸)'[81]에 있습니다.

답함 추월(秋月)

'우연히 서로 만나니, 나의 소원에 맞도다.[邂逅相遇, 適我願兮.]'[82] 군
의 마음을 여기에서 볼 수가 있군요. 새로 지은 시보다 훨씬 낫습니
다. 우리들은 「북풍(北風)」[83] 2장을 써서 그에 답하겠습니다.

---

79 기유(耆儒) : 나이가 많고 덕망이 있는 학자.
80 문종(文宗) : 문장의 대가로 세상 사람의 숭앙을 받는 사람.
81 야유만초(野有蔓草) : 『시경(詩經)』「정풍(鄭風)」의 편명. 남녀가 기약하지 않고 서로
   우연히 만난 것에 대한 기쁨을 노래한 내용.
82 우연히……맞도다 : 『시경』「정풍」 '야유만초(野有蔓草)'장의 제1장 5·6구의 내용.
83 북풍(北風) : 『시경』「패풍(邶風)」의 편명. 위(衛)나라의 학정을 풍자한 내용. 위나라

다시 답함

'사랑하여 나를 좋아하는 이와 손잡고 함께 돌아가리라.[惠而好我, 獲手同歸.]'[84] 맛이 있군요! 그러나 저는 지경 밖의 사람이라 제공(諸公)을 따라갈 수 없으니 한스럽습니다.

웅판방은 말한다. "이때를 당하여 만일 자의(子誼)가 말에 실수가 있었다면 이방(異邦) 사람들에게 크게 웃음거리가 되었을 것이다. 내가 읽다가 여기에 이르러서는 자의 때문에 무릎을 치지 않을 수 없었다."

아룀   용연(龍淵)

옛날의 열국들은 시를 지어 뜻을 보였는데, 그대가 옛 도를 행하고 계시군요. 저는 장차 '푸르고 푸른 그대의 옷깃이여, 아득하고 아득한 나의 그리움이로다. 내 비록 말이 없으나, 그대는 어이하여 소식을 잇지 않는고.[靑靑子衿, 悠悠我心. 縱我無言, 子寧不嗣音.]'[85]라고 쓰겠습니다.

본시(本詩)는 '내 비록 가지 못하내縱我靡往]'[86]라고 되어 있으나 용연이 '말이 없으내無言]'로 개작하였다. 재빠르게 손을 써서 뜻을 보인 것이 민첩하다.

의 위엄과 사나움에 백성들이 서로 손을 잡고 모두 떠난다는 내용.

84 사랑하여……돌아가리라 : 『시경』「패풍」'북풍'의 제2장 3·4구의 내용.

85 푸르고 푸른……잇지 않는고 : 이 부분은 『시경』「정풍(鄭風)」'자금(子衿)'의 제1장 '靑靑子衿, 悠悠我心. 縱我不往, 子寧不嗣音.'의 내용을 일부 바꾼 것이다.

86 내 비록 가지 못하나 : 원문에는 '縱我靡往'로 되어 있으며, 『시경』의 원시는 '縱我不往'으로 되어 있다.

답함　내가 웃으며 붓을 당겨다가 말하였다.

'내 마음 거울이 아니니 헤아릴 수 없으며[我心匪鑑, 不可以茹.]'[87]라고 했으니, 그대를 그리워하지 않고 있지 않음을 어찌 알겠습니까?

다시 답함　용연(龍淵)

'다른 사람의 마음을 내가 헤아린다.[他人有心, 余忖度之.]'[88] 하였으니, 내가 그것을 알 수 있습니다. 내가 그 말에 자리 위에 있던 과일을 들어 그에게 던졌다.

용연(龍淵)

나를 반랑(潘郎)[89]이라 여기시는 겁니까?

옹판방은 말한다. "만일 용연이 이 말을 꺼내지 않았다면 자의가 과일을 던진 것은 대수롭지 않은 일이 되었을 것이다. 사람 사는 세상에는 만남과 만나지 못함이 있게 마련인데, 황망한 순간에도 반드시 그것이 있고 쓰러지고 넘어지는 순간에도 반드시 그것이 있다."

답함

군께서는 참으로 백면랑(白面郎)이시니, 좋기도 하면서 부럽기도 합

---

87 내 마음……헤아릴 수 없으며 : 『시경』 「패풍(邶風)」 '백주(柏舟)'의 일부.
88 다른 사람의……헤아린다 : 『시경』 「소아(小雅)」 '교언(巧言)'의 일부.
89 반랑(潘郎) : 진(晉)의 반악(潘岳). 그의 용모가 준수하여, 이를 본 부인들이 그에게 과일을 던져, 그가 탄 수레는 과일로 가득 찼다는 고사가 있다.

니다. 이에 용연이 배를 잡고 크게 웃었다. 인하여 이 말을 학사와 두 서기에게 말해주었다.

아룀

이는 멸시하고 희롱하는 말처럼 들리니, 공께서는 성내지 마십시오. 그러나 족하와 같은 이는 정신과 풍채가 투명할 뿐 아니라 그 빼어난 기상과 호탕한 기백이, 마치 아침노을이 환히 빛나 출중한 것처럼 참으로 사람들 가운데 용과 봉황이라 하겠습니다. 그와 같이 되기를 바랄 수도 없고 그 감춰진 것이 얼마나 되는지도 모르겠습니다.

웅판방은 말한다. "이 몇 마디 말은 너무 좋아서 마치 '세설(世說)' 같다."

답함 용연(龍淵)

공께서는 사람을 올렸다 내렸다 잘하시는군요. 한참을 군의 손바닥 위에서 가지고 노십니다. 하하.

제공께 아룀

행장을 꾸릴 날이 응당 가까워졌으니, 앞길에 오직 조심하십시오. 비록 하루를 일 년처럼 지냈지만 이 이별을 끝내기가 어렵군요. 이만 물러가 보겠습니다.

답함   추월(秋月)

이별에 관한 온갖 생각은 말하지 않는 가운데 있겠지요.

위와 같음   퇴석(退石)

전날의 기약을 자중자애하시면 훌륭한 인재가 되실 수 있을 겁니다.

웅판방은 말한다. "이 말이 아낄 만하다."

위와 같음   현천(玄川)

이 이별이 가장 어려우니 정 때문이로구나. 현천은 이 말을 하면서 근심스
러운 얼굴로 눈썹을 찌푸렸다.

위와 같음   용연(龍淵)

사해가 모두 형제이니 어찌 꼭 울면서 이별을 하겠습니까? 언젠가
군이 생각나면 동방에 떠오르는 해를 가리키며 마음속의 일을 말하겠
으니, 공께서는 가십시오.

용연에게 답함

저 역시 서쪽의 아침노을을 가리키며 공의 훌륭한 기백을 상상할
것입니다. 네 명의 선비는 곧 일어나 읍하였고 나도 읍으로 답례하였다. 문을 나가니

용연과 현천이 좌우에서 가까이 와 내 손을 잡고 작별하였다.

웅판방은 말한다. "이 말의 뜻은 다만 조어(造語)로는 괜찮지만 온당하지 않으니, 마땅히 '서쪽 노을빛[西方霞色]'으로 고쳐야 한다.

앞의 것은 제술관과 세 서기가 나눈 필담이다.

양의(良醫)인 모암(慕菴)과 여러 사람들과 나눈 필어(筆語)

양의(良醫) 이좌국(李佐國), 자(字)는 성보(聖甫).

아룀 모암(慕菴)

석동원(石東園)이라고 하는 이가 그대입니까?

답함

그렇습니다.

아룀 모암(慕菴)

족하께서 여러 학사들에게 시를 주었고 여러 학사들이 각자 화답을 하였습니다. 저에게 맡겨 그대에게 보냈으니, 그대는 이것을 받으십시오.

답함

이거 아주 다행입니다.

아룀 　모암(慕菴)

제가 족하를 보니 인물됨이 아름답고 자상하며 문재(文才) 또한 보통이 아닙니다. 때때로 서호(西湖)와 같이 오셨는데 서호는 저를 좋아하였지만 그대는 애초에 통성명도 하지 않으셨지요. 성명을 못들은 듯해서 제가 몹시 혼동이 되는데, 아마도 할 말이 있으시겠지요?

답함

이것은 저의 잘못입니다. 그러나 서호와 여기에 온 것은 서호를 대신해서 임시로 일을 맡았기 때문입니다. 저는 여염집의 일개 쓸모없는 선비로서 변변치 못하여 무리에 낄 수가 없습니다. 본디 의학에 대해서도 모르고 또 방술(方術)을 좋아하지도 않습니다. 애초에 저의 성명을 알려드리지 않은 것은 이런 이유 때문이었는데, 족하께서 오히려 괴이하게 여기셨다니 죄송하고 죄송합니다. 저의 성은 석(石)이고 이름은 선명(宣明)이며, 자는 자의(子誼)입니다. 동원(東園)은 저의 호입니다. 이제부터는 외면하지 말아주십시오.

아룀 　모암(慕菴)

족하의 시는 여러 학사들이 칭찬하고 감탄했습니다. 벼슬을 하지 않고 여항(閭巷)에 계시니 애석한 일입니다.

답함

어찌 애석할 것이 있겠습니까. 다만 기갈(飢渴)이나 면하고 살면 다행인 것이지요.

웅판방은 말한다. "대단히 훌륭한 답변이다."

다시 답함　모암(慕菴)

겸손히 사양하시는 군자이십니다.

모암에게 아룀

거문고를 타는 사람은 누구입니까? 제가 그 사람을 보고 싶은데 어떨지요.

답함

전 염령태수(廉翎太守) 이공(李公)인데, 그를 보는 것은 어렵고 다만 그 곡조를 듣는 것은 괜찮습니다.

모암에게 아룀

듣자니 귀방(貴邦)의 거문고는 모양이 조금 다르다고 합니다. 저는 아직 그것을 보지 못했는데, 모르겠습니다, 잠시 빌릴 수 있을까요?

답함

비록 그럴 수 있다 해도 그 사람이 반드시 그것을 자세히 설명해주진 않을 겁니다. 그만두지 못하시겠다면 군께서 문틈으로 보시지요.

내가 그 말대로 천천히 문을 밀고 들어갔는데, 그 사람이 이상히 여기지 않고 전하여 그것을 보여주었다.

웅판방은 말한다. "문을 밀치고 들어간 것은 대단히 좋으니, 이는 진인(晉人)의 기상이다."

모암에게 아룀

저희들은 이만 가보겠습니다. 일어나지 마십시오. 인사올리고 가겠습니다.

답함　모암(慕菴)

이별하는 정회(情懷)가 아득하기만 합니다. 내일은 서호와 함께 오는 것이 어떻겠습니까?

다시 답함

좋습니다.

모암에게 아룀

요 며칠 기거동작하시는 데 상한 곳은 없으셨습니까? 삼가 조심하시기 바랍니다.

답함 　모암(慕菴)

근래 군을 보지 못해서 저의 마음이 몹시 섭섭했습니다. 이제 서로 얼굴을 대하니 매우 기쁘고 위로가 됩니다.

아룀 　위와 같음

저희 나라의 부채와 호도입니다. 비록 보잘것없는 물건이지만 정으로 드리는 것이니, 군께서 받아주신다면 매우 다행이겠습니다.

답함

마음이 너무나도 깊으십니다. 열심히 노력하고 노력해도 은혜를 감당할 수 없으니, 가난한 사람이 부자를 흠모하는 것이라 할 만합니다.

웅판방은 말한다. '열심히 노력하고 노력한다.'고 한 것은 이해할 수 없는 듯하다. 만일 이미 병이 나서 누웠다면 이 말을 한 것이 마땅하다.

모암께 아룀

공들께서 이 객관에 한참을 머무셨으니 생각해 보면 서쪽으로 돌아

갈 날이 분명 가까이 왔을 것입니다. 허나 돌아갈 날이 가까워졌다고
듣긴 했지만, 오천 리 밖의 사람과 우연히 뜻이 맞아 팔을 붙잡았는데
또 갑자기 그것을 놓게 되니, 이별하는 마음이 서글프지 않을 수가 없
습니다.

아룀 모암(慕菴)

돌아가고 싶은 마음은 비록 간절합니다만, 군 등과 교유하며 정의
(情誼)가 이미 두터워진 후라, 이별의 정회로 말한다면 또한 어쩌지를
못하겠습니다.

고정(高亭)에게 아룀

족하의 서법(書法)은 굳세고 아름다운 것이 볼 만합니다. 부채에 글
자를 쓰는 것은 특히나 어려운 일이겠지만, 군께서 하실 수 있다면 청
컨대 저를 위해 몇 글자 적어주실 수 있겠습니까?

답함 고정(高亭)

저의 글씨는 말할 만한 것이 없는데 과찬을 해주시니 얼굴이 붉어지
네요. 공께서 취할 만한 것이 있으시다면 힘써서 그것을 써보겠습니다.

다시 답함

제가 원하는 것은 귀방의 부채에 글씨를 써서 주셨으면 하는 겁니다. 제 부채와 같은 것은 진중하게 여길 것이 못 되니, 어떠십니까?

거듭 다시 답함 고정(高亭)

그거야 쉬운 일이지요. 다만 걱정되는 것은 제가 가지고 있는 것이 매우 볼품이 없어서 공의 높은 뜻에 응하기에 부족할까 하는 것입니다. 조금만 기다려주시면 상사(上司)에게 다른 것을 얻어 거기에 써서 드리겠습니다. 곧 일어나더니 잠깐 사이에 부채를 가져와서는 이윽고 몇 마디 말을 써서 내게 주었다.

고정에게 아룀

저의 바람을 이루느라 족하를 번거롭게 했으니 어떻게 감사를 드려야 할 지 모르겠습니다. 과연 서체가 따뜻하고 넉넉해서 군의 인간적인 모습을 닮았습니다. 찬어(贊語) 또한 아름다운 운치가 있네요. 또 이렇게 성대한 마음을 받았습니다만 그대의 성명을 알지 못하고, 호만 써서 주셨으니 왜 그러셨습니까? 이에 고정이 자기의 성명을 써서 나에게 주었다. 또 내게 성명과 호를 묻길래 내가 써서 그에게 주었더니 곧 허리띠에 그것을 묶어 간직하였다. 나는 도리어 그것을 잃어버려 기록하지 못한다.

고정에게 아룀

제게도 마침 물건이 하나 있는데, 저희 나라에서 이른바 가주선(加州扇)이라고 하는 것입니다. 아울러 저의 작품을 써서 받들어 드리니, 보답이야 되지 못하겠지만 길이 좋은 뜻으로 간직해 주셨으면 합니다.

그 시
其詩

고정이 그 나라의 부채에 글씨를 써서 주었으므로, 시를 지어 호대(縞帶)의 보답으로 삼고자 한다.

일본국 동오주(東奧州) 처사(處士) 석선명(石宣明)이 제(題)하다.

오가[90] 부르는 모습 속에 흥이 유장하도다	吳歌容裡興悠哉
흰 모시옷[91]이 봄바람과 한 가지로 어울리네	白紵春風一樣裁
시를 다 지어 옥 같은 그대에게 주나니	題罷贈吾人若玉
장신궁[92] 달 속에서 온 듯하구나	疑從長信月中來

웅판방은 말한다. "'증오인여옥(贈吾人如玉)'은 '증아인약옥(贈我人若玉)'으로 고쳐야 한다. 이것은 좋은 구절이지만 성률이 온순(穩順)하지 않으니 어떻게 된 일인지 모르겠다."

---

90 오가(吳歌) : 오 땅의 노래. 강남의 민가를 가리키기도 한다.
91 흰 모시옷 : 벼슬하지 않은 선비가 입는 옷.
92 장신궁(長信宮) : 한나라 때 태황태후가 거처하던 곳.

앞과 같음
同前

웅방(熊邦)

아침구름 지나는 비처럼 그대를 따르리라	朝雲行雨也徒哉
손가락 꼽으며 이별의 근심 쉬 없애질 못하네	屈指離憂不易裁
다행히 가인 있어 시 쓴 부채 던져주시니	幸有佳人擲歌扇
봄 강은 밤새도록 사람을 따라 오리라	春江一夜逐人來

답함 고정(高亭)

다시 보내주신 것을 삼가 잘 받았습니다. 마침내 뛰어난 절구를 지으시고 게다가 서법까지 일품이군요. 저는 시에 능하지 못한지라 화답시가 없네요. 상자에 간직하고서 길이 그대의 풍모를 그리워하겠습니다.

다시 답함

번거롭게 그러실 필요 없습니다. 공들께서 서쪽으로 돌아가는 날에 서쪽 바다 파도에 부쳐 제 시를 간직해 주십시오.

웅판방은 말한다. "이 말은 대단히 좋다. 내옹(徠翁)의 장난에서 나온 것인가?"

아룀 고정(高亭)

공께서는 날마다 들어오십니까?

답함

그렇지 않습니다. 시간이 있으면 올 뿐이죠.

다시 답함 고정(高亭)

제가 묵는 여관이 이웃집에 있으니 군께서 오실 수 있습니까?

거듭 다시 답함

평소에 바라던 바였습니다. 그러나 지금은 일이 있어 이 자리를 벗
어날 수 없으니, 다른 날 그렇게 했으면 합니다.

고정에게 아룀

석상(席上)에서 글씨를 쓴 사람은 그 성명이 어떻게 됩니까?

답함 고정(高亭)

성은 유(劉)이고 이름은 영(鎣)이며, 호는 화암(華岩)입니다. 정사(正
使)의 상반인(上伴人)[93]입니다.

---

93 상반인(上伴人) : '반인'은 조선시대 종친·공신·당상관 등을 수행했던 수행원이다.

화암에게 아룀

공이 착용하고 있는 것은 어떤 관(冠)이며 옷은 비단 종류입니까?

답함 화암(華岩)

관은 연엽관(蓮葉冠)이고 옷은 제면(綈綿)입니다.

아룀

족하께서는 참으로 글씨를 잘 쓰십니다. 제게, 고정께 드린 졸작이 하나 있습니다. 번거롭겠지만 공께서 부채에 써주셨으면 하는데, 가능할지 모르겠습니다.

답함 화암(華岩)

한 번 보여주십시오. 나는 고정에게 준 절구(絶句)를 써서 그에게 보여주었다.

아룀 화암(華岩)

이 시가 가장 좋군요. 제가 써서 드리고 싶습니다. 다른 시들은 어떨까 모르겠네요.

웅판방은 말한다. "화암은 글자를 놓는 법을 알지 못하니, 여기의 '가장(最)'이라는 글자가 대단히 가소롭다."

아룀

이것은 석상에서 창졸간에 지은 것이니 어찌 읊조릴 만하겠습니까? 다른 작품이 그래도 한두 개 있으니, 다른 날 깨끗이 써서 보여드리겠습니다.

아룀 화암(華岩)

그대의 성명은 무엇이며 나이는 얼마나 되셨습니까?

답함

성명은 선명(宣明)이고 자는 자의(子誼)며, 나이는 서른셋입니다.

아룀 화암(華岩)

이 칼은 서호가 차고 다니는 것입니까? 기이한 물건으로 값도 비싸 보이는데 아닙니까?

답함

그렇습니다. 서호가 차고 다니는 칼입니다. 물건도 상품(上品)이고, 가격도 매우 비쌉니다.

아룀 화암(華岩)

그것의 값이 몇 냥이나 됩니까? 내 장차 사려고 하니 그것을 들어야 겠습니다.

답함

저희 나라 근·냥의 수치는 귀국(貴國)의 그것과 다를 겁니다. 설령 알려 드린다 해도 군께서 어떻게 그것을 분별하시겠습니까?

다시 답함 화암

화암이 매우 성을 내며 붓을 가져다 말했다.

어찌 분별할 수 없겠습니까?

거듭 다시 답함

분명하게 알아보지 못하실 듯한데요. 공께서는 그만두십시오. 비록 가격을 알아서 사신다고 해도 서호 또한 그것을 허락하지 않을 겁니다. 군께서 쉽게 다른 사람이 차고 있는 칼에 가격을 매긴다면 예(禮)에도 어긋나는 것 아니겠습니까? 이에 화암은 매우 부끄러운 기색을 띠며 곧 일어나 가버렸다.

아룀

군의 의관이 매우 크니, 어떤 급(級)의 사람인가요?

웅판방은 말한다. "이 질문에는 매우 품격을 알지 못하는 측면이 있다. 불손하다고 여겨
지고, 또한 화산도 불손하다고 생각하여 다음의 말을 한 것이 아닌가 한다."

답함　화산(華山)

관작(官爵)이 없습니다. 사람들은 나를 '화산(華山)의 숙제(叔齊)'라고
합니다.

다시 답함

그렇다면 상산(商山)의 숨어사는 노인이 아닙니까?

거듭 다시 답함　화산(華山)

채지옹(採芝翁)[94]이 어찌 박망후(博望侯)의 뗏목을 짝하겠습니까?

---

94 채지옹(採芝翁) : 상산사호(商山四皓)를 가리킨다. 진말(秦末)에 상산사호(商山四皓)
　가 상락(商雒)에 은거하였는데, 「채지곡(採芝曲)」을 지어 불렀다. 이 때문에 훗날 '채지
　(採芝)'는 은둔을 가리키는 말이 되었고, 그 노래를 '채지조(採芝操)' 혹은 '사호가(四皓
　歌)'라 하며 줄여서 '채지(採芝)'라고도 한다.

대화산인의 노래
大華山人歌

내 장차 가서 이 노래를 지어 가만히 그의 불손함을 꺾어주려 하였다. 그를 방문해 보니 용모는 상상관(上上官)에 속하였다.

자줏빛 옥관 자줏빛 옥 지팡이	紫玉冠兮紫玉杖
넘실넘실 뗏목 타고 물결 끝에 이르렀네	蹁躚乘槎窮波浪
한번 우러러 동쪽의 부용봉을 보니	一仰日東芙蓉峰
돌연 선장[95]을 돌아볼 이유가 없네	突忽無由施仙掌

객이 그것을 달가워하지 않았다.

앞과 같음 웅방(熊邦)

백옥관에 청려장	白玉冠兮青藜杖
만 리 아득하게 자하를 생각하네	萬里飄飄紫霞想
문득 해동의 부용산 빛을 보고는	忽見海東芙蓉色
화악에 선장 있음을 말하지 않는구나	不說華嶽有仙掌

생각건대 화산(華山)에는 부용봉(芙蓉峰)·명성봉(明星峰)·옥녀봉(玉女峰) 및 창룡령(蒼龍嶺)·흑룡담(黑龍潭)·백련지(白蓮池)·일월애(日月崖)·선장(仙掌)·석월(石月) 등의 승경이 있다.

생각건대 자의(子誼)는 '장·랑·장(杖浪掌)'으로 운자를 삼았다. 그런데 양(漾)운에는 '掌'자가 없고 양(養)운에는 '浪'자가 없으니 두 개의 운을 섞어서 압운한 듯하다. 지금 이에 감히 함부로 양(養)운을 써서 거두어들여 '장·상·장(杖想掌)'을 운자로 삼았다. 웅방(熊邦) 쓰다.

---

95 선장(仙掌) : 화산(華山) 선인장봉(仙人掌峰)의 약칭.

韓館應酬錄

韓館應酬錄序

大凡鄕人之罪吾二三兄弟也，曰：“東夷之子，何能爲也？惟不事事而費筆墨耳。” 或有客遊于東都者，則曰：“彼則遼東之豕哉！自知其可愧也。殊不知文章之道，有父不能傳子，君不能取臣者，而雖深山窮谷之士乎，或有獨得之者也。” 吾友石子誼，客遊于東都者，有年矣。今兹甲申，韓人來聘，子誼乃投刺與其三書記、學士、良醫輩接焉，遂以其韓館應酬錄者寄示吾二三兄弟。余讀之數四，喟然歎曰，“噫，是子誼之土[96]苴耳，奚足以盡子誼哉？” 俄而喜曰：“吁，是可以贖吾二三兄弟之獲鄕人之罪矣。” 遂用其韻，每篇和之，增入子誼錄中以藏巾笥，雖不免嫫母對西施之誚乎，蓋亦聞樂而竊抃者之屬也。

甲申 八月 下澣之日 台州山人 熊阪邦 撰。

韓館應酬錄

《奉贈秋月南學士 名玉，字時韞，號秋月。》 　　　　　　　　石宣[97]明
賢路嗟君早進官，聲名元自滿西韓。曳裾相昄鴻臚館，搦管壯觀東

---

96 원문에는 ‘士’로 되어 있으나 ‘土’의 오기(誤記)인 듯함.
97 원문에는 ‘宜’로 되어 있으나 ‘宣’의 오기인 듯함.

海瀾。家憶白圭三復句，邦傳章甫舊時冠。誦詩專對稱良佐，辭命應修二國歡。

邦評: 此詩，對甚灑而氣象雄渾，未易議也。

《同前》

知君大邦一儒官，詩自謫仙文比韓。況屬三年浮渤澥，偏能萬里破波瀾。琶湖浸月迎鳧舄[98]，函嶺生雲送鶡冠。如此遠遊應有賦，從容誦示强爲歡。

《次石東園》

艸檄才微愧幕官，歐王曾佐相公韓。驅車箱嶺雲生墍，落筆琶洲月涌瀾。重國那能齊鼎呂，敎人唯解覩衣冠。山川極目春愁動，翰墨場頭小作歡。

邦評: 此詩，無可取，但第二聯[99]可誦耳。

《同前》 熊邦

腐儒衰晩忝微官，那得論才比李韓。縱有幽情堪捉月，更無文思足廻瀾。性貪丘壑常携杖，心厭廟堂欲挂冠。傾[100]蓋由來存目擊，逢君還作平生歡。

(大明一統志) 捉月亭，在采石山。世傳，李白過采石，在水中捉月，後人因以名亭。

(韓文) 障百川而東之，廻狂瀾於旣倒。

---

98 원문에는 '寫'로 되어 있으나 '舄'의 오기(誤記)인 듯함.
99 원문에는 '縣'으로 되어 있으나 '聯'의 오기인 듯함.
100 원문에는 '頌'로 되어 있으나 '傾'의 오기인 듯함.

≪奉贈成書記龍淵 名大中, 字士執, 號龍淵。≫　　　　　　　　　　東園

書記才名元寡儔, 翩翩相和日東州。壯心踏海盧敖興, 藻思觀風司
馬遊。鳴佩自侵琳閣起, 揮毫近入墨川流。龍淵探玉龍宮裡, 照乘深
知不妄投。

邦評: 此詩渾成可稱, 但第[101]七句, 未無可議者。

≪同前≫

書記仙才自罕儔, 飄翩直向扶桑州。衣知縫掖眞儒服, 冠是切雲屬
遠遊。到日揮毫溟渤渚, 來時洗硯滄瀛流。硯池潹沆驪龍睡, 竊美明
珠隨意投。

≪和石東園≫

神鵬逸鶴與爲儔, 過盡長程二十州。梅下再逢湖客至, 竹間初伴鳳
仙遊。小池泉脉涓涓細, 層閣霞光澹澹流。桃李東園祇自好, 一箇空
向遠人投。

邦評: 此詩雖緩弱, 比秋月作, 宜[102]兄。

≪同前≫　　　　　　　　　　　　　　　　　　　　　　　　　熊邦

雲鴻仙侶自爲儔, 飛到日東大武州。忽覩芙蓉氷雪色, 更逢滄海黿
鼉遊。玉池澹蕩春光動, 金闕崢嶸花氣流。別有美人憐遠容, 琅玕不
惜手中投。

---

101 원문에는 '弟'로 되어 있으나 '第'의 오기(誤記)인 듯함.
102 원문에는 '宜'으로 되어 있으나 '宜'의 오기(誤記)인 듯함.

≪奉贈元書記玄川≫ 名重擧, 字子才, 號玄川。　　　　　　　　　　　東園

異域憐同道, 相逢翰墨林。新花留彩筆, 嫩[103]柳映靑衿。文史三冬業, 使臣千里心。漫歌巴容調, 猶欲問知音。

　邦評: 此詩, 頷聯以下, 直是盛唐氣格, 可惜前四句, 未免識者議論也。

≪同前≫　　　　　　　　　　　　　　　　　　　　　　　　　　　台州

吾愛元書記, 優遊翰墨林。梁園抽秘思, 東國散幽襟。路遠靑雲志, 調高白雪心。請看竊抃者, 萬古爲知音。

≪和石東園≫　　　　　　　　　　　　　　　　　　　　　　　　玄川

春樹鳴疎雨, 輕烟繞半林。正欣賓在席, 忘報子之衿。不識凌雲志, 空孤流水心。丁丁伐木響, 幽鳥自和音。

　邦評: 此詩, 善言山林之趣, 句氣蕭森, 大可諷詠。

≪同前≫　　　　　　　　　　　　　　　　　　　　　　　　　　台州

徘徊方丈下, 飛月照瑤林。玉露凝玄屨, 金風滿素襟。飄颻晴日興, 駘蕩白雲心。仙醞由來美, 更聞韶濩音。

≪奉贈金書記退石≫ 名仁謙, 字士安, 號退石, 成均學士。　　　　東園

聞君登上第, 晚進見平津。誦頌周良史, 傳經漢老臣。濯纓滄浪水, 擁節扶桑濱。應有囊中石, 試看賣卜人。

　邦評: 此詩, 聲律穩順, 對偶森嚴, 酷似于鱗詩。

---

103 원문엔 ‘妹’으로 되어 있으나 ‘嫩’의 오기(誤記)로 보임.

《同前》 台州

書記元高足，翩翩要路津。十年稱獻納，萬里見君臣。解纜滄溟渚，振衣碧海濱。悠悠旌旆轉，疑是步虛人。

《和石東園寄贈韻》 退石

君是商山老，吾居錦水津。聊將採芝曲，遙寄飲氷臣。別恨梅燈下，歸程馬嶋濱。一詩應替面，須憶北還人。

邦評：此詩渾是緩弱，而頸聯可愛，頷聯可惜，俱是非村學究之所辨也。

《同前》 台州

生來多意氣，老去負平津。三歲留郎署，一朝陪使臣。蹉跎東海上，憔悴扶桑濱。心事都如此，殷勤異城人。

《刺》 二月廿五日

僕姓石，名宣明，字子誼，稱東園逸民。以教授爲業，假相西湖子來。

《稟南學士》

嚮於客堂，與西湖子親望眉宇，於期時，尚猶不通賤姓名。今殊通刺者，亦有故而存焉。往將明之，請勿怪也。不佞有拙作，奉呈之左右，豈敢望瓊琚之報乎？雖然，僕亦縫掖之徒也，伏乞勿外。

《復》 秋月

日作在客坐，目擊足下，卽不問貴姓名者，實吾輩罪也。今日貴臨，始識君非常人矣。重之見惠綿章，宏麗可觀，卽應奉拙和，僕等分耳，獨奈吾輩連負侍債。請少緩日，決不背盛意[104]。

≪稟成書記≫ _{刺同前}

僕日不通賤氏名, 則如所報南學士。蕪詞一章, 敢奉呈几下, 唯古人
縞帶之意也。

≪復≫　　　　　　　　　　　　　　　　　　　　　　龍淵

君非今日賜賁, 顧殆且失足下, 幸見訪, 亦惠佳章, 欣載曷勝。

≪稟元書記≫ _{刺同前}

拙作瀆左右, 蚩鄙益露。唯冀以萬里同好之誼, 莫黜則幸。幸外別
詩, 要呈金書記, 煩公。

≪復≫　　　　　　　　　　　　　　　　　　　　　　玄川

謙沖, 何至此也。公文才, 可謂繡虎之手耳。若拙和, 則請寬一日。
金書記有事, 在從事官所, 歸舍致之。

≪稟成書記≫

公等馬島以來, 顧當倦應酬, 不敢望瓊報。莫須沈思。請辭去。

≪復≫　　　　　　　　　　　　　　　　　　　　　　龍淵

可小坐。君幸來, 今日適無客, 從容談文事耳。

≪再復≫

諾。

104　원문에는 '童'으로 되어 있으나 '意'의 오기(誤記)인 듯함.

《稟》　　　　　　　　　　　　　　　　　　　　　　秋月
足下，奚促歸也？唯坐。

《復》
諾。

《稟》　　　　　　　　　　　　　　　　　　　　　　玄川
此果嘗之。來客所贈物也。

《復》
謝厚意。

《再復》　　　　　　　　　　　　　　　　　　　　　玄川
何謝之有？

《稟》　　　　　　　　　　　　　　　　　　　　　　龍淵
君居，在此地，相距幾何？

《復》
近離祝融之災，居未定，萍梗耳。

《稟》　　　　　　　　　　　　　　　　　　　　　　龍淵
果東園公也。然爲足下，可弔。文史無恙否？

邦曰：龍淵好人。善問可問，善言可言。是以應對可聽，下筆成文。使韓人，皆如華岩之
鄙吝，則子誼亦不得如此，固將攢眉而避走矣。

≪復≫

焚毀之餘亡幾, 唯眇焉此身存矣。亦天哉, 如之何?

≪稟≫　　　　　　　　　　　　　　　　　　　　龍淵

嗟乎! 足下眞有道之士也。吾聞有道之士者, 不屈心於憂患, 可歎可歎。

≪復≫

是不得已耳, 固非以有道可論, 大可愧報。然薄命, 豈一子誼哉? 自古咸爾, 是以甘心爾。

≪稟≫　　　　　　　　　　　　　　　　　　　　龍淵

君他作中, 有言志者乎? 請之。

≪復≫

去秋, 賦「苦雨行」, 今淨寫呈之。因寫之, 致龍淵。

≪再復≫　　　　　　　　　　　　　　　　　　　龍淵

君志, 於是乎見矣, 而古體愈近體, 要之不易得之才也。自勉。

≪重再復≫

過稱使人赧然汗下。

≪稟南學士≫

貴邦刊本行世者, 少有之乎?

邦曰:'貴邦'上, 當有一'聞'字。

《復》　　　　　　　　　　　　　　　　　　　　　　　　秋月

　然。經史子傳, 多以官本行, 非翰林學士, 士庶之家, 獲之實難。於中途逆旅, 適觀『通典』, 貴邦信富於書。所有奇書目, 可得聞乎?

《再復》

　弊邦所有, 亦不知幾數也。以僕寡聞, 造次猶難罄, 況博覽之志乎? 彼中國所無間有焉。經則宋板七經『孟子』及古文『孝經』類, 傳注則『皇侃義疏』、『孟子直解』等, 若此, 彼邦, 今則靡有云。其他子史傳奇, 悉存矣。『通典』、『通孝』、『通史』、『通記』等, 學士所朝習夕誦, 家藏之。

　邦曰: '造次猶'顛倒, 當改'猶造次'。

《稟》　　　　　　　　　　　　　　　　　　　　　　　　秋月

　今所示書目, 海舶所送乎, 近送之乎?

《復》

　不然。海舶來書, 率萬曆、嘉靖刻也。其中毛晉所藏十三經、十七史、『韓魏叢書』、『津逮秘書』, 如此等, 慶長國初年號以來送之。僕所答宋板者, 中古以來藏。

　邦曰: '韓魏叢書', 是'漢魏叢書'之誤, 下同。

　『天朝秘庫』, 亦有藏郡國學校者, 字樣明楷, 大異明本。不翅經史諸子, 如方書、外臺、秘要, 卽宋板也。宋板經子, 多出足利鄉學校, 而其書朝鮮本云。往征朝鮮之時, 長門毛利氏, 齎來藏之學校文庫也。余以此不答者, 避征韓之事也。

　邦曰: '以此不答'顛倒, 當改'不以此答'。

≪再復≫　　　　　　　　　　　　　　　　　　　　　　　秋月

公所稱目, 咸涉目乎?

≪重再復≫

粗閲之。其際卄一史, 則至『新唐書』, 餘未悉。『韓魏叢書』幷『津逮
秘書』等, 涉之。秋月, 援筆傍書曰, 博覽可稱。

邦曰, '其際'二字, 當改'而'字。

≪稟≫　　　　　　　　　　　　　　　　　　　　　　　　秋月

『韓魏叢書』中, 眞僞相雜, 能辨別乎不?

≪復≫

直假者, 先輩旣已儀之。其中如『越絶書』, 則決非子貢作矣。文章
與事實, 多相齟。或謂陸賈作也, 其文與『新語』略相似, 應然耳。外如
『孔叢子』, 則朱子疑之。然僕謂不出於後漢, 其文雖靡弱, 非東漢氣象
也。高明以爲如何?

≪再復≫　　　　　　　　　　　　　　　　　　　　　　　秋月

俺見亦然。

≪稟≫　　　　　　　　　　　　　　　　　　　　　　　　龍淵

聞貴邦之書, 禁出於寰外。然初吾不信之。今奉使來, 將購書, 則貴
邦吏, 拒以國禁, 我輩大疑焉。方今以同文之治, 二邦如一國, 况修好
善隣而至乎? 何見之不公哉?

《復》

君不見歐陽修詩乎？逸書百篇，今猶存，我邦傳古書久矣。又曰，令嚴，不許傳中國，我邦不欲妄傳之。自古然，爲患散失也。如彼中國，以不嚴失，凡自衣冠儀法，至諸墳籍先王遺典，率子屬烏有？此豈不妄傳之誤乎？

龍淵，笑不服。

《白諸公》

同伴人有事促余，卽應共去。僕不揖去，公等勿起。又嗣見。

《復》　　　　　　　　　　　　　　　　　　　　　　　龍淵

他日，待之待之。

《稟諸君》三月六日

交歡來，賤幹紛如。不侯起居，無狀謂之何。想綏履百福，多慶多慶。

《復》　　　　　　　　　　　　　　　　　　　　　　　秋月

頃日遲君，今見枉，謝何盡？從容熟話，是希。
貴庚幾何？

《復》

賤齒，三十有三。

《又稟諸公》

向奉贈蕪言，卽不擯斥，諸公高和，託慕菴君送之，如得天球。聞西歸在近, 今者特來, 奉面別耳。

《復》　　　　　　　　　　　　　　　　　　　　　　　龍淵

再奉欣幸。別思使人惆悵。

《同》　　　　　　　　　　　　　　　　　　　　　　　玄川

此懷亦然。

《稟玄川》

屬者所賜各和中, 公瓊章, 情誼殷殷, 信如胡人, 顧五千里外人。何
以至此也? 其同好所致乎! 將得從容傾注乎心膽耳。

《復》　　　　　　　　　　　　　　　　　　　　　　　玄川[105]

拙和無可論, 但以志萬里同文之情而已。西歸在目, 忽忽失言。未
得從容, 遺恨遺恨。

《稟金書記》

日屬元君, 呈木果, 辱賜瓊瑤, 多幸也。

《復》　　　　　　　　　　　　　　　　　　　　　　　退石

枉顧欣抃。瓊篇, 雅典偉麗, 可謂東方奇才也。更問, 貴年幾何?

《復》

賤享三十有三。

---

105 원문에는 아래 '稟金書記'의 화자(話者)로 기재되어 있으나 오류인 듯함.

≪再復≫   退石

僕則幾六十，比足下倍年也，至今無可取。俺謂君曰東方奇才者，
非虛語也。

≪重再復≫

過稱亡地入。抑惟丈人，老成而典刑，可以儀式也。耆德，豈弗仰
之?

≪稟南學士≫

貴邦人，慣馬技，近於城中奏之云。是但當一場之觀乎，將所資乎?

≪復≫   秋月

亦資武事耳，非備虛觀。弊邦，久傳之，不知始乎何世。

≪稟≫

豈非『晉書』所載，中朝元會當場觀者乎? 曲馬目，適與彼所記同，如
何?

≪復≫   秋月

未可知其初自中國傳來者，爲然。

≪稟≫   龍淵

足下所師事何人?

≪復≫

本姓餘，名承裡，字子綽，稱熊耳先生。實系大內氏，卽西藩唐津侯

文學。耆儒老成, 方今蔚爲文宗。公等往將知之, 茲不一一, 宜矣其學
所出應然。君愛前期。

《槀南學士》
不佞不敏於詩, 又且懼以拙累諸公。以故默而奉別爾, 實非薄情
也。公等察焉。僕志在'野有蔓艸'。

《復》　　　　　　　　　　　　　　　　　　　　　　　秋月
'邂逅相遇, 適我願兮。' 君之情, 於是乎見矣, 殊愈新製者。吾輩將
賦'北風'二章, 答之。

《再復》
'惠而好我, 攜手同歸。' 有味哉。然僕境外人, 不能從諸公, 可恨。
邦曰: 當是之時, 使子誼失辭, 大取笑於異邦也。余讀至此, 不得不爲子誼擊節也。

《槀》　　　　　　　　　　　　　　　　　　　　　　　龍淵
古列國, 賦詩見志, 吾子行古道。俺將賦'青青子衿, 悠悠我心, 縱我
無言, 子寧不嗣音。' 本詩作縱我靡往, 龍淵改作無言, 取捷[106]見志敏也。

《復》 余笑援筆云。
'我心匪鑑, 不可以茹', 惡知靡弗思君哉?

《再復》　　　　　　　　　　　　　　　　　　　　　龍淵
'他人有心, 余忖度之'云, 余能知之。余因捉坐上果, 擲之。

---

106 원문에는 '捷'으로 되어 있으나 '捷'의 오기(誤記)인 듯함.

龍淵

以我爲潘郎歟?

邦曰: 使龍淵不出此言, 子誼之擲果, 蔑如也。人世之有遇不遇, 造次必有之, 顛沛必有之。

《復》

君眞白面郎也, 欣羨欣羨。於是, 龍淵捧腹大笑。因告此言學士、二書記。

《稟》

是似嫚戲, 公莫慍也。然如足下, 匪唯神彩明透, 其英氣風裁, 昂昂如朝霞昇, 信人中龍鳳也。不堪企望, 不知其所藏幾量也。

邦曰: 此二三語言, 大好, 似「世說」。

《復》

龍淵

公能抑揚人耳。久將掣于君手叚。呵呵。

《稟諸公》

治裝應在近, 前途維愼。縱以日爲歲, 此別難罄。請辭去。

《復》

秋月

別思多端, 在不言中。

《同》

退石

前期自愛, 能成器。

邦曰, 此語可惜。

≪同≫ 　　　　　　　　　　　　　　　　　　　　玄川

茲別最難爲情。玄川, 因愀然嚬眉。

≪同≫ 　　　　　　　　　　　　　　　　　　　　龍淵

四海皆兄弟, 何須泣別? 佗日憶君, 指東方日出, 語心事, 公往矣。

≪復龍淵≫

僕亦指西方朝霞, 而想像公風裁哉。四士卽起揖, 余答揖。出戶, 龍淵、玄川,
倚左右握余手而訣。

邦曰: 此語意則可, 但造語不穩, 當改'西方霞色'。

≪右製述官幷三書記筆談≫

≪與良醫慕菴幷諸曹筆語≫ 良醫李佐國, 字[107]聖甫。

≪稟≫ 　　　　　　　　　　　　　　　　　　　　慕菴

稱石東園者, 君乎?

≪復≫

然。

≪稟≫ 　　　　　　　　　　　　　　　　　　　　慕菴

足下贈諸學士詩, 諸學士各和, 托僕送君, 君領焉。

---

107 원문에는 '宗'으로 되어 있으나 '字'의 오기(誤記)인 듯함.

《復》
是大幸也。

《稟》　　　　　　　　　　　　　　　　　　　　　　慕菴
僕視足下，人物雅詳，而文才亦非常也。時與西湖來，西湖歡僕，而
君初不通姓名。若不聞者，僕甚惑焉，豈有說乎？

《復》
是僕過也。然與西湖至於此者，假攝西湖也。不佞閭閻一腐儒，劣
劣不足齒數。固不知醫，亦不好方。初不通賤姓名者，爲之故也，足下
還見怪，多罪多罪。僕姓石，名宣明，字子誼，東園賤號。自今諸勿
外。

《稟》　　　　　　　　　　　　　　　　　　　　　　慕菴
足下詩，諸學士稱嘆之。不仕在閭巷，可惜。

《復》
奚可惜之有？苟免飢渴是幸耳。
邦曰：大好答話。

《再復》　　　　　　　　　　　　　　　　　　　　　慕菴
謙讓君子也。

《稟慕菴》
彈琴人爲誰？僕欲觀之，若何？

≪復≫

前廉翎太守李公, 而觀之難矣, 但聽其曲則好。

≪稟慕菴≫

聞貴邦琴, 形狀粗異。僕未睹之, 不知可得少借也否?

≪復≫

雖然, 其人不必詳之。無已, 君自戶隙窺之。

吾因徐徐排戶而入, 其人不尤, 則傳示之。

邦曰: 排戶而入, 大好, 此是晉人氣象。

≪稟慕菴≫

僕等辭去, 勿起。頓首而去。

≪復≫   慕菴

別懷悠悠。明與西湖來, 如何?

≪再復≫

諾。

≪稟慕菴≫

日間動履, 亡爽也否? 謹侯。

≪復≫   慕菴

近來不見君, 俺心悵焉。今者相面, 欣尉欣尉。

≪稟≫   同

弊邦扇幷胡桃。雖微物情也, 君領之, 幸幸。

≪復≫

甚盛意也。黽勉幷之, 不堪感荷, 可謂貧子慕富矣。

邦曰: ‘黽勉幷之’, 似不可解也。若已臥病, 則宜[108]有此言。

≪稟慕菴≫

公等, 久留滯於此館, 顧西顧當切也。然聞歸期在近, 五千里外人, 偶相得執臂, 而又焂失之, 別意靡弗悵然。

≪稟≫   慕菴

歸意雖切也, 然與君等交遊, 情誼旣厚, 若其別懷, 則亦無奈之何。

≪稟高亭≫

足下書法, 遒美可觀。若扇面題字, 則特爲難, 而君能之, 請爲吾題數字乎?

≪復≫   高亭

拙字, 無可言者, 過稱极然。公能有取, 則强題之耳。

≪再復≫

僕所欲者, 題貴邦扇贈之。如我扇, 非所珍重, 如何?

---

108 원문에는 ‘宣’으로 되어 있으나 ‘宜’의 오기(誤記)인 듯함.

≪重再復≫ 　　　　　　　　　　　　　　　　　　　高亭

是容易耳。但憂僕所貯甚麤, 不足當公高意。少待之, 諸之上司, 而
題贈之。卽起, 須臾取扇來, 因題數語, 贈余。

≪稟高亭≫

煩足下遂鄙望, 不知所以謝也。果書體溫藉, 似君之爲人。贊語亦
有佳致。抑稟此盛意, 然未知貴姓名, 但記貴號矣, 請爲如何? 於是, 高
亭寫其姓名, 畀吾。又問余姓名與號, 余書畀之, 卽締之帶而收之。余則還遺失之, 不記
之。

≪稟高亭≫

僕適有弊物, 乃弊邦所謂加州扇也。幷題拙作奉贈之, 匪報, 永以
爲好。

≪其詩≫

高亭, 題其鄕扇見贈, 賦以當縞帶之報。

　　　　　　　　　　　　　　　　日本國, 東奧州處士 石宣明題。

吳歌容裡興悠哉, 白紵春風一樣裁。題罷贈吾人若玉, 疑從長信月
中來。

邦曰: '贈吾人若玉', 改'贈我人如玉', 是好句, 而聲律不穩順, 未如之何也已。

≪同前≫ 　　　　　　　　　　　　　　　　　　　　熊邦

朝雲行雨也徒哉, 屈指離憂不易裁。幸有佳人擲歟扇, 春江一夜逐
人來。

《復》　　　　　　　　　　　　　　　　　　　高亭

還送謹領之。卒作妙絶, 併書法逸品也。僕不能詩, 因欠拙和, 以藏
巾笥, 永懷風範耳。

《再復》

不煩然。公等西歸之日, 附之西洋波濤, 以藏吾拙。

邦曰: 此語大好, 出于徕翁戲歟?

《稟》　　　　　　　　　　　　　　　　　　　高亭

公, 日日入來耶?

《復》

不然, 有時而來耳。

《再復》　　　　　　　　　　　　　　　　　　高亭

僕旅舍在鄰房, 君能臨之乎?

《重再復》

素所望也。雖然, 今有事, 不得免此席, 乞他日。

《稟高亭》

席上寫字之人, 姓名曰何?

《復》　　　　　　　　　　　　　　　　　　　高亭

姓劉, 名鎣, 號華岩。正使上伴人也。

《稟華岩》
公所著何冠, 衣繪帛之類乎?

《復》　　　　　　　　　　　　　　　　　　華岩
冠蓮葉冠, 衣綈綿也。

《稟》
足下, 信善書也。僕有贈高亭拙作, 將煩公題扇面, 不知可得乎?

《復》　　　　　　　　　　　　　　　　　　華岩
試示之。余則書贈高亭絕句, 示之。

《稟》　　　　　　　　　　　　　　　　　　華岩
此詩最好, 吾欲書贈之。他詩未知如何。
邦曰: 華岩不知字下, 此最字, 大可笑也。

《復》
是席上倉卒之作, 曷足誦詠? 他作猶一二存焉, 他日淨寫呈覽。

《稟》　　　　　　　　　　　　　　　　　　華岩
貴姓名曰何, 貴庚幾何?

《復》
姓名宣明, 字子誼, 賤齒三十有三。

《稟》 華岩

此刀，西湖之佩乎？似奇物，價貴乎否？

《復》

然。西湖之佩刀也。物亦上品，價極貴。

《稟》 華岩

其價丁幾兩？吾將購要聞之。

《復》

弊邦斤兩之數，與貴國異之。設令告之，君奚能辨之哉？

《再復》 華岩大恚，援筆云云。 華岩
焉得弗辨之？

《重再復》

想不明，公置之。縱能知其價購之，西湖亦不許之。君容易價乎他人佩刀，於禮不可乎？ 於是乎，華岩大有慙色，乃起去。

《稟》

君衣冠甚偉，何等人耶？
邦曰：此問，甚有風韻不解者，以爲不遜。意亦華山以爲不遜，而出左語乎？

《復》 華山

無官無爵。人稱華山齊者也。

≪再復≫
然豈非商山逸老耶?

≪重再復≫   華山
採芝翁, 豈伴博望槎?

≪大華山人歌≫

余將去作此歌, 竊折彼之不讓耳。訪之人容, 則屬上上官云。

紫玉冠兮紫玉杖, 蹁躚乘槎窮波浪。一仰日東芙蓉峰, 突忽無由施
仙掌。

客不屑之。

≪同前≫   熊邦
白玉[109]冠兮青藜杖, 萬里飄飄紫霞想。忽見海東芙蓉色, 不說華嶽
有仙掌。

按, 華山有芙蓉、星、玉女三峰及蒼龍嶺、黑龍潭、白蓮池、日月崖、仙掌、石月等之
勝。

按, 子誼以'杖''浪''掌'爲韻, 而漾韻無'掌'字, 養韻無'浪'字, 則似二韻混押。今乃敢妄用養
韻所收, 以'杖''想''掌'爲韻云。熊邦識。

---

109 원문에는 '玊'으로 되어 있으나 '玉'의 오기(誤記)인 듯함.

【영인자료】

韓館唱和續集 卷之三
韓館唱和別集
韓館應酬錄

按華山有芙
蓉峯玉女三峯
乃蒼龍嶺黑
龍潭白蓮池
日月崖仙掌
石月等之勝、

同前　　　　　　熊邦

白玉冠兮青藜杖萬里飄〻二〻紫〻後想忽見海東芙蓉

色不說華嶽有仙掌、
按子誼以杖浪掌爲韻、而漾韻無掌字養韻無
浪字、則似二韻混押今乃敢妄用養韻所收以
杖想掌爲韻云、熊邦識、

復

華山

無官無爵人、稱華山齊者也、

再復

然豈非商山遯老耶、

重再復

拣笠翁豈任博望槎、

大華山人欲

　余將去作此欲竊折彼之不讓耳
　訪之人客則屬上上官云

華山

紫玉冠兮紫玉枝蹁躚乘槎窮波浪一仰日東萊
峰巒忽無由施仙掌客不屑之

45

復

弊邦所用之數與 貴國異之設令告之 君奚能辨
之哉

再復 華岩大惠

接筆云二

烏得弗辨之

重再復

想不明、公置之縱能知其價購之西湖亦不許之

君容易價乎他人佩刀於禮不可教是辛華岩大

稟 有憨色乃起去

君衣冠甚偉何等人耶、

祈旦此問甚有
風顛不解者矣爲
不遜意亦華山
以爲不遜而出
危詞矣

44

稟

貴姓名曰何貴庚幾何　　　　華岩

復

姓名宣明字子諠賤齒三十有三

稟

此刀西湖之佩刀也似奇物價貴乎否　華岩

復

然西湖之佩刀也物亦上品價極貴　華岩

稟

其價丁幾兩吾將雖要用之

稟

足下信善書也僕有贈高亭拙作將煩公題角面不

知可得矣

復

稟

華岩

試示之、余則書贈高亭

絶句示之、

華岩

此詩最好吾欲書贈之、他詩未知如何

復

華岩

此詩最好吾欲書贈之、他詩未知如何

是帝上倉卒之作昌足誦詠他作猶一二存爲他日

淨寫呈覽

郤旦華岩不
知字下此最
字大可笑也

42

重再復

素冗望也、雖然今有事不得免此席也他日、

稟高亭

復

席上寫字之人姓名曰何、

高亭

共劉谷瑩愛華岩正使上伴人也、

稟華岩

公所著何冠衣繪帛之類乎、

復

華岩

冕蓮莱冠衣綠綿也、

41

祁曰此語大
好出于徠翁
戯歟

遷送謹頜之卒作 妙絶併書法逸品也僕不能詩固
欠於和以藏巾筐其永懷風範耳

再復

不煩然、公等西端之日所之西洋波濤以藏吾於
高亭

公曰二入来耶

復

不然有時而来耳

再復

僕旅舍在鄰房、君能臨之乎
高亭

40

之，匪報永以爲好，

其詩

高亭題其郷扇見贈賦以當縞帶之報，

　　　　　　日本國東奧州处士　石宣明題

吳歌客裡興悠哉，白紵春風一樣裁，題罷贈吾人若

主疑從長信月中來，

同前

　　　　　　　　　　　　　　　　熊邦

朝雲行雨也徒哉屈指離憂不易裁幸有佳人櫛澣

復

扇春江一夜逐以來，

　　　　　　　　　　　　　高亭

祁曰贈吾人若主從贈戎人如主是好句而聲律不穩順未如之何也已、

39

。兵請

重再復　　　　　高亭

是容易耳、但憂鬢死賍甚慶之不足當　公高意少待
之諸之上司而題贈之〔即起、須史取之扇来同
題敎語、贈余、

　　稟高亭

煩足下逐即望不知所以謝也、果書體温藉似　君
之爲人贊語亦有佳致、抑稟此盛意然末知貴姓名
但記貴號爲何

失収之不記之
扵是髙亭寫其姓名早吾又問余姓名與號余書早之即締之帶而姓名與號余則還還

　　稟高亭

僕適百弊物乃弊邦所謂加州扇也并題扵作奉贈

38

稟

歸意雖切也然與　君等交遊情誼既厚矣若其別懷
則亦無奈之何　　　　　　　　　慕菴

稟高亭

足下書法遒美可觀若扇面題字則特為難而君能
之請書吾題數字乎

復

拙字無可言者過稱頼然　公能有取則強題之耳
再復　　　　　　　　　高亭

僕所欲者題　貴邦扇贈之然我扇非所珍重如何

日間動履已爽也否謹僕

　　復
　　　　　　　橐菴

近来不見君俺心悵焉今者相面傾慰二二

　稟
　　　　同

弊邦扇并胡桃錐微物情也君領之幸二

　復

其盛意也耻勉拜之不堪感荷可謂負子慕富矣
　　　　橐菴

　稟慕菴

公等久留滯扵此館顧西顧當切也然聞歸期在近

五千里外人偶相得執臂而又倐失之別意靡帯悵然

邦旦羅勉拜之
似不可解也苦
己取痛則竟晉
此言

復

雖然其人不必許之、無己君自戶隙窺之、

稟慕菴

僕等辭去分起頓首而去、

復

別懷悠〻、明與西湖來如何、

再復

諾

稟慕菴

邪且排戶而入、
大好此慈音人、
気家

慕菴

邦且大喜蒙諭、笑可惜之、有苟免飢渴是幸耳、

復

再復·

   慕菴

謔讓君子也、稟慕菴

彈琴人爲誰僕欲觀之若何、

復

前康翎太守李公、而觀之難矣、但聽其曲則好、稟慕菴

聞貴邦琴形狀粗異、僕未睹之不知可得少借也否、

僕視足下人物雅詳而文才亦非常也時與西湖來
西湖歡僕而君初不通姓名若不聞者僕甚惑焉豈
有說乎

　　　復

是僕過也然與西湖至於此者假攝西湖也不俟開
闔了府儒方二不足齒數固不知醫亦不好方初不
通賤姓名者爲之故也足下還見怪多罪二二僕姓
石名宣明字子誼東園賤號自今讀勿外

　　　禀

足下詩讀学士稱嘆之不往在閭巷可惜

慕菴

與良醫慕菴并諸曹筆談良醫李佐國、

慕菴

宗聖甫、

稱石東園者、君ヂ、

復

禀

然ル

禀

足下贈諸学士詩諸学士各和托僕送呈君領ル烏、

復

慕菴

是大幸也、

禀

慕菴

32

邦曰此語可慣、

前期自愛能成器、

同

茲別最難爲情 玄川因愀然頓覺

玄川

同

四海皆兄弟、何須泣別他日憶 君指東方日出語

龍淵

心事、公往矣、

復龍淵

僕亦指西方朝霞而想像 公風裁哉、

邦曰此語意、
則可惟遊談、
不穩當从西
方霞色

四十士即起捍余吾挬出戶、龍淵玄川
倚龍右、握余手而訣、

右制衣述宮并三書記筆談、

祁旦此三三
語言大妖
似世説、

是似慢戲、公莫愠也然如　足下亙唯、神彩明透、
與菊氣風裁昴昂如朝霞昴信人中龍鳳也不堪企
望不知其所藏幾量也、

後　　　　　　　　　　龍淵

公能抑揚人耳久將罕于君子段呵二
京諸公

治裝應俟前途維慎縱以日為歳此別難罄請譯去、秋月

復

別思多端在不言中、

同　　　退石

邦曰使龍淵
不出此言子
諠之獅景羨
如此世之
有遇不遇遷
次又有之顛
沛必有之

也欽

　　　復余笑援
　　　復筆云
我心匪鑑不可以茹惡知靡弗思　君哉
　　再復
　　　　　　　　　　　　龍淵
他人有心余忖度之云余固能知之上景㴞之

　　　　　　　　　　　龍淵
以我為潘郎欤
　　復
君真自㒵郎也欽羨二二於是欸淵捧腹大笑因
　　禀
　　　　　　　告此言学士二書記

29

別兩實非薄情也、公等察焉僕志在野有蔓艸、

復

邂逅相遇適我願兮、君之情於是乎見矣殊愈新

秋月

製者吾董將賦北風二章答之、

再復

龍淵

惠而好我攜手同歸有味哉然境外人不能從諸

公可恨、

稟

列國賦詩見志吾子行言道俺將賦青二子袗

二我心縱我無言子之所嗣音

祁旦當是之
時使子誼失
辭大取笑於
異邦也余讀
至此不得不
為子誼擊節
也、

28

禀

足下所師事何人ヵ

　復

本姓餘谷承種字子緯稱熊耳先生實系大丹氏郎
西藩唐津處文學耆儒老成方今蔚者文宗公等
往將知之茲不二一、

龍淵

禀南學士

盍兵其學所出應窽、君愛前期、

不佞不敏於詩文旦懼以拙累諸公以故默而奉

27

〇有

稟南学士

貴邦人慣馬技近於城中奏之云是但當十塲之觀

復

亲将嚐資乎

秋月

亦資武事耳非備虛觀弊邦久傳之不知始于何世

稟

豈非晉書所載中朝元會當塲觀者乎典馬目適興

彼所記同如何

復

秋月

未可知其初自中國傳来者爲然

秋月

26

枉顧仍拜瓊篇雅典偉麗可謂東方奇才也更問貴

年幾何

　　復

賤享三十有三

　　再復

僕則幾六十比足下倍年也至今無可取俺謂君曰

東方奇才者非虛語也

　　重再復

過稱之地入柳惟

丈人老成而典刑可以儀式也

耆德豈弗仰之

稟玄川

屬者所賜各和中、公瓊章情誼殷信如胡人顧
五千里外人何以至此也其同好所致亲將得從容
傾注予心膽耳、

　復

拙和無可論但以志萬里同文之情而已西歸在目
忽二失言未得從容遺恨二二

　稟金書記

　復

日屬元君呈木景辱賜瓊瑤多幸也、　玄川

退石

24

貴庚幾何、

復

賤齒三十有三、

又稟諸公

復

向奉贈燕言即不擇斤、諸公高和託慕菴君送之、如得天球聞西歸在近今者特奉百別耳、

再奉欽幸別思使人怊悵、

同

此懷亦然、

龍淵

玄川

白諸公

同伴人有事促余即應共去僕不揖去公等勿起又

嗣見

　　復

　　　　　　龍淵

他日待之二々、

稟諸君　三月六日

交歡未畢幹紛如不侯、起居無状謂之何想恕々復

百福多慶々々

　　復

　　　　秋月

頃日遅々君今見狂謝何盡從容熟話是布

22

之

聞、貴邦之書禁出於襄外然初吾不信、之今奉使
来、將購書則、貴邦吏、拒以國禁我輩大惑焉方今
以同文之治二邦如一國況修好善隣而至乎、何見
之不公哉、

　　復

君不見歐陽修詩、逸書百篇今猶存我邦傳古書
久矣又曰令嚴不許傳中國我邦不欲妄傳之自昔
然、爲患散失也、如彼中國以不嚴失乎自衣冠儀法、
至諸墳籍先王遺典率屬焉有此宣不妄傳之誤乎、

龍淵笑不服

21

韓魏叢書中真僞相雜、能辨別乎不や

復

直假者先輩既已僞之、其中如越絶書則決非子貢
作、兵文章與事實多相齟齬或謂陸賈作也、其文與新
語畧相似然耳外如孔叢子則朱子疑之、然僕謂
不出於後漢其文雖靡弱非東漢氣象也、高明以
爲如何、

　再復

俺見亦然、

　稟

　　　　秋月

　　龍淵

天朝秘庫亦百藏郡國学校者字様明楷大異、明本
不翅經史諸子如方書外臺秘要即宋板也、宋板經
足利郷学校而其書朝鮮本云、住征朝鮮之時長
門毛利氏齋未藏之学校文庫也、余以此不沓者
避征韓之事也

邦曰
以此不沓韓例
當改不以此答

再復

公所称目咸涉目子

秋月

粗閲之其際廿一史、則至新唐書餘未悉韓魏叢書

重再復

并津速秘書等渉之、秋月撥筆傍書
日博覽可裁

邦曰
共隊二宗
當改而字

禀

秋月

19

博覽之志乎彼中國所無間有焉經則宋板七經孟

子及古文孝經類傳注則皇侃義疏孟子直解等若

此彼邦今則靡有云其他子史傳奇悉存矣通典通

孝通史通記等字廿所朝習夕誦家藏之

　　　稟

今所宗目海舶所送乎近送乎乎

　　復　　　　　秋月

不然海舶來書率萬曆嘉靖刻也其中毛晉所藏十

三經十七史韓魏叢書津逮秘書如此等慶長年号

以来送乞僕所答宋板者中言以来藏

祁曰、
韓魏叢書是
漢魏叢書之
誤下同、

18

邦賢書卜上、當有一開究。

重再復

過稱使久赧然行下。

禀南学士

復

貴邦刋本行世者少有之乎。

秋月

然経史子傳多以官本行非翰林学士農夫之家藏
之實難於中途逆旅適觀通典貴邦信富於書所者
奇書目可得聞矣。

再復

邦曰。
造次猶顛倒
當改猶造次。

敝邦所有亦不知幾數也以僕寡聞造次猶難譬況

　　復

是不得已耳固非以有道可論大可愧報然薄命豈
　　稟

一子諽哉自咎咸雨是以耳心爾

　　　　龍淵

　　復

君他作中有言志者矣諸云

去秋賦登兩行今淨寫呈之回寫之致龍淵
　　再復
　　　　龍淵

君志於見子見矣而體愈近體要之不易得之才也
自勉

君居在此地、相距幾何、
　復
邇羅祝融之災、居未定萍梗耳、
　　　稟
　　　　龍淵

泉東園公也、然焉、足下可弔、文史無恙否、
　復
　　　龍淵

焚毀之餘亡幾、唯助吾此身存兵、亦矢哦如之何、
　　　稟
　　　　龍淵

嗟矣、足下真有道之士也、吾聞有道之士者不屈
心於憂患、可歎、

郑曰、龍淵好人
善問可問善
言可言足以應
對可聽下筆成
文使韓人皆如
草考之鄰客則
子誠亦不得如
此圓將撤肩而
避走兵、

15

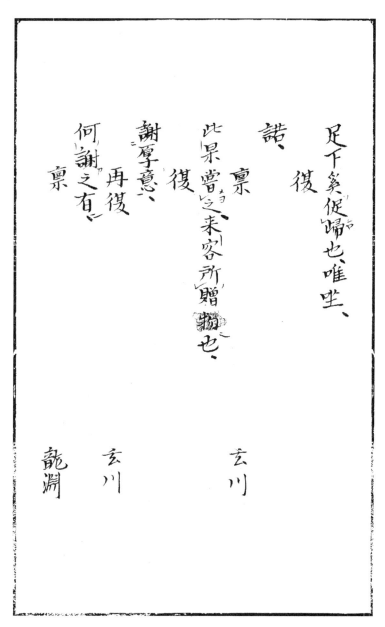

足下奚促歸也唯坐、

復

諾、

稟　　　　　　　　　　　　玄川

此景嘗之来客所贈物也、

復

謝厚意、

再復　　　　　　　　　　　玄川

何謝之有、

稟　　　　　　　　　　　　龍淵

諫諍何何至此也、公文才可謂繡虎之手耳若救和

則請寬一日金書記有事在從事官所歸舍致之

稟成書記

公等馬島以来顧當倦應酬不敢望瓊報莫須况思

請辭去

　　　　　　　　　龍淵

　可小坐 君輩来今日適無容從容談文事耳、

　　　　再復

諾

　稟

　　　　秋月

稟成書記．刺日前

僕日不遍賤氏名則如所報南学士蕪詞一章敢奉

呈几下唯亡人縞帯之意也

　復

　　　　　　　龍淵

君非今日賜貴顧若且失　足下幸見訪亦惠佳章

攸載鳥勝

稟元書記　刺同前

於作瀆龍右蚩鄙益露唯北冀以萬里同好之誼莫黙

　復

則幸二外別詩要呈金書記煩公

　　　　玄川

稟南学士

嚮於客堂與西湖子親望　眉宇於期時尚猶不通
賊姓名今殊通刺耶亦有故而存焉往将朋之請勿
輕也不佞有於作奉呈之左右豈敢望瓊之報矣
雖然僕亦縫掖之徒也伏乞勿外

　　復

日作在客坐目擊　足下即不問　貴姓名者實吾
輩罪也今日貢瞻始識　君非常人兵重之見惠錦
章宏麗可觀即應奉拙和僕等分其獨奈吾輩連頁
侍債請少緩日决不背盛意

秋月

祁評此詩渾是
籤弱而頸聯可
憂頭聯可憐俱
是非村學究之
所辨也。

解纜滄溟涉振衣碧海濱悠三旌旆轉疑是步虛人。

和石東園寄贈韻
退石

君是商山老吾居錦水津聊將採芝曲遙寄飲氷臣。
別恨梅燈下歸程馬嶋濱一詩應替高須憶北還人。

同前
台州

生來多意氣老去員平津三歲留郎署一朝陪使臣。
蹉跎東海上憔悴扶桑濱心事都如此殷勤異城人。

刺
二月廿五日

僕姓石谷宣明字子諠称東園逸民以教授為業假
相西湖子來

10

春樹鳴疎雨輕烟繞芊林正倚賓在席忘叛子之袴
不識凌雲志空孤流水心下二伐木響幽鳥自和音

　　　　同前　　　　　　　　　　　　　台州

衒徊方丈下飛月照瑤林王露凝玆金風滿素襟
飄飄晴日興駘蕩白雲心仙軀由来美更聞韶濩音

　　　　奉贈金書記退石　　　　　　　東園

聞君登上第晩進見平津誦頌周良史傳經漢老臣
濯纓滄浪水攜節扶桑濱應有囊中石試看賣卜人

　　　　同前　　　　　　　　　　　　台州

書記元高足嗣二要路津十年禰獻納萬里見君臣

9

祁評此詩鐘嶸
以下直是盛唐
気格可惜前四
句末免識者議
論也

雲鴻仙侶自為儔飛到日東大武州忽觀芙蓉永雪

色更逢滄海龜鼉遊王池瀁蕩春光動金闕嶂嶸花

氣流別有美人憐遠客琅玗不惜牛中投

奉贈元書記玄川 才名重鑾字子 東園

異城憐同道相逢翰墨林新花留彩筆嘍映青衿

文史三冬叢使臣千里心漫歌巴窣調猶領問知音

同前

台州

吾愛元書記優遊翰墨林梁園抽秘思東國散幽襟

路遠青雲志調高白雪心請看翩枏者萬古為知音

和石東園

玄川

8

川流龍淵探玉龍宮裡照棄深知不妄投。

同前

書記仙才自罕儔。飄颻直向扶桑州衣知縫掖真儒

服。冠是坊雲屬遠遊到日揮毫溟渤來時泛硯滄

瀛流硯池滿沈驪龍睡竊羨明珠隨意投

和石東園

神鵬逸鶴與為儔過盡長程二十州梅下再逢湖客

至竹間初伴鳳仙遊小池泉脈涓涓細層倒霞光潋

二流桃李東園祗自好一箇空向遠人投。

同前

熊邦

弟許此詩雖舊
頗此秋月佳覧
兄。

7

邦評此詩無可
取但第二聯可
誦耳、

衣冠山川極目春愁動翰墨場頭小作歡

　　　　同前　　　　　　熊邦

州撤才微愧幕官歐王曾佐相公韓驅車箱嶺雲生
堅落筆琶洲月湧瀾重國邦能齊晁呂教人唯解觀

嵞儒衰晚忝微官那得論才比李韓縱有幽情堪捉
月更無文思足迴瀾性貪坣堅常攜枝心厭廟堂欲
掛冠頗蓋由來存月擊逢君還作平生歡

　　奉贈成書記龍淵　執名大中字士　東園

書記才名元豪傳爾二相和日東州壯心踏海盧敖
興藻思觀風司馬遊鳴佩自侵琳閣起揮毫近入墨

天明統志　捉月
亮在米石山世
傳本白蝠来石
在水中捉月後
人因以名亭、

闕文　障百川而
東之廻狂瀾扵
既倒、

邦評比詩渾成
可擬學第七句
未無可議耳、

6

韓館應酬錄

奉贈 秋月南学士 韜王字時
号秋月

石宜明

賢路嗟君早進官聲名元自滿西韓突裙袒眎鴻臚
郎掬管壮観東海瀾家憶白圭三復句邦傳章

時冠誦詩專對稱良佐辭命應修二國歓

　同前

知君大邦一儒官詩自謂仙文比韓況屬三年浮瀬
瀬偏能萬里破波瀾琶湖浸月迎鼍寫蜃嶺生雲送
鵑冠如此遠遊應有賦從容誦示強為歓。

　次石東園

邦詩此詩對世
瀾㘿气象雄渾
未易議也

弟之獲鄉人之罪矣。遂用其韻毎篇和之增入子諲
錄中以藏巾筍。雖不免嘆毋對西施之誚乎。蓋亦聞
樂而竊抃者之屬也。

甲申八月下澣之日 台州山人熊阪邦撰

4

韓館應酬錄序

大凡鄉人之罷吾二三兄弟也。曰。東夷之子。何能為
也。惟不事事而費筆墨耳或有容遊于東都者則曰。
彼則遼東之豕哉自知其可愧也殊不知文章之道、
有父不能傳子君不能取臣者而雖深山窮谷之士
子或有獨得之者也吾友石子誼容遊于東都者有
年矣。今茲甲申韓人来聘子誼乃投刺與其三書記
学士良醫輩接焉遂以其韓館應酬錄者寄示吾二
三兄弟余讀之數四。喟然歎曰噫是子誼之士苴耳。
奚足以盡子誼哉俄而喜曰吁是可以贖吾二三兄

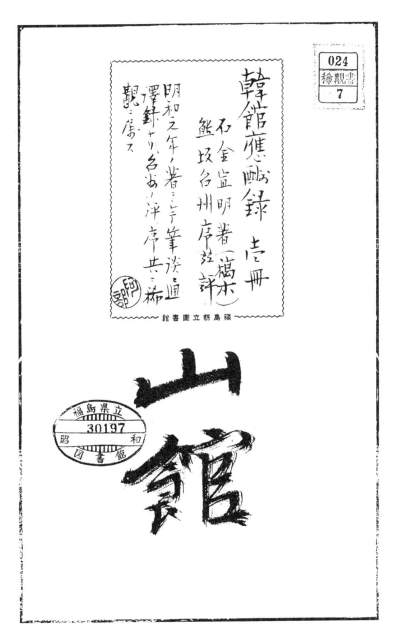

韓館應酬錄　壹冊

石金監明著（橋本）

熊坂台州序並評

明和之年ノ著ニシテ筆談ノ通

澤錄ナリ名ある洋序共ニ稀

覯ニ属ス

山館

飛鳥山館

1

奉贈洪黙齋　　　　　岡明倫

共接風流異城人論心連揖喜交新

豈料文會逢君結邂逅殊知情更親

奉和龜峰　　　　洪善輔

有情無語意中人能事從看放筆新

我與圓時君亦咏孰知踈慶是為親

61

奉呈洪君默齋　　　　　糟尾惠迪

君自武官從壯遊文章餘事亦名流

良緣今日知何幸詩賦翩翩共一樓

奉和糟尾杏園　　　　洪善輔

百年通信卜清遊四座題詩摠道流

別後杏園明月夜思人萬里獨憑樓

案頭幸得瓊瑤報席上忽驚明月投

　　再和奉謝紫峰　　　　　　洪善輔

直喜蓬萊賦遠遊豈料文士得瀛洲

騷壇謾戲同棋局斂手逢時無大投

奉呈洪君黙齋　　　　　　　　　青葉養浩

洪崖今日事仙遊萬里泛舩求十洲
又識風流多藻思短章聊擬木瓜投

奉和紫峰　　　　　　　　洪善輔

誰道子長最壯遊未聞節屐到瀛洲
今我未遊鰲背月攀仙海上見詩投

再贈黙齋　　　　青葉養浩

豈料與君同雅遊詩名更足動蜻洲

57

別離無奈瞑鐘促欲借曾陽廻日戈

和岡井赤城　　　洪善輔

水陸風霜〻滿靴烟霞猶得朗吟多

昇平日月吾儕事兩國文治際偃戈

贈洪默齋君　　　　　　　　岡井鵰

多君學武更能文丰采風流有素聞
今日詞壇相見慶筆鋒掃盡幾千軍

和岡井赤城　　　　　　　　洪善輔

默齋崇武不崇文所見堪羞異所聞
贈君墨墨強於楚三舍鳴金欲退軍

贈洪默齋君　　　　　　　　岡井鵰

戰笠軍袍鴉色靴才兼文武更足多

用前韻再送黙齋　山岴藏

何愁壯士鬢毛班　雄劍氣寒牛斗間

歸路西天雲五色　知君月桂獨高攀

詩成何遜看梅興　纓愧終軍繫越才
囬首異鄉烟柳晚　故園歸思正悠哉

送別黙齋　　　　　　　山峀藏

紺苑春深花樹班　門開万仭赤霞間
原知坐上神仙客　別後樓臺難再攀

奉和文淵　　　　　洪善輔

離亭梅竹映相班　十日清遊一夢間
渭水春天他夕思　岩阿獨立桂花攀

呈默齋君　　　　　　　山岫藏

烟霞春滿赤城隈萬里逢迎賓舘開
湖海仙遊看壯思山川秀氣入高臺
豪雄誰敵斗南士文物元知江左才
今日瓊莚興詩社千年此會亦奇哉

奉和文淵　　　　　　　洪善輔

二年為客滿江城強趣清遊翰墨開
天地東南逢俊傑山河表裏聲樓臺

51

無奈二都離別恨西東萬里隔天涯

奉和西湖贐行韻　　洪善輔

春晚寒梅泛古槎西湖怊悵暮雲斜

相離此日逢何日萬事無涯且有涯

50

奉呈默齋洪君　　　　　　　　松本為義

江邊繫得木蘭舟聞道詩名動北州

好是連城珠玉色請君席上向吾投

奉和西湖　　　　　　　　　　洪善輔

神鰲背上繫仙舟緩踏蓬萊六十州

忽遇西湖高處士請詩一首向余投

送默齋洪君　　　　　　　　　松本為美

江城三月送仙搓海上春風楊柳斜

49

奉呈黙齋洪君　　　　　　　　笠井戴清

青春花滿武昌城黃鳥遷喬音更清
今日賓筵逢雅客好將詩筆罄歡情

奉和笠井綾山　　　　　　洪善輔

強隨詩伴破愁城一唱一酬分韻清
識看關雲千里色明朝應釀遠離情

47

奉呈黙齋洪君　　　　　　　宮武方甄

四海元知皆弟兄相逢此處見交情

驪壇終日多佳興況復春風宿雨晴

奉和小山　　　　　　　　　洪善輔

一年春色淡梅兄三嗅清光遠世情

是日禪樓開勝會江城晚雨又新晴

壇場定識詝兵去千歲長傳海外名

再和奉謝雲臺　　　　　洪善輔

故卿歸思海天橫從倚東風落日城

邂逅雲臺高名客富山以北冊詩名

44

奉呈黙齋洪君　　　　　　飯田良

寶劍春寒萬里橫客星先照武昌城

驚人彩筆花相似紫氣懸作賦名

奉和飯田雲莖　　　　洪善輔

隱映青霞眉睫橫文波欲撼五言城

我今混迹寡孤伴不顧詩家漏姓名

用前韻贈洪君　　　飯田良

憐爾豪雄座上橫好看春色滿江城

步前韻謝黙齋　　片岡有庸

風流鄰土客暫此對華簪縞紵交偏

厚裸袍情更深雄才修武事藻思冠

詞林不厭斜陽蕩共歌白雪吟

再次前韻和氷川　洪善輔

禪樓開白戰春日簇烏簪藻思瞻山

聲炎情較海深人應傳勝會雨故過

遶林不盡文波浩朝来又一令

42

奉贈默齋洪君　　　片岡有庸

今日總傾蓋何時此盡簪雨餘無柳
乱風後落花深蝶夢迷芳艸客心慕
故林春天明月夜定識越鄉吟

奉和片岡永川　　洪善輔

詩學元同道遊觀共合簪故鄉千里
遠異國一心深柳綠禽啼岸梅紅蝶
趁林相思他夜夢應到画樓吟

羨君霄漢秉搓興欲破滄溟萬里濤

　再和奉謝太岳　　　　　洪善輔

館中太學里中豪翰墨淋漓眼自高

本願樓疑天上坐上床銀漢夜聽濤

40

席上呈黙齋洪君　河口俊彦

相逢詞客各賢豪　白雪篇成調自高

不是仙卽棄遠興　那有萬里涉波濤　洪善輔

奉和河口太岳

春風畫閣簇詩豪　兩坐清談一會高

自愧文章非繡虎　難將炭水瀉如濤　河口俊彦

用前韻呈黙齋

使者風流詞職豪　縱橫彩筆五雲高

韓國多才子武林獨見君鄉心悲夜
月容夢逐春雲浮水萍難聚凌空鶴
不群無因將翰墨再此揮清芬
　和盅齋　　　　　　　洪善輔
如水交情淡驪歌欲贈君花明三山
雨柳暗十洲雲開饑多詩伴舍書炎
雁群江樓分手慶春物正芳芬

38

語鳥名花供幾處 日南形勝勝平泉

‧用前韻謝黙齋　　　　久保泰亨

陽春歌就唱来新 羞我短才難答實

文雅不惟供好事 知君自是太平人

三和黙齋　　　　　　　洪善輔

路隔西南識面新 華筵秩秩好迎賓

清詞三疊思途健 許爾江都第一人

贈黙齋叙離情　　　　　久保泰亨

曾聞劍氣夜衝天想像精靈少好緣
幸有奇心通象緯人間復得見龍泉
以默齋並坐詩遂有詩為謝輒此

和呈　　　　　　　　　　南玉

洪厓老子共談天眉拍群仙小結緣
從此疎慵三鼓竭魯戈剛借退虞泉

再和盡齋　　　　　　洪善輔

壯觀萬里又開天二國青遊儘有緣

36

奉呈洪默齋君　久保泰亨

江城春色雨中新
翰墨追隨西土賓
知是韓邦文化盛
詞場又認武冠人

奉和久保盅齋　洪善輔

金門煙柳一番新
勝會春風樂主賓
健筆雄詞催四座
武夫堪愧對騷人

因秋月淂見默齋賦贈二子

久保泰亨

江關春滿佇文雄和就偏知楚調工
畫虎還羞吾黨事揚〻意氣得相同
送別默齋洪君　　原馨
故園春柳更陰〻客有將歸夢裡深
一自高臺分袂後風流諸子日相尋

34

奉呈黙齋洪君　　　　　　　　原聲

知君舊自事豪雄　遝以風流詩賦工
萬里名聲留異域　麒麟閣上復誰同

奉和原蘭洲　　　　　　　洪善輔

樓似岳陽孰坿雄　詩如瘦馬步難工
升天題挂初年志　自笑伊末畫處同

用前韻奉和黙齋洪君　　　　　原聲

春晝雖長還覺短 共忻秉燭謾題詩

和鶴市　　　　　　　　洪善輔

早晚離亭海鶴悲 江天春柳細如絲

應知別後相思夢 明月禪樓更咏詩

奉贈洪黙齋　　　　中村弘道

春風何事客心悲草色如烟柳掛絲

相値不論文與武交情聊寄一篇詩

奉和鶴市　　　　　洪善輔

春物徒增遠客悲真仙来遇鬢先絲

蓬萊遍踏惟何事馬上空題萬首詩

用前韻再贈黙齋　　中村弘道

相逢莫説異鄉悲林苑催花雨似絲

知是風流雅好文　一堂相見慰離群

試因奇字携春酒　孰與當年揚子雲

奉和開松窓　　　洪善輔

千裡黄庭玉字文　仙風卓爾逈難群

陌頭草緑家何處　攀挂歌中聽白雲

席上奉贈 黙齋洪君　　關脩齡

江陵風雨客心新況見梅花飛作塵
邂逅相逢萍水會多情己到異鄉人

奉和關松窓　　　　　　　洪善輔

宿雨初晴傾蓋新二邦文會遠囂塵
多君敏捷清詞賦知我覊遊萬里人

戲贈黙齋文座側有小童書朝鮮諺
作此余請漢譯而不肯故

28

呈默齋洪君　　　　　　　　　　　　　渋井平

隗俄尤奇狀不知何處仙云未從縦

氏如鶴駕薈烟

奉和太室　　　　　　　　洪善輔

兩邦文以會江閣坐群仙未至参詩

席金門帶夕烟

27

席上呈黙齋洪君　　　今井兼規

英風逸氣動相聞　客裡猶語龍鳥文

高會風流交不薄　壯心元領水犀軍

奉和今井崑山　　　洪善輔

遠邦名實錯風聞　武藝寧兼好屬文

書劒不成頭欲皓　居延城外夢從軍

席上呈默齋洪君　　　木部敦

各地分東北豈無兄弟親文章宜會

友翰墨此交人神相窺高志雄才知

絕倫野花將發日歸雁可憐春

　　奉和木部滄洲　　　洪善輔

同胞男子志四海郎交親莫訝朝鮮

客共遊日域人衣冠雖異制詞賦抱

超倫故國何特迢江都已暮春

23

逢場最愛氣文武欲報短章慚拙遲

再奉謝芝山　　洪善輔

一鞭馬上萬篇詩美水佳山放筆時

文會兩邦催鼓角不妨今夕下樓遲

22

奉呈洪君默齋　　　　　　　　　　後藤世鈞

多君講武又耽詩幸遇聯壇談笑時

春雨陰々日將暮興來歸騎不辭遲

奉和芝山　　　　　　　　　　　洪善輔

青衿済々各言詩春晚東風二月時

萬里星搓何日返江都鴻雁亦遲々

用前韻贈默齋　　　　　　　　　後藤世鈞

異域同遊換話詩禪堂細雨暮鐘時

21

群從披襟應雀躍諸賢東箉待鷄鳴
山中翠色能迎響湖上清波好濯纓
此去無由綰楊柳陽關又止第三聲

奉呈黙齋洪君

都門十里彩雲端高閣携手共簾欄
帰馬春寒還自玉函山雪外路漫漫

奉和小室汶陽　　　　　　洪善輔

軟塵不見浮眉端小室山人下玉欄

亥地工夫須勉勵何圖世遠夜漫漫

寄黙齋君　　　　　　　小室當則

烟霞春滿武昌城都下輪蹄大道平

19

18

席上呈默齋洪君　　　飯田怡

舟車無恙度青春八陣雄風氣自神

長鈒橫天關塞月知君馳馬掃胡塵

奉和飯田靜廬　　　　洪善輔

萬里覊愁又一春兩邦文會近三神

子方詩禮林通學兼得仙風逈出塵

17

16

奉呈黙齋洪君　　　　松田久徵

春来奇遇對賓筵　文武兼全經幾年
君去風烟難再見　關山萬里問神仙

奉和松田鴻溝　　　　洪善輔

畫樓高處敞詩筵　文談日抵年
道氣眉間頻隱映　始知瀛海遇真仙

15

和黙齋　　　　　　　　　林信冨

然交情太俎䇭

偏憐異邦客燈下傾盍語抖君行路

難萬里綖嵓峕

蓬萊春日遇群仙秩秩威儀畫閣邊
燭下相逢新會面臨分爲贈七言篇

和默齋　　　　　　　　　　林信富

遙出天涯采藥仙旅慈暫憇白雲邊
身荷弓矢風流士揮筆裁詩錦繡篇

贈林觀亭　　　　　　　　　　洪善輔

終日君獨咏吾輩無一語雖緣事故

洪善輔

寄黙齋洪君　　　　　　　林信富

客舶暫懸天一涯　相逢賓幕共裁詩
何論兩地言語異　萍水交游如舊知

奉和林觀亭

交情深淺孰窺涯　不語相看但咏詩
蕭寺春霄盧下青燈一笑又新知
燈下會逢故
末句及之

奉和林觀亭寄元奉事韻

佳山美水多題品
隨處風光入弄毫

奉寄黙齋洪君　　　　土田貞儀

席上何圖辛樓名縱擴彩筆白雲清

相逢不肯通言語更以詩篇解兩情

寄黙齋洪君　　　　　土田貞儀

冠蓋映花春色高聯詩席上見雄豪

已驚腰下千金劍自拂雲烟照彩毫

奉和土田虹谷　　　　洪善輔

百尺春樓墨壘高三年起意較誰豪

文武兼知豪俊氣　儼然晋代杜當陽

再和秦謝龍澗　　　　洪善輔

鳳笙曾許遇仙郎　綽節南隨遠出疆

偶過詩筵驚巨擘　畫樓投筆下斜陽

奉寄黙齋洪君　　　　　　　　　　　　德力良弼

薄暮遙聞遠寺鐘麗譙坐久紫烟濃

風流不減洪崖趣疑在蓬萊第一峯

奉和德力龍澗　　　　　　　　　　洪善輔

覊思迢く五暮鐘異郷烟柳十分濃

試看富岳高千尺知子文章較上峯

再贈黙齋　　　　　　　　　　　　德力良弼

高堂雅宴對仙郎詩賦凌雲動四疆

7

韓館唱和別集

國子祭酒林信言藏書

南學士筆語

彼是黙齋洪君雖非文官詩才翩二

贈賜唱和幸甚

黙齋名刺

姓洪名善輔字聖老號黙齋以伴人

来而官通德郎

有唱和者然則此卷不亦奇哉
觀者亘知韓邦之不乏于文華
也矣
寶曆甲申暮春下浣
　國子祭酒林信言子恭識

4

韓舘唱和別集序

予門生等會于韓舘之日也洪
善輔亦在其席南學士諸投詩
以故門生多相贈酬者詩亦不
少矣竟別爲一卷蓋武官而好
文辭者
列朝之聘不能無之而予未聞

3

2

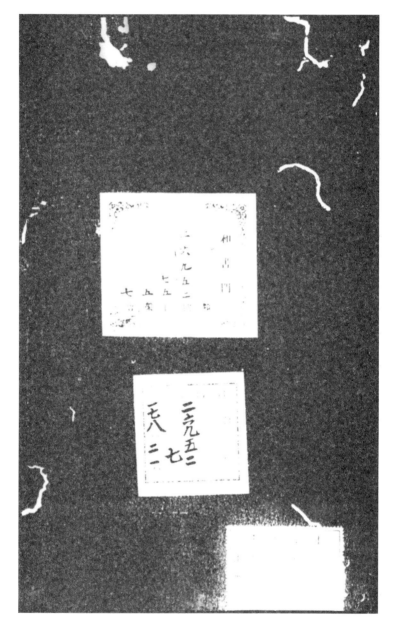

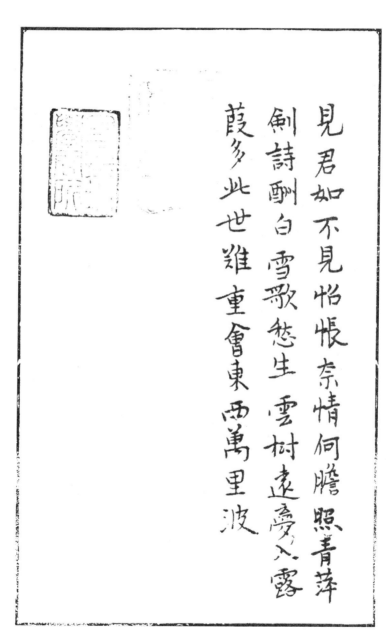

見君如不見悄悵奈情何
膽照青萍劒詩酬白雪歌
愁生雲樹遠夢入露葭多
此世難重會東西萬里波

110

僕姓飯田名怙字子淡號靜廬享保
巳亥及延享戊辰之兩會名燦字文
緯號芳山者即僕也武藏人林祭酒
門人彥根族儒臣犬馬之齡巳踰耳
順三遇盛事得與諸君周旋此館實
是為幸何加請勿外

飯田怙再拜

奉呈學士南公　　　　　　飯田愃

大鵬元自出雞群一擊詞場橫萬軍
鳳櫃經筵蓮炬罷芳聲高響日邊雲

和飯田靜廬　　　　　　　　南玉

春晚江山送雁群邊愁落日似從軍
多情最是逢筵月惹恨還看別路雲

奉呈察訪成君　　　　　　飯田愃

使星高照鳳皇臺玉節翩〻度海來

25

歡過神仙遊閬苑人間何必訪蓬萊

和飯田靜廬　　　　成大中

金屏綺席敞禪臺霜髮蕭々引燭來

似過安期論道奧上方花月是瀛萊　飯田恬

奉呈奉事元君

宮中才子冠詩林獨步元和學自深

容裡烔花春色徧請君莫惜異鄉吟

和飯田靜廬　　　　元重舉

春雨疎〻響半林 二更檻燭椛宮潯

寒林獨抱相如賦 杏閣空孤七發吟

奉呈進士金君　　　　　　飯田怡

萬里應憐使者車 雞林如夢隔天涯

芙蓉高照千秋雪 散作仙郎衣上花

和飯田静廬　　　　　　　金仁謙

仙翁笑拂五雲車 三接皇華紫海涯

一別東西難再見 離依蕗盡武州花

27

再呈秋月南君　　　　飯田愃

兩國交歡修聘年錦帆遙向海東懸

開門雲擁青牛客臺閣風高金馬賢

才壓曹劉臨綺席學窮鄒魯冠經遊

朝廷專對人稱羨行見星軺映日邊

和飯田靜廬　　　　南玉

皇華三見渡瀛年南極星輝海上懸

詞藻昨進阿瀯劮風泃今見太丘賢

28

池花不掃薰禪院 浦雨難開濕客氈

前度詩人多遠憶 殷勤問訊斷鴻邊

　　再呈龍淵成君　　飯田恬

萍水相逢情更親 逍遙和氣對芳辰

錦帆波湧凌滄海 玉節花開訪寶隣

詩賦驚人圭辟 衣冠報主廟堂珍

為思玄冕榮旋日 萬里功名恩寵新

　　和飯田靜廬　　　成大中

湖海初歡似舊親此樓三閱向槎辰

盈階蘭玉知傳學鳴國笙簧早善隣

祭酒館中饒講侶皇華席上作儒珍

相逢之處旋相別惆悵藤扉顧色新

飯田忻

再呈玄川元君

花映高堂珧莚交情如故不堪悵

歸心遙指難林月旅夢猶寒蜻蛾天

郁郁新詩冠錦淸翩翩彩筆起雲烟

只愁衣佩樂風去白首空彈別鶴絃

和飯田靜廬

梭桂谷裡竹作迸華堂淡澹淨堪憐　　元重峰

孤雲細雨虛春夜獨樹殘花擁晚天

清燭人傳荷出水短篇詩對紙生烟

愛有茆屋幽篁裡莞甫歸將處士絃

再呈退石金君　　　飯田怡

使節遙從天外來承恩萬里訪蓬萊

舟舮夜泊滄溟浪冠佩朝登白雪臺

修聘身嚴專對禮交歡情見不群才

詞臣待得星軺到相遇文圍賦快哉

和飮田靜廬　　　金仁謙

秦童當日避瀛來徐福樓舡艤丈羙

藥艸長青熊野岫漆書猶在熱田臺

姬家舊法導官制戰國遺風尚武才

能振柔邦文氣弱林川師弟忩佳哉

此日元書記病不出席賦一絕訪

飯田恬

春日蕭然臥玉樓思君此處望悠々

男児元自四方志客裡休成莊舄愁

和飯田靜廬

元重舉

人在禪房客在樓病中孤抱燭前悠

殷勤一軸留相問風雨三更慰我愁

傑姓今井名薫規字子範號嵓山武
藏人林祭酒門人佐倉侯儒臣戊辰
之聘既得與貴國諸賢周旋此堂今
天假良緣又与諸君會于此實望外
之喜也

今井薫規再拜

奉呈學士南公　　　　　今井蕉規

海上蓬萊白日遲神仙携手即佳期
樓前咫尺春雲遍裁作文章五色奇

和今井崑山　　　　　南玉

春茗禪樓留客遲海天寥廓覓牙期
崑山片玉生烟縕不過良工竟不奇

疊前韻呈南公　　　　今井蕉規

草亭春雨自遲〻別後乾坤未有期

37

詩卷長留耿弃寞因君千載独窺竒

和今井崑山　南玉

乳燕鳴鳩淑景遲南金代馬喜帰期

聞君欲作河橋送驛樹詩燈更一竒

奉呈察訪成君　今井魚規

臺殿春停錦障泥武陵溪水日堪題

休嬽我輩頻來往萬樹花深桃李蹊

和今井崑山

戊乙卩

梅落袛庭踏作泥客愁偏向雨中題
跫音一去無消息煙樹依依竹外蹊
　疊前韻呈成君　　　　今井兼規
遙指行程桃李色烟霞幾處自成蹊
春深輕燕數啣泥遠興誰人好共題
　和今井崑山　　　　成大中
驄馬金鞭繡障泥品川花柳盡情題
崑山早有三亭約遠夜隨人月滿蹊

奉呈奉事元君　　今井兼規

芙蓉嶽雪黨青天　詞客新裁即里篇
豫懷江東分手後猶留高調寫朱絃

和今井崑山　　元重峯

毫墨淋漓倚夕天風流映發簇新篇
深屏病客愁無語自起桃燈午撫絃

疊前韻呈元君　　今井兼規

使節朝辭萬里天憐君回首賦雄篇

40

春花窈窕江開路應聽鶯歌似管絃

和今井崑山

　　　　　　　　元重擧

三春高臥武州天花雨禪樓錯繡篇

笥裡崑山留片玉髙山流水手將絃

　　　　　　　　今井兼規

奉呈進士金君

溪上烟霞萬里陰舟舩暫繫武陵深

君今試詠桃花色別後春風何處尋

和今井崑山

　　　　　　　　金仁謙

41

紅梅花落竹移陰　法界春雲一院深

高燭華筵蕭寺夜　曹山九老共來尋

疊前韻呈金君

　　　　　　　　　今井兼規

梅花春老落庭隂　使者廻車別路深

一自調塢分袂後　餘香日ゝ更相尋

和今井崑山別章

　　　　　　金仁謙

春日遲ゝ竹移陰　漢陽歸客別愁深

淮南花ゝ無後約　夢魂千里下淮尋

席上奉呈四君子　　　　　　　今井燕規

大國雄才溱翰名寧知此夕結交情
賦中濤擁秋風起筆底花隨春樹生
白玉仙人笙龍席黃金神駿各先鳴
況黃堂上明珠色並照東方十五城

次今井崑山　　　　　　　南玉

紅紙刺中道姓名青麈筆下散襟情
論交亦必先同調言別還將限此生

瞑雁微茫橫浦去春禽款曲隔林鳴

月明花落成追憶桑宿依〻是武城

同　　　　　成大中

戊辰攜上巳傳名半面相看亦有情

夜靜樓鐘清籟合雨過庭木雜花生

河山不省千重隔笙瑟先聞數子鳴

大室開人無致意易知難忘是江城

同　　　　　元重擧

未樓芝眉光識名瀟然留記淺深情

源家日月橫秦樹祭酒門屏集眚生

稀燭華莚毫正落半林陳雨磬永鳴

呻吟正揭梅風淚清漏迢迢繞碧城

同　　　　　金仁謙

紅牋書刺客通名傾蓋還如故舊情

墻壘多慚唐四傑菁莪今見魯諸生

重扶華髮參文會再接初筵賦鹿鳴

永夜難忘燈下面別懷天潤浪華城

席上再呈南公　　今井兼規

縞紵相携大海東唧恩便入此樓中

楚才吾黨還堪愧邱調君家本易工

江上歸聲千里雁路傍飛影五花驄

一時傾蓋歡無極擬学延陵論國風

次今井兼山　　　南玉

天路多岐地軸東蓬壺消息有無中

神仙近處頭全皓山水佳時句未工

淀口煙花傳玄鶴箱根雲棧懒歸驄

紙鳶恰似吾鄉見放眼樓頭倚北風

席上再呈成君

今井兼規

四壁金屏相綺麗喜君詞賦鑿交歡

法堂高會夜將闌燭影深添春色寒

次今井崑山

成大中

江閣春色七夕闌細雨花枝尚作寒

一水浮萍輕聚散寺樓良夜不成歡

　　席上再呈金君　　　今井兼規

符節東來奉使年鴻臚高館報周旋

愁心夜月西峰色客夢御關北斗邊

五彩春雲生翰墨三山佳氣護樓舩

莫言海表無同調邀我還摻白雪篇

　　次今井崑山　　　金仁謙

琳宮寀〻日如年斗北遲〻玉節旋

48

聽雨孤吟踈竹內　看雲清坐小池邊
千莖短髮皆成雪　萬里歸程尚繫舡
芳草落花東武寺　感君重寄贐行篇

儦姓原名馨字君惟號蘭洲武藏人

林祭酒門人昌平國學生員

原馨再拜

奉呈學士南公　　　　　原馨

星槎曾聽下晴空紫氣天涯滿海東

世譽預知楊白起朝儀薫見叔孫通

雲帆萬里春無恙詞賦千年興不窮

相遇鳳皇池上客交情況有故人風

和原蘭洲　　　　　　　南玉

蘭德馨香百卉空楚南芳澤在天東

幽人采谷級纊潔下女寧洲解佩通

53

直恐蕭茅春數化還悲鷗鵠歲先窮

衣荷帶惠吾行遠三噢悠〻倚晚風

用前韻謝秋月南公見和

原馨

詞客揮毫才不空見末白雪滿江東

春迎劍佩彩霞起馬過關山紫氣通

人世三秋顔易老樓臺一別路難窮

〻今月遇之園里 邡周口戍麦〻風

54

奉呈察訪成君　　　原馨

信使迢遙向日東　滄溟萬里望不窮

仙槎遠接斜陽外　蜃氣晴通瑞霜中

高閣新開燕市駿　長裾舊識漢臣風

圖南爭矯出天翼　一搏千尋下碧空

和原蘭洲　　　成大中

翰墨奇緣在海東　吳山越水興難窮

鸛棲縹緲煙標上　花架朦朧雨韜中

繡節久停諸佛界荷裳猶拂列仙風

幽蘭自有同心臭三日餘香席未空

用前韻謝龍淵成君見和

原馨

使者停車鳳闕東叨陪佳興喜無窮

錦袍春映金城下白雪寒生華館中

搖筆天邊開雨露題詩坐上對泂風

登高曾說龍門事書記翩翩各豈空

奉呈奉事元君 原韻

使星遙指武昌城報道中原五馬迎
鳳管聲翻黃鳥囀龍旗影動碧流清
新詩坐滿春前雪綵筆長留海外名
萬里滄溟雲霧隔相逢今日故人情 元重舉

和原蘭洲

滿檻朝霞對赤城武州烟村見春迎
魚龍海渡雲容渥珠貝樓臺霽色清

水月行窮天外界　瓊琚携滿斗南名

佽進兩國昇平日　嘉樹惟薪縞紵情

用前韻謝玄川元君見和

原馨

閤門煞氣度江城　鶴首東春使者迎

画裏劍于星影動　懷中璧映月明清

高臺詞翰偏催興　遠容風流舊識名

共喜乾坤文物在　千年一遇古今青

奉呈進士金君　　　　　　　　原罄

儒臣擁節入東方萬里關山路轉長

揮筆池頭龍影走吹笙天外鳳声揚

調高白雪芙蓉色名起青雲滄海傍

日ゝ談經石渠閣風流何減漢賢良

和原蘭洲　　　　　　　　金仁謙

有客迢ゝ自遠方春深東國日初長

玄禽盡幕喃ゝ語紅雨名園細ゝ揚

老石愁依孤塔下芳蘭喜對晚洲傍
憐君生在三洋外未效當年北學良
用前韻謝退石金君見和

原馨

詩賦由來擅四方相逢此日興偏長
真人氣向閉門發佳客名依山巚揚
繡虎才翻兒園裡青驄步靜鳳池傍
鄰親千載尚無艮卜得今天亦已久

再呈秋月南公龍淵成君玄川元
君退石金君

原馨

吹度東風二月天仙帆忽下破春烟
名聲舊聽燕臺容冠蓋頻傾漢使賢
座上青雲傳翰墨海邊佳氣護樓船
古今不改文章色吾輩難酬白雪篇

南玉

和原蘭洲

鸛鶴低飛欲雨天楚雲歸思極洲烟

武昌山水非吾土原憲蓬蒿獨逆賢

人與幽蘭藏別谷詩隨明月滿征船

花前硯北迟迟夜萬里分開函裏篇

同前

　　　　成大中

楊柳依依二月天道觀山外澹浮烟

淺毫只作長安俠憲瘈猶為闕里賢

海内巳空才子席江頭難覓孝廉船

南弓喜附千年意更和陽關第二篇

同前

　　　　元重舉

通湖水色澹浮天遠岸花光細織烱

蘭桂林中蘭入珮蓬萊宅裏窓有賢

瓊華獨助紫天樹芝彩空孤楚海船

歸日終南山下宅逢人只說陸游篇

同前

　　　　金仁謙

東風花雨滿諸天春晚長洲草似烟

高嶺菁蓊皆老拙雪樓詞客盡才賢

詩成南國花前榻夢落西湖月下船

聚散怱々無後約離悲都寫第三篇

僕輩顧不得再接嚴然之風範以

之為恨因復賦一律呈諸君聊述

別離之切情而已　　原馨

縹緲歸帆不可留天涯空指武城頭

江湖雲隔三十里詩賦花開六十州

乙丑上巳壽崑雪泥青山月汪芳朝流

卿關到日秋鴻動　何限別愁難欲投

和原蘭洲
南玉

東壑山川雨月留　歸人何事更田頭

佛家緣業桑中宿　仙界游觀禹外州

蘭榭三春薰氣味　茶烟一縷覓風漚

相思不以雲濤隔　膠漆元從黙處投

同前
成大中

林鳥汀雲判去留　一天離思大溟頭

征驂更畏箱根嶺　歸舩遙催柳浪州

蘭室清香烟外送　橘洲孤月雨餘流

參差別席遑重會　俱遣郵筒滯意投

同前　　　　　　　　元重擧

西歸猶得一春留　楊柳依々紫海頭

芳艸容尋箱嶺店　落花人臥武藏州

連天竹雨孤雲細　斜日蘭洲沽水流

歷々清篇未不已　勝如車轄井中投

66

同前　　　　　　　　　　金仁謙

金龍山外久淹留　一夜思鄉欲白頭
松篁路隔蒹西國　花鳥春深日下州
天外離愁悲瀚瀚　梅前詩會憶風流
西歸誰和峨洋曲　多謝瓊章數之投

送別秋月南公　　　　原馨

高堂把袂問歸期　莫道淹留日月移
綵筆縱橫傳海外　雲帆縹緲隔天涯

人間百載難握手意氣由來堪賦詩

若使秋風吹別恨孤鴻萬里寄相思　　南玉

和原蘭洲送別韻

忽漫相逢是別期記將顏面小燈移

白雲離合元無定滄海東西未有涯

未雁初隨歸雁聽催梅總了落梅詩

芳莚一判音塵隔明月同天兩地思

送別籠閣戍品　　原榮

握手暫時成壯游百年分袂更登樓

交情不盡乾坤裡試向月明投別愁

和原蘭洲送別韵　　成大中

華燭清霄不盡游海中雲樹雨中樓

行箱裁得離情去省識蘭洲渺渺愁

送別玄川元君　　原馨

縹緲歸帆乘碧流鄉園萬里路悠悠

三千世界皆兄弟別後恨無詩賦投

和原蘭洲送別韻　元重擧

春水汎汎溔不流海天歸思路兼悠

賓筵半面嗟緣短華什殷勤病枕投

送別退石金君　　原馨

君向鄉關別路遙河梁分手更蕭條

天涯萬里風烟隔東海常通朝暮潮　金仁謙

和原蘭洲送別韻　金仁謙

愁雲漠漠海天遙浦柳微風拂萬條

怡悵思君無限意 江州城外上春潮

僕姓木村名貞貫字君恕號蓮業尾
張人林祭酒門人勝山矦儒臣
木村貞貫再拜

奉呈學士南公　　　木村貞貫

萍水三春共雅迓　從容好賦鹿鳴篇

若華漂渺紅霞色　冨嶽嵯嵥白雪天

非是揮毫聊述志　誰將傾蓋此相憐

杜君彩鶒凌風浪　堪笑秦皇驅石年

和木村蓬業　　　南玉

燈前未覺是初逶　曾道玄虚賦海篇

識面禪樓花雨夜　聞名牛浦月明天

昊簧樂意禽相語蘋渚離愁雁可憐

更共魯堂同惜解雲帆一去不知年

奉呈察訪成君　　　　　木村貞貫

龍舟鼓吹殷如雷王事靡監實壯哉

盧氣層樓銀浪遠鼇頭三島彩雲開

交歡偏喜同文意進退兼稱專對才

使節曳星知幾日天河何問泛槎回

和木村蓬茮　　　　　成大中

猩

猩毛筆下起譚雷梁楚毛各信美哉

雅契似從瀧子樓雄詞如向井君開

周詩篇裏敎實意義易經中辨道才

半夜霞襟難獨挽蓬山悵望白雲囘

奉呈奉事元君　　　　　木村貞貫

行色翩々海氣晴彩雲近指武陽城

冠裳春暖驊騮躍絲管風飄鸞鳳鳴

日域烟花同笑樂鷄林文物裏聲名

微軀偏喜逢昭代容易瓊琚通兩情

和木村蓬莱　　　　元重峯

梅風挾雨苦難晴雲水搖々枕碧城

東海西看魚不至北人南到雁初鳴

陳公席上徐生掯文摯篇中禱子名

一病巧遠萍水合清詩留記百年情

奉呈進士金君　　木村貞貫

唯見東天霞色揚錦帆已過十州旁

78

斗間氣逐青萍勒鵬際雲随金節長

堪笑四愁平子恨親聞三日令公香

須知海外神州好花鳥何妨会一堂

和木村蓬菜　　　金仁謙

萬里東洋六帆揚仙舟未繋析津傍

四明曾説蓬菜好一揃同開壁壘長

細向青丘搓節苦高懸朱鳥姓名香

此生此世難重見他夜那堪月満堂

僕姓岡井名寯字伯和號赤城武藏
人林祭酒門人讚岐處儒臣

岡井寯再拜

贈南秋月

岡井霈

日邊雨露萬方春海外舟車異域實
鴨綠江頭楓葉老鴻臚館裏李花新
論交今古無千里許國乾坤有一身
聞說道衡名下士句成落雁更驚人

又

岡井霈

萬里辭韓土孤帆客日邊俗仍箕子
化衣自漢家傳異域阻著滄海高樓共

綺筵別離方此夕相遇更何年

和岡井赤城　南玉

金刹叢梅裏銅　積水邊客未疎雨

滄詩羅數鐘傳重趙慚錐穎誇荊笑

玳筵春秋吳越記新鏃會葵年

七言律句中有不穩語義未可和姑以原韻呈奉

贈成龍淵

岡井昇

丹

長劍危冠錦繍袍丹心許主不辭勞

片帆朝入三山雨孤枕夜驚九國濤

萍水他年何處遇風塵此地暫相逃

興未更唱郢中曲調與芙蓉白雪高

和岡井赤城　　成大中

扶桑朝日照霞袍遮眼烟雲應接勞

巳伏王靈窮絕域謾教鄉夢殘壘濤

憑虛毋哂莊生誕對月空懷曾仲逃

昨夜松窻神氣聳赤城山色入簾高

贈成龍淵　岡井鼎

兩情一日未相酬　再會無期奈別愁

從有江頭春草綠　王孫歸思更難留　成大中

和岡井赤城

驪駒唱送塵鳴酬　進別依〻此夜愁

梅樹陰邊人影散　遠人於此最情留　岡井鼎

贈元玄川

海路迢〻萬里縣　長風桂席自天涯

86

雲連碉石迷鄉樹日出扶桑簇暮霞

匹馬曉嘶山舘月征衣春暖野亭花

知君載筆多佳興陳阮文辭未足誇

和岡井赤城

行來未覺十州賒秪是盈盈天水涯

元重峰

渡口不迷瑤島樹定前已對赤城霞

萬家烟樹東風兩一席詞華二月花

苕术籠中資不乏鴻□博向狄公誇

贈元玄川　　　　　　　　　　岡井鼎

新知相逢忽分携　堪聽黃鶯求友啼

別後無由見顏色　夢迷蘿月屋梁西

和岡井赤城　　　　　　　玄重峯

斜日樓臺憶共携　病中悄然聽舍啼

深屛寂寂瞑生樹　唯見歸燈度竹西

贈金退石　　　　　　　岡井鼎

萬里槎枒幾海山　容中烟景值春還

看花聞雁傷征路月落雞鳴度曙開
心契不妨言語異交歡何必酒杯間
相逢今日應須惜別後風流難更攀

和岡井赤城　　　金仁謙

槎路初窮旭曜山東州王節欲西還
羈愁得月偏懷土病骨嘯風久掩關
青眼相看孤燭下民心同照一言間
鄉園何在春將晚北去浮雲恨莫攀

贈金退石 岡井昇

日暮高樓猶未還無端更聽唱陽關

與君此夕夕千後夜〻清風明月閒

金仁謙

和岡井赤城

芳草長亭客欲還驪駒一曲動禪關

赤城霞彩終難忘瀲月蓬烟揔莘閒

僕姓糟尾名惠迪字子慶彌杏園武

藏人林祭酒門人昌平國學生員

糟尾惠迪再拜

91

贈製述官南君　　　　糟尾惠迪

滄溟萬里水連天　旌節翩翩向日邊
鴻雁三春鶯容枕　江山幾處駐征鞭
乗槎遊助騶人興　謀野辭推使者賢
共喜衣裳尊讓會　同逢文物盛明年

次糟尾杏園　　　　　　南玉

菖杏時催穀雨天　皇華猶滯海雲邊
汀舟久繫愁黃帽　庭葉新敷暖趙鞭

遊遠独憐鳥鳥孝含悽真覚白鴎賢

開情祇有詩延別一夜論交判百年

　　贈書記成君　　　　糟尾惠迪

鴻臚為設墨河濱玉帛朝回賓宴新

傾蓋忻逢一時傑連床同坐兩邦人

郷愁夢結西峰月遠興詩成東海春

牝契不妨言語異様毫交態轉相親

　　贈書記元君　　　　糟尾惠迪

奉使仙槎向日東蒼范海路似凌空

封疆縱有山河隔旄節時將玉帛通

自古九疇存聖訓至今八道見淳風

賓筵欲得瓊瑤報才拙偏慚句不工

次糟尾杏園　　　　　　　元重舉

天開灝氣析津東需世英華代不空

江左詞章歸陸氏河間講說屬王通

珊瑚影集空濛雨珠貝光翻廣漠風

95

翳日蒼々文杏苑奇材遄欲問良工

贈書記金君　　糟尾惠迪

祥雲長滿古蓬萊玉帛隣交使節來

山路春深千樹合驛程烟暖百花開

遠遊元識張騫興專對偏肴子羽才

此日龍門叩御李笑談不覺夕陽催

次糟尾杏園　　金仁謙

古寺庭荒長草萊滿風疎竹雨聲來

杏園春色隨人至　墨壘軍容傍海開

梅下乍酬雙楫禮　日東初見八人才

燃燈最好毫端語　不必相將險韻催

僕
姓岡名明倫字子尋號龜峰讃岐
人林祭酒門人昌平國學生員
岡明倫再拜

贈製述官南秋月　　岡明倫

乾坤今日屬昇平使節迢迢入武城

報主但應甘跋涉觀風到處有逢迎

更思賦海玄虛與豈讓枚槎博望名

相遇緋袍交不隔新知何減故人情

和岡龜峯　　南玉

萬瓦鱗鱗春望平緣證濠水把重城

棠樓野鶴頻未往度塞雲鴻遞送迎

嗟早成珠驚弱歲倫明如日愛嘉名
夜延眉眼難詳記孤燭禪窓未了情

再贈南秋月因敘別意

國明倫

君指天涯去長知形影疎青衿阻江
海雕藻贈瓊琚山露隨征斾卿雲近
使車飛鴻有末徃莫惜裁行書

再和龜峯

南玉

102

春宵何太短欲別雨聲疎價長青萍

劍舄傳玉佩琚草生連贈紛花落攏

征車才妙期還太匡山更讀書

贈書記成龍淵　　　岡明倫

征軺暫駐武城春芳卅深花此待賓

風土初知隨處異江山漸覺入看新

羡曩幾日携餘興玉節于今修善隣

相偟休言夕陽落東西一別隔參辰

和岡龜峯　成大中

禪樓烟雨落梅春環佩齊迎異國賓
到眼青萍光彩別出懷紅紙姓名新
投繡英紗曾驚世作賦詞筆更照隣
惆悵離懷題不盡一燈丈會惜良辰

再贈成龍洲因敘別意

岡明倫

江海無期別春風愁送君身應殊域

去名尚比隣閼潮湯扶桑日家迷析

木雲分攜千萬里何以寄殷勤

再和龜峰　　　　　　成大中

筑島龜家子奇材絶似君梅恋清氣

映蘭谷異香聞兩暗隄邊柳春深海

外雲忽ゝ傷別廬詩思致殷勤

贈書記元玄川　　　　岡明倫

遥出雞林天一涯應驚歲月客中移

105

蓬萊佳氣迎金節函谷春雲映綠旗
聘是漢儀修舊典禮猶殷俗想當時
良緣尤恨無天借不得瓊筵對紫芝

和龜峯　　　　　　元重舉

北斗人臨南斗涯驪前賓雁馬前移
瑤岑路盡三千海仙嶠春歸五兩旗
蘭蕙芳聯疎雨後芙蓉悵闊落花時
憑人却問堂中客共況龜峯秀紫芝

再贈元玄川因叙離情　　岡明倫

使節催歸日征帆去不停思家幾勞
夢向國但占星雲逐潮風黑天圍鄉
樹青交歡猶未結無那隔滄溟

　　再和龜峰　　　　　元重擧

眼看春半老心逐水無停角下驚梅
兩昏中問鳥星東州花正落清漢萬
應青一病遠佳客空孤涉大溟

107

贈書記金退石　　　　　　　　　岡明倫

使者遙來入日東　希忱無恙渺茫中
地方猶是檀君跡　文敎依然箕聖風
不道山河千里遠　共竹玉帛十朝通
曾聞海外多才子　詩就驚看鮫錦工

和岡龜峯　　　　　　金仁謙

四友聯床竹院東　一年春意雨壹中
燕窺畫閣重々幕　花落芳園滟々風

裘骨我曾三海渡 翁君巳六経通

陳、良北學嗟無路 可惜精金不遇工

再贈金退石因敘離情

　　　　　　　　岡明倫

暫結新知好 其如分手何長應絶音

信豈忍唱離歌 為客濃花老歸家緑

樹多東西幾千里 君去渺烟波

再和亀峰

　　　　　　　　金仁謙